श्रेष्ठ
हास्य-व्यंग्य
कहानियाँ

श्रेष्ठ हास्य-व्यंग्य कहानियाँ

संपादक

काका हाथरसी

गिरिराज शरण

प्रभात प्रकाशन

प्रकाशक • **प्रभात प्रकाशन प्रा. लि.**
4/19 आसफ अली रोड,
नई दिल्ली-110002

संस्करण • 2025
मूल्य • पाँच सौ रुपए
मुद्रक • नरुला प्रिंटर्स, दिल्ली

SHRESHTHA HASYA-VYANGYA KAHANIYAN

Ed. Kaka Hatharasi & Giriraj Sharan ₹ 500.00

Published by Prabhat Prakashan, 4/19 Asaf Ali Road, New Delhi-2

e-mail: prabhatbooks@gmail.com ISBN 978-81-7315-098-2

हास्य-व्यंग्य : जीवन के अंग

जिस प्रकार विरोधी दल के नेताओं को जेल में नयी-नयी योजनाएं सूझती हैं उसी तरह ट्रेन में यात्रा करते समय हमारे मस्तिष्क में विचित्र कल्पनाएं उछल-कूद मचाती हैं।

उस दिन डॉ० गिरिराजशरण के साथ यात्रा में स्टेशन पर मालूम हुआ कि गाड़ी एक घंटे लेट है। हमारे परिचित टी० टी० बाबू मिले तो हमने कहा, "क्या हो गया है, इमरजेंसी के बाद? रोजाना गाड़ियां लेट आती हैं।" टी० टी० बाबू कवियों की संगत करते-करते काव्यरसिक बन गये थे। कहने लगे, "अजी काका, ट्रेन तो एक कुंवारी कन्या के समान है जो 'मिस' तो होती ही है, 'लेट' भी जाती है और 'मेकअप' भी करती है। अधिक मनचली हुई तो चलते-चलते सीटी भी बजाती है।" उनकी यह तुलनात्मक विवेचना सुनकर एक हास्यकवि ने तो इसपर कविता भी बना डाली थी।

गिरिराज जी ने कहा, "काका जी, आजकल हास्य-व्यंग्य के लेखक अच्छा लिख रहे हैं और आप स्वयं भी उनकी प्रशंसा करते रहते हैं, क्यों न वर्तमान हास्य-व्यंग्याचार्यों की रचनाओं के संकलन तैयार किये जायें। प्रभात प्रकाशन इसे प्रकाशित करने को तैयार है। आपके पास तो बहुत-सा मैटर होगा। मैं जानता हूं कि हास्य-व्यंग्य पर जो भी लेख या कविता आपको पसंद आती है, उसकी कटिंग आप एक फाइल में डाल लेते हैं।" 'घर का भेदी लंका ढाये' यह कहावत याद आयी और हमें स्वीकृतिसूचक सिर हिलाना ही पड़ा।

फिर वे बोले, "हास्य और व्यंग्य को कुछ साहित्यकार अलग-अलग मानते हैं, इस बारे में आपका विचार?" हमने कहा, "हास्य और व्यंग्य एक ही गाड़ी के दो पहिये हैं। हास्य के बिना व्यंग्य में मजा नहीं और व्यंग्य के बिना हास्य में स्वाद नहीं आता। दोनों बराबर एक-दूसरे का साथ दें तभी जन-गण-मन की मनोरंजनी गाड़ी ठीक से चलती है। अकेला व्यंग्य निंदा का रूप ले लेता है और अकेला हास्य भड़ैती का सूचक बन जाता है।" व्यंग्य का अंग और भी स्पष्ट करते हुए हमने कहा, "जिसपर व्यंग्य-बाण छोड़ा जाये वह तिलमिलाकर कुछ सोचने के लिए

मजबूर हो जाये तो समझिये व्यंग्य और व्यंग्यकार सफल हुए। इसके विरुद्ध वह व्यक्ति अपनी बेइज्जती समझकर व्यंग्यकार पर आक्रमण करने को तैयार हो जाये अथवा बदले में गाली देने लगे तो मैं उस व्यंग्य को व्यंग्य न मानकर अपमान या निंदा की संज्ञा ही दूंगा।"

आप कड़ी-से-कड़ी बात कह जाइये, उसमें जरा-सा हास्य का पुट दे दीजिये, फिर देखिये उसका प्रभाव। पिछले दिनों मेरठ में एक कवि-सम्मेलन हुआ। तत्कालीन केन्द्रीय स्वास्थ्य मंत्री श्री राजनारायण उद्‌घाटन के लिए आमंत्रित थे। वे जिस समय मंच पर आये उस समय प्रसिद्ध गीतकार नीरज गीत सुना रहे थे। नीरज जी का गीत समाप्त हुआ और आवाज लगी कि काका हाथरसी आयें? मैंने कहा, "श्रीमान जी के आने से पूर्व मैं कई कविताएं सुना चुका हूं और अभी कई कवि शेष हैं, उन्हें सुनवाइए।" उत्तर मिला, "नहीं, आप ही आइये।" मैंने श्री राजनारायण को लक्ष्य करते हुए कहा, "श्रीमान्, मैंने तो आज ही आपके सम्मान में छह पंक्तियां लिखी हैं। नाराज़ न हों तो सुना दूं।" मैंने सुनाया :

नाटक में ज्यों विदूषक, जोकर सरकस माँहि,
कविसम्मेलन का मजा बिना हास्यकवि नाँहि।
बिना हास्यकवि नाँहि, हास्य का भारी पल्ला,
अकबर के दरबार बीरबल का था हल्ला।
यह उदाहरण देते हैं काका इस कारण,
आवश्यक हैं संसद में श्री राजनारायण।

मंत्री जी ने एकदम उछलकर हमसे हाथ मिलाया। तब मैंने अनुभव किया कि व्यंग्य का प्रयोग ढंग से किया जाये तो उसका कितना अच्छा प्रभाव पड़ता है।

एक उदाहरण और देखिये। हमारी मिसरानी प्रायः मैली धोती पहनकर आया करती थी। मैंने उसे कई बार टोका, लेकिन वह टाल देती। एक दिन मैंने व्यंग्य की बंदूक छोड़ दी और कहा, "मिसरानी जी, यह धोती जो तुम पहनकर आती हो, क्यों इसका सत्यानाश करती हो, देवछट का मेला आ रहा है, उसके लिए रख लो न इसे।" वह धोती का पल्ला मुंह पर रखकर इतना हंसी कि चूल्हे में रोटी जल गयी। दूसरे ही दिन से उसने स्वच्छ वस्त्रों में आना प्रारम्भ कर दिया।

यहां पर मैं एक बात और कहना चाहूंगा कि कुछ लोग व्यंग्य के टीले पर बैठकर अपने को महान व्यंग्यकार समझते हैं और जिस व्यंग्य में सरल हास्य भी रहता है, उसे निम्नकोटि का समझते हैं। ऐसे लोगों के लिए कार्ल मार्क्स ने लिखा है: "हम स्वयं को जो समझते हैं, अपने बारे में जो जानते हैं, जरूरी नहीं है, वह सही हो। व्यक्ति तो व्यक्ति, पूरा युग भी अपनी असलियत नहीं पहचान पाता।"

वस्तुतः व्यंग्य में यदि हास्य नहीं होगा तो वह कोतवाल का हंटर हो जायेगा। उसकी पीड़ा से तिलमिलाकर अभियुक्त कैसा अनुभव करेगा, उसे आप अच्छी तरह

समझ सकते हैं। इस कार्य के लिए न्यायालय पहले से ही मौजूद है, फिर व्यंग्य की क्या जरूरत है। हास्य-मिश्रित व्यंग्य सीधा प्रहार करता है और आपको चोट भी नहीं लगती। लगती भी है तो वह चोट आपके हृदय-परिवर्तन में सहायक होती है। स्व० हृषीकेश चतुर्वेदी कहा करते थे कि "मजाक करना मजाक नहीं है, मजाक करो तो तमीज के साथ करो, वरना चुप रहो।"

हास्य-व्यंग्य की रचनात्मक धारा से ये चार पुस्तकें आपके सामने हैं, जिनमें हास्य-व्यंग्य की श्रेष्ठ कविताओं, कहानियों, निबंधों और एकांकियों को अलग-अलग संकलित किया गया है। इनके रचनाकारों ने रचनाएं भेजने में जो तत्परता दिखायी है इसके लिए वे बधाई के पात्र हैं। इस प्रकार हमारी उस यात्रा में एक ऐसा काम हो गया जिससे हजारों हास्य-व्यंग्य-प्रेमियों को शिक्षात्मक मनोरंजन प्राप्त होगा और वे 'हास्य-व्यंग्य : जीवन के अंग' इस सूत्र को स्वीकार करेंगे।

—काका हाथरसी

जैसा मैं सोचता हूं

यह सौभाग्य की बात है कि पिछले कुछ वर्षों से हास्य और व्यंग्यपरक विधा पर विचार होने लगा है। जिस शिल्प को महत्त्व नहीं दिया जाता था, जिस कथ्य को यों ही उड़ा दिया जाता था, समीक्षक नाक-भौं सिकोड़ते थे, आलोचक कन्नी काट जाते थे, अब कम-से-कम इतना तो हुआ कि समीक्षकों ने उसपर बातचीत चलायी है।

पर दुर्भाग्य है कि यह बातचीत अभी तक सुलझे हुए वस्तुगत निष्कर्षों तक नहीं पहुंची। हमारे देश के जाने-माने हिंदी व्यंग्यकार भी जब सृजनात्मक लेखन से हटकर व्यंग्य की प्रक्रिया पर बात करते हैं तो उसे एक अजीब-सी स्वायत्तता प्रदान करना चाहते हैं। मसलन व्यंग्य व्यंग्य है, वह ऊंचे दर्जे की चीज है, हास्य से उसका कोई लेना-देना नहीं, हास्य बेहद घटिया चीज है। न केवल हास्य-व्यंग्य के अंत:संबंधों को समझने में गड़बड़ी है, बल्कि हास्य और व्यंग्य के मूल उत्सों की पहचान भी इस गड़बड़ी में खो जाती है।

हमें यहां बस दो बातें करनी हैं। पहली, हास्य और व्यंग्य की रचना-प्रक्रिया और दूसरी, हास्य और व्यंग्य के आपसी रिश्तों के संबंध में। ज्ञान और संवेदना का अविच्छिन्न संबंध है। विशेषकर इस शताब्दी में अगर कोई ज्ञान से रहित संवेदना की बात करता है या संवेदना-रहित ज्ञान की चर्चा करता है तो वह त्रुटि पर है। हास्य को हम संवेदना का एक प्रकार मान सकते है। व्यंग्य में विचार या ज्ञान की प्रधानता स्वीकारी ही जाती है। मुक्तिबोध द्वारा गढ़े गये पारिभाषिक शब्द-युग्मों—ज्ञानात्मक संवेदना, संवेदनात्मक ज्ञान—के वजन पर हमारा मन भी ऐसे शब्दयुग्म बनाने को करता है। मात्रा और अनुपात के आधार पर हमें हास्य को 'हास्यात्मक व्यंग्य' और व्यंग्य को 'व्यंग्यात्मक हास्य' कहना चाहिए। 'तर' और 'तम' का अंतर भी प्रकट हो जायेगा और व्यंग्य को व्यंग्य एवं हास्य में द्वैत पैदा करनेवालों को जवाब भी मिल जायेगा।

हास्य और व्यंग्य के उत्स पर विचार करते हुए व्यंग्यचित्रकार आबू की एक बड़ी मजेदार बात याद आती है। उन्होंने बड़े मासूम अंदाज में कहीं लिखा है :

"जरा सोचिये कि जानवर क्यों नहीं हंसते। सीधा-सा उत्तर है, उनके पास किसी पर हंसने का कारण नहीं है, क्योंकि वे सब समान हैं। असमान होते तो एक-दूसरे पर हंसते, व्यंग्य करते।"

कहने की बात में लॉजिक नहीं है लेकिन काफी हद तक बात साफ हो जाती है। असमानता हास्य और व्यंग्य का कारण है। हम अपने बराबर वालों पर नहीं हंसते, हंसते हैं तो छोटों पर या बड़ों पर। छोटों पर हंसते हैं तो बड़े साथ देते हैं, बड़ों पर हंसते हैं तो छोटे साथ देते हैं। बड़ों की संख्या कम, छोटों की ज्यादा है इसलिए अधिकांशतः छोटे ही बड़ों पर हंसकर उदात्तीकरण करते हैं। केले के छिलके पर कोई गरीब फटेहाल फिसल जाये तो शायद हंसी न आये; हो सकता है कि कोई सहृदय सज्जन उसे उठाने बढ़े लेकिन यदि मोटे लाला जी उससे फिसल जायें तो उठाने की बात तो दूर कुछ लोग खिलखिलाकर, कुछ नजरें बचा-कर, तो कुछ खुलेआम हंसेंगे और काफी देर तक हंसते रहेंगे। देखा जाये तो इसमें हंसने की कोई बात नहीं है। बेचारे लाला जी का क्या दोष कि वे फिसल गये किंतु बारीकी से देखा जाये तो हंसने की बात निकलती है। थुल-थुल लाला जी के फिसलने में एक सहायिका उनकी तोंद भी थी, जिसके साथ दूसरों को चूसने का अच्छा-खासा अतीत जुड़ा हुआ है। असमानता का यह एहसास हमें यह तो याद दिलाता ही है कि हम उन जैसे नहीं हैं, लेकिन एक ही झटके में उसे तिरोहित कर उदात्तीकृत कर देता है। तोंद से संबद्ध शोषण की अतीत गाथा हमारी विचार-प्रक्रिया से टकराती है और हास्य में अन्तर्निहित व्यंग्य धीरे-धीरे उभरने लगता है। इसे हम हास्यात्मक व्यंग्य कहेंगे।

यदि कोई व्यंग्यकार इस घटना में अपनी कल्पना, विचार-भावना और बुद्धि का योग देकर इस चित्र को कुछ इस तरह से खींचे कि मोटे मंत्री जी हाथ में फाइलें दबाये कैबिनेट की मीटिंग अटेंड करने की फुर्ती में हैं कि फिसल गये। खादी के कुरते के नीचे मिल के रेशम की बनियान झांकने लगी, फाइलों में से फिल्मी पत्रिका गिर पड़ी, कुरते की जेब से विदेशी पेन सरक गया, एक तरफ बत्तीसी जा गिरी—हंसी तो इस चित्र को पढ़-देखकर भी आयेगी किंतु हम इसे व्यंग्यात्मक हास्य कहेंगे।

हास्य-व्यंग्य के उत्स और उनके आपसी संबंधों की बात साथ-साथ चल रही है। उत्स के बारे में एक बात और कह देंगे जो प्रकारांतर से पिछली बात का विस्तार ही है। युग बदलता है, परिस्थितियां बदलती हैं, परिवेश बदलता है किंतु कुछ क्षेत्रों में परम्पराएं और रूढ़ियां नहीं बदल पातीं। पुरानी मूल्य-व्यवस्था से जकड़न नहीं टूट पाती। नये परिवेश में वे अपनी उपयोगिता खो चुकती हैं, अतः विद्रूपित हो जाती हैं। यह विद्रूप भी हास्य-व्यंग्य का जन्मदाता होता है, क्योंकि इसके कारण अनेक प्रचार की विसंगतियां, विडंबनाएं और सामाजिक विकार

परिलक्षित होने लगते हैं। जिस समाज में विसंगतियां और असमानतापरक विडंबनाएं जितनी अधिक होंगी, उतनी ही वहां हास्य और व्यंग्य की संभावनाएं होंगी।

विसंगतियों और विडंबना-विकारों के रहते कोई भी व्यंग्य हास्य-शून्य नहीं हो सकता और कोई भी हास्य व्यंग्य के बिना अस्तित्व नहीं रख सकता। हास्य से हमारा अभिप्राय मसख़रेपन, मजाक या जोकरी से नहीं है, हास्य से हमारा तात्पर्य है—हास्यात्मक व्यंग्य।

सामान्य समीक्षकों को हास्य-व्यंग्य के अंतःसंबंधों पर पुर्नविचार करने की अदना राय के साथ हास्य-व्यंग्य के ये संकलन सामने हैं। इनमें कहीं भी आप हंसने से वंचित नहीं होंगे, साथ ही व्यंग्य की मार से भी बच नहीं पायेंगे।

—(डा०) गिरिराजशरण अग्रवाल

क्रम

अजातशत्रु

राजा हरिश्चन्द्र के आंसू

□□

वह रो रहा था। सचमुच में रो रहा था। जब मैंने उसकी आंखों में टावेल लगाया। कहा, "भैया, मत रोओ, सिर दुखेगा।"

उसने कहा, "होनी को कौन टाल सका है? देखो, क्या होना था, क्या हो गया।" और उसके आंसुओं ने फिर स्पीड पकड़ ली। उसने अचानक पास में रखी हुई मसाला दोचने की लुढ़िया उठायी और अपने सर पर मारते हुए कहा, "ले भुगत।"

उसके सर पर बहुत बड़ा गुरमा निकल आया। मैंने टावेल निचोड़कर उसकी आंखों पर रख दिया।

वह फूड इंस्पेक्टर था। यूं उसका रंग वही था, जो भगवान कृष्ण का था, मगर उसके गाल लाल सुर्ख थे। इस सदी में यदि किसी को निखालिस दूध मिलता था, तो उसे ही, क्योंकि वह शहर के होटलों में दूध चेक करता था। उसके बच्चे भी मोटे-ताजे थे और उसकी बीवी गहनों से लदी रहती थी। वह स्वयं घी का व्यापारी नहीं था पर उसके घर में घी के कनस्तर रखे रहते थे। वह फूड इंस्पेक्टर की नौकरी में इतना खुश था कि उसे अगर राष्ट्र के सबसे बड़े पद का आफर भी मिलता, तो वह ठुकरा देता। वह जानता था कि किसी को भी वह एडवांटेज नहीं है, जो फूड इंस्पेक्टर को है।

वह हफ्ते में एक बार शहर के बाहर नाके पर खड़ा हो जाता था और देहात से दूध लाने वाले ग्वालों के दूध में डिग्री लगाता था। यदि दूध में पानी होता, तो वह सैंपल की बोतल भर लेता और ग्वाले से कहता, "अब कचहरी में मिलना।"

ग्वाला कहता, "छोड़ दो मालिक।"

वह कहता, "तुम भ्रष्टाचार छोड़ दो।"

ग्वाला कहता, "हजूर, भ्रष्टाचार से तो गृहस्थी चलती है। विशुद्ध दूध बेचूंगा तो शुद्ध गृहस्थी कैसे चलेगी।"

वह कहता, "फिर मेरी कैसे चलेगी?"

ग्वाला विचार करता।

अब चपरासी कहता, "अबे, समझा नहीं ? दूध में पानी मिलाता है और अकल नहीं रखता ? चल उधर कोने में।"

ग्वाला कोने में चला जाता। चपरासी पूछता, "कितना दूध लाता है ?"

"बीस सेर।"

"पानी कितना डालता है ?"

"आधा।"

"साले, भ्रष्टाचार के घूस-रेट फिक्स हैं। अगर तू बीस सेर में दस सेर दूध लाता है तो पांच रुपये हफ्ता देना पड़ेगा। ज्यादा जल डालेगा तो हफ्ते के रेट भी बढ़ जायेंगे।"

"अगर मैं बिल्कुल न मिलाऊं तो ?"

चपरासी खीझ जाता। कहता, "अबे, पानी तो मिलाया ही कर। वरना तू क्या खायेगा और हम क्या खायेंगे ? हमारे साहब को भी दूध में पानी मिलाने में एतराज नहीं है। उन्हें एतराज है, हफ्ता न देने का। अब तू जा और दूसरे दूध-वालों को भी समझा दे। मिल-जुलकर जो होता है, वह भ्रष्टाचार नहीं होता।"

ग्वाला टेंट से पांच रुपये निकालता और चपरासी को दे देता। आगे जाकर वह नगरपालिका के नल से और पानी मिला देता, क्योंकि पांच रुपये की चोट वह क्यों भोगे ?"

वह रोये जा रहा था। तौलिया भीगकर वजनदार हो गया।

उसने रोते हुए कहा, "तुम्हारे पास टिक ट्वेंटी है ?"

मैंने कहा, "नहीं।"

वह बोला, "मैं पैसे देता हूं। ला सकते हो ?"

मैंने कहा, "आज दुकान बंद है।"

वह बहुत निराश हुआ और रोने लगा। उस समय वह आत्महत्या करने के मूड में था और मूड का कोई भरोसा नहीं, कब बदल जाये, इसलिए लगातार रो रहा था।

मैंने कहा, "उठो और मुंह धो लो। तुम्हारी क्या गलती थी ? तुमने तो अपना कर्तव्य किया।" वह चिढ़ गया। बोला, "कर्तव्य ने ही तो मुझे डुबाया। कर्त्तव्य करके इस जमाने में कौन सुखी हुआ है ?"

मैंने उसे पहली बार इतना दार्शनिक होते देखा था। दूध की डिग्री से वह दर्शन पर कैसे आ गया, यह एक गोलाईदार बात है।

मैंने कहा, "फिर तुमने सैंपल की बोतलें फार्वर्ड क्यों कर दीं ?"

वह बोला, "बोतलें मैंने तो धमकी देने के लिए धरी थीं। पर वह मिलने नहीं आया तो मैं क्या करूं। ड्यूटी ही कर डाली। नीति कहती है कि जब जनता के

साथ बेईमान न हो सको तो सरकार के साथ ईमानदार हो जाओ। अच्छे कर्मचारी की यही परिभाषा है।"

मैंने कहा, "जब इतना समझते हो तो रोते क्यों हो? आखिर सरकार तो तुमसे खुश है।"

वह चिढ़ गया। बोला, "नहीं, सरकार ने भी उस पार्टी का साथ दिया, जिसके खिलाफ मैंने मिलावट का केस चलाया। कर्तव्यपराणयता ने मुझे मार डाला। आह!" फिर पूरा किस्सा सुनाया।

...कुछ हफ्ते पहले की बात है, वह डिग्री लेकर बाजार में खड़ा था। उसे पता चला कि कुछ नये दूधवालों ने धंधा शुरू किया है और बिना 'हफ्ता' दिये मिलावट का दूध बेचते हैं। इससे जनता के स्वास्थ्य पर भी असर पड़ता था और उसकी कमाई पर भी। सो, उसने चपरासी से कहा, "देखो कालूराम," मैं सामने मंदिर के पीछे छिप जाता हूं। जैसे ही कुप्पे आयें, तुम पूछ-पूछकर छोड़ते जाना। जो काम का है, उसे रोक लेना।"

चपरासी ने कहा, "जी हां, हुजूर। मैं सब देख लूंगा। फिकर मत करें। यह कोई आज का काम तो है नहीं?"

साहब बहुत खुश हुआ और मंदिर के पीछे छिप गया। थोड़ी देर में दूधवाले आने लगे। चपरासी ने पहली साइकिल को रोका। पूछा, "हफ्ता दे दिया?"

दूधवाले ने कहा, "साहब के घर जाकर दिया है।" चपरासी ने साइकिल छोड़ दी। कुछ देर बाद दूसरी साइकिल आयी। यह एक नये दूधवाले की थी। चपरासी ने उसे भी रोका। दूधवाले ने पूछा, "क्या बात है?"

चपरासी बोला, "दूध में डिग्री लगेगी।"

दूधवाले ने कहा, "सबके दूध में लगती है?"

चपरासी बोला, "लग भी सकती है और नहीं भी लग सकती। यह तो हमें तय करना है कि किसके दूध में डिग्री लगेगी। तुमने 'हफ्ता' नहीं दिया इसलिए तुम्हारे दूध में लगेगी।"

"अगर मैं हफ्ता न दूं तो?"

चपरासी खिलखिलाकर हंसा। बोला, "फिर कानून किसलिए है? यहीं पर तो हम कानून का सहारा लेते हैं।"

दूधवाले ने कुछ न कहा और जाने लगा। चपरासी ने इशारा किया और साहब मंदिर के पीछे से निकल आये। आते ही बोले, "ऐ रुको, डिग्री लगेगी।"

साहब ने डिग्री लगायी। बोतलें भरीं और दूधवाले से कहा, "जाओ, बाद में हमसे मिल लेना। या तो कुछ नहीं होगा या बहुत कुछ होगा। सोच लेना।"

दूधवाला सर झुकाकर चला गया।...

मैंने कहा, "यार, चुप भी हो जाओ। देखो, पूरी दरी भीग गयी है।"

वह कहने लगा, "अजातशत्रु भाई, मैंने तीन दिन तक दूधवाले की राह देखी। बोतलें जांच के लिए नहीं भेजीं। सोचा कि वह जरूर आयेगा। शुद्ध दूध कब तक बेचेगा, पर वह नहीं आया। लाचार होकर मैंने सैंपल की बोतलें 'फारवर्ड' करवा दीं। तुम्हीं बताओ, जब घूस न मिले तो अपनी ड्यूटी नहीं करनी चाहिए?"

मैंने कहा, "करनी चाहिए।"

उसे राहत हुई और उसने आगे बोलना शुरू किया, "और, भैया, थोड़े ही दिनों में 'पब्लिक एनालिस्ट' (दूध-विश्लेषक) की रिपोर्ट आ गयी। उस दूधवाले पर केस कायम हो गया है। दूध में पानी निकला।"

मैंने कहा, "ठीक है, उसे सजा मिलनी चाहिए।"

वह बिगड़ उठा। बोला, "जानते-समझते नहीं हो, तो बीच में क्यों बोल पड़ते हो? कल शाम को ही उस दूधवाले के एक रिश्तेदार आये थे। वे सामाजिक कार्यकर्ता हैं और मेरे मित्र हैं। उन्होंने मुझसे कहा, 'यार, डायन भी एक घर छोड़ देती है और तुमने हमारे आदमी का ही दूध पकड़ लिया।'

"मैं बहुत लज्जित हुआ, क्योंकि पिछले साल जब मेरे खिलाफ नगर भ्रष्टाचार उन्मूलन युवक समिति ने शासन को लिखा था और रातोरात मेरा तबादला करवाया था, तब इन्हीं सज्जन ने मेरा ट्रांसफर रुकवाया था और उक्त समिति के नेता को पिटवाया था।"

"तुमने उन्हें क्या सफाई दी?" मैंने पूछा।

वह बोला, "मैंने जवाब दिया कि मामा जी, अगर मुझे पता चलता कि यह आपके आदमी का दूध है तो मैं खुद उसे सलाह देता कि पानी डाल ले, पर उसने भी कुछ नहीं बताया। फिर मैंने बोतलें भी रोक रखी थीं, पर वह नहीं आया। अब तो मैं कुछ नहीं कर सकता। उसे बचाऊंगा तो खुद फंस जाऊंगा।"

इतना कहकर वह चुप हो गया और गर्दन नीचे झुका ली।

मैंने बाल-जिज्ञासा से पूछा, "अब क्या होगा?"

"होगा क्या? हो चुका है।" उसने कहा, "उस दूधवाले के रिश्तेदार ने ऊपर जाकर मेरा ट्रांसफर करा दिया है। कहा है, "और लगा ले दूध में डिग्री?" और इतना कहकर वह दहाड़ें मारकर रो उठा। मेरे पास अब गद्दा बचा था, इसलिए मैंने उसे ही उसकी आंखों से लगा दिया। वह रोते हुए कहता जा रहा था, "देखो, मैंने अपनी ड्यूटी की, तो सरकार ने ट्रांसफर कर दिया। अब कितना भरोसा करूं—ईमान का या बेईमानी का?"

गद्दा गीला होता जा रहा था। मुझे उसकी चिंता थी।

अजातशत्रु

ई० बी० सी०

□□

काशी की नगरपालिका के श्मशानगृह में हरिश्चन्द्र एक पहरेदार थे। वे मृतकों के संबंधियों को सरकारी लकड़ियां तोलकर दिया करते थे। ईमानदार वे इतने थे कि कांटे की गड़बड़ी से जो लकड़ियां बच जातीं, उन्हें नगराध्यक्ष के यहां शादी-विवाह के अवसर पर भिजवा देते, ताकि भट्ठियों में लकड़ियां काम में आ जायें। इस वजह से हरिश्चन्द्र को तीन साल का एक्सटेंशन भी मिल गया था।

एक दिन की बात है। हरिश्चन्द्र बिना दूध की काली चाय पी रहे थे कि स्कूल से उनका लड़का रोहिताश्व आया और बोला, "पिता जी, शासन की जय बोलिये ! आपका मतदान सफल हुआ।"

पिता ने चाय का कटोरा रखा और बोले, "क्यों क्या हुआ ?"

रोहिताश्व ने उछलते हुए कहा, "पिता जी, शासन ने गरीब विद्यार्थियों को काफी रियायत दी है। उन्हें अब ई० बी० सी० फार्म भरना पड़ेगा और बाकी सब ठीक हो जायेगा।"

हरिश्चन्द्र ने पूछा, "यह ई० बी० सी० फार्म क्या बला है ?"

रोहिताश्व ने होंठ से उंगली लगाते हुए कहा, "शी SSS, पिता जी, ई०बी०सी० फार्म को बला मत कहिये। यह गरीब छात्रों का साथी है। ई०बी०सी० का मतलब है—इकानामिकली बैकवर्ड क्लास ! अर्थात् आर्थिक दृष्टि से पिछड़ा वर्ग ! इस योजना के अंतर्गत शासन गरीब छात्रों को छात्रवृत्ति देता है।

हरिश्चन्द्र श्मशान के चौकीदार थे। शहर से उनका कोई ताल्लुक नहीं था। इसलिए उन्हें यह नहीं मालूम था कि शासन इतनी उन्नति कर रहा है। पर अपने अनुभव के हिसाब से शंका करते हुए वे बोले, "मगर, रोहिताश्व, यह तो बतला कि तेरी ये शिक्षा संस्थाएं कैसे पता लगायेंगी कि कौन गरीब है और कौन अमीर ?"

रोहिताश्व ने कहा, "यह तो बहुत आसान है ! गरीब छात्र को प्रमाण-पत्र देना होगा कि वह गरीब है।"

"क्यों, गरीब छात्र को प्रमाण-पत्र की क्या जरूरत है ! क्या उसकी गरीबी स्वयं प्रमाण नहीं है ?"

रोहिताश्व ने कहा, "नहीं पिता जी, यह कानूनी मामला है। शासन बिना प्रमाण के कोई कार्य नहीं करता।"

हरिश्चन्द्र फिर सोचने लगे। अचानक उन्हें क्या सूझा, पूछने लगे, "अच्छा तो यह बतलाओ, स्कूलों में गरीबी की शासकीय परिभाषा क्या है ?"

रोहिताश्व सब कुछ रटकर आया था। बोला, "जिसकी मासिक आय १०० रुपये से कम हो, उसे गरीब माना जायेगा।"

इतना सुनना था कि हरिश्चन्द्र उछल पड़े। भय से कांपने लगे। बोले, "रोहिताश्व, अपन गरीब हैं, पर तुम्हें छात्रवृत्ति नहीं मिल सकती !"

"क्यों, क्यों ?" रोहिताश्व ने हकबकाकर पूछा।

"इसलिए कि मेरी तनखाह ४०० रुपये मासिक है। यह सही है कि इतने रुपयों के बाद भी माह में गुजारा नहीं होता, पर मेरी समझ में नहीं आता कि शासन ने १०० रुपये मासिक आय को गरीबी का मापदंड कैसे बनाया ?"

"क्यों, क्या सौ रुपये मासिक तनख्वाह वाले लोग इस काशी में नहीं ?"

"कैसे हो सकते हैं ? सौ रुपये महीने पर भला कोई जिंदा बचेगा !"

रोहिताश्व सोचने लगा। कुछ देर बाद बोला, "अब तो पिता जी, फिर इस नीति के पीछे शासन की मंशा क्या है ?"

इस प्रश्न पर हरिश्चन्द्र ने कोई जवाब नहीं दिया बल्कि किसी अज्ञात पीड़ा से धीरे-धीरे मुस्कराने लगे।

रोहिताश्व ने अपने संस्कृत के अध्यापक से कहा, "गुरुदेव, हम सचमुच में गरीब हैं, पर हमारी मासिक आय ४०० रुपये है। हम सरकारी गरीब कैसे बनें ?"

अध्यापक ने कहा, "यह तो आसान है। तुम्हारे पिता की नगराध्यक्ष से पहचान होगी ! उनसे कहो कि नगराध्यक्ष से लिखवा लें कि उन्हें केवल ६० रुपये मासिक मिलते हैं।"

"पर ६० रुपये लिखने पर जांच तो नहीं होगी ?"

"जांच तो सौ रुपये लिखने पर ही होनी चाहिए। पर शासन कानून पसंद है। वह सिर्फ सच को देखता है और शासकीय शब्दकोश में सच वही है जो राजपत्रित शासकीय अधिकारी, अपने दस्तखत तथा मुद्रा के अन्तर्गत, लिख दे।"

रोहिताश्व ने यह गुरुमंत्र लिया और फार्म लेकर घर चला गया।

नगराध्यक्ष किसी बात से हरिश्चन्द्र से नाराज थे। बोले, "मैं आय प्रमाणित नहीं कर सकता !"

हरिश्चन्द्र ने कहा, "महाशय, मैं गरीब हूं।"

नगराध्यक्ष ने कहा, "ठीक है, पर तुम गरीबी की शासकीय परिभाषा में नहीं आते। रही बात मेरे लिखकर देने की, तो मुंह से चिल्लाकर कह सकता हूं कि तुम्हें इस नगरपालिका से १० रुपये भी नहीं मिलते, मगर लिखकर देने से तो मैं फंस

जाऊंगा।"

हरिश्चन्द्र अपना-सा मुंह लेकर आ गये।

एक दिन रोहिताश्व 'फार्म' लेकर एक जस्टिस ऑफ पीस से मिला।

ये जी० पी० महोदय सरकार की तरह से शांति के स्थानीय मसीहा नियुक्त किये गये थे।

तब यह जरूरी नहीं था कि जे० पी० स्वयं शांतिपसंद व्यक्ति हों, इसीलिए उनपर तीन फौजदारी के और एक दीवानी के मामले चल रहे थे। ये जे० पी० चरित्र का प्रमाण-पत्र भी बनाकर देते थे।

रोहिताश्व बोला, "महाशय, मेरे पिता गरीब हैं, किंतु उनकी आय १०० रुपये से ऊपर है। अब परेशानी यह है कि मैं छात्रवृत्ति पाना चाहता हूं और गरीबी के बाद भी उसका हकदार प्रमाणित नहीं हो रहा।"

"क्या करते हैं तुम्हारे पिता?"

"मशान में चौकीदार हैं।"

"कितना पैसा दे सकते हैं?"

"क्या मतलब?"

"मैं जाली आय-प्रमाणपत्र पर दस्तखत कर दूंगा और तुम आराम से गरीब हो जाओगे। पर चूंकि इससे तुम्हें शासकीय छात्रवृत्ति मिलेगी, मुझे मेरा हक मिलना चाहिए।"

रोहिताश्व समझ गया। बोला, "महाशय, अगर रिश्वत देने को ही मेरे पास पैसे होते तो मैं फीस न भर देता।"

और उसकी आंखें भर आयीं। जे० पी० महोदय को व्यर्थ की यह भावुकता पसंद नहीं थी, इसलिए उन्होंने रोहिताश्व को डांटकर भगा दिया।

एक दिन जब रोहिताश्व कॉरीडार में अन्यमनस्क-सा घूम रहा था तो अचानक उसकी नजर छात्रों के सूचना-पट्ट पर पड़ी। वहां उन छात्रों के नामों की सूची टंगी हुई थी, जिनकी छात्रवृत्ति मंजूर हो गयी थी।

नाम इस प्रकार थे :

(१) पूरणदास, पुत्र सेठ जानकीदास, व्यवसाय कपड़ा मिल, मासिक आय सौ रुपये; (२) दुर्गादास, पुत्र श्री चिरंजीलाल, व्यवसाय स्वीटमार्ट, मासिक आय सौ रुपये; (३) अशोककुमार, पुत्र श्री शिरीषकुमार, व्यवसाय सेशन जज, मासिक आय सौ रुपये; (४) अलकेश, पुत्र श्री जमनादास, जे० पी०, व्यवसाय होटल, मासिक आय सौ रुपये; तथा (५) प्रतापभानु, पुत्र श्री गोविंदराम नगराध्यक्ष, व्यवसाय से आय सौ रुपये।

रोहिताश्व ने यह सूची तीन-चार बार पढ़ी और हाथ की नोटबुक फाड़कर घर आ गया। उसके बाद उसने शिक्षा संस्थानों का मुंह नहीं देखा।

अमृतराय

कारगुजारी

जिलाधीश कपूर साहब अपनी तैयारियों का मुआइना करके मेरे साथ-साथ बाहर निकले अपने उजड़े बैठकखाने में, जहां अब बस कुछ सरकारी माल बचा था—दो लकड़ी की बेंचें और तीन-चार ऐंठी-बररी कुर्सियां—और मुझसे बोले, "शंकर, जरा रेलवे इन्क्वायरी को फोन तो करना।" और फिर अन्दर चले गये।

काश, रेलवे इन्क्वायरी का फोन करना आसान होता! जब मिलाइये तब बिजी या नहीं तो घंटी पिनपिने बच्चे की तरह पीं-पीं किये जा रही है और कोई उसको उठाकर चुप कराने वाला नहीं और जो भूले-भटके कभी मिल गया तो समझिये कि आपने ओखली में सर दे दिया। कम से कम मेरे साथ तो यही हुआ है। इन्क्वायरी ने गाड़ी को राइट टाइम कहा है और मैं स्टेशन पर जाकर दो घंटा झख मारता बैठा रहा हूं—या फिर इन्क्वायरी ने गाड़ी को तीन घण्टा लेट कहा है और मैं जाकर देखता हूं कि गाड़ी फुर्र हो चुकी है। बिल्कुल यही हाल तो मौसम की पेशीनगोई करने वाले महकमे का है। जब वे कहें कि सात दिन झड़ी लगी रहेगी तो समझ लीजिये कि आसमान से आग बरसेगी और जब वे कहें कि अगले पांच दिन कतई बारिश न होगी, तब कभी बरसाती और छाता लिये बगैर घर से मत निकलिये। मैंने तो समझ लिया है कि दुनिया में जैसे और बहुत-सी शोभा की चीजें हैं, वैसा ही यह रेलवे इन्क्वायरी का नम्बर है।

लेकिन कपूर साहब तो हाकिम आदमी हैं, मेरी क्या मजाल कि उनके सामने मुंह भी खोल सकूं। 'जो हुकुम' कहकर टेलीफोन के साथ जूझने लगा। अच्छा है, कुछ करने को हो गया। बाकी आठ-दस लोग, जो इसी तरह के छोटे-मोटे हुकुम बजा लाने को इस वक्त यहां पर जमा हैं, घुग्घुओं की तरह उन बेंचों पर बैठे रहे और मैं बड़ी कारगुजारी से टेलीफोन करने में जुट गया। सरकारी नौकरी की यही तो खास चीज है। काम चाहे एक टुकड़े का न हो, कारगुजारी भरपूर होनी चाहिए। हाकिम की नजर पर चढ़ने का यही मंतर है। कोई तो बात होगी, कुछ तो करके रखा होगा मैंने, जो कपूर साहब ने इन दस घुग्घुओं से न कहकर मुझसे कहा, टेलीफोन करने को। कौन जाने यही कपूर साहब छहः-आठ बरस बाद फिर कमिश्नर होकर यहां पर आयें। उस वक्त मैं कभी मौका देखकर तब

उनसे कह तो सकूंगा कि आप फलां सन् में जब तब्दील होकर जा रहे थे तब… जी हुजूर, वह मैं ही था…हुजूर की याददाश्त…जी हां, मुझीको आपने हुक्म फर्माया था और मैंने रेलवे इन्क्वायरी को टेलीफोन किया था…।

मैं समझ रहा हूं, खूब समझ रहा हूं, जिन लोगों ने सरकारी नौकरी की चक्की नहीं पीसी वे खयाल करते होंगे, साला बहुत महीन पीस रहा है, मगर जिनपर पड़ी है वे जानते हैं कि यहां इन्हीं छोटी-छोटी चीजों से तकदीरें बनती और बिगड़ती हैं। सब हाकिम की नजर पर चढ़ने की बात है। जैसे भी चढ़ सको। जो भी सीढ़ी लगाकर। चाहे सर के बल खड़े होकर, चाहे कोई रूप भरके, चाहे बैल की तरह जुतकर। बाजार से साग-भाजी लानी है तो आप। मेम साहब शॉपिंग करने जा रही हैं और उन्हें अपने साथ किसी अर्दली की जरूरत है तो आप। बच्चा रो रहा है और किसीको घोड़ा बनाकर चड्डी गांठे बगैर चुप नहीं होगा, तो आप।

यह एक बहुत मोटी बात है कि जिन्दगी में इंसान की तरक्की काम से नहीं कारगुजारी से होती है। और मजे की बात यह है कि सब इस बात को समझते हैं, वर्ना क्या पड़ी थी इन उल्लू के पट्ठों को जो यहां आकर अपनी शाम बर्बाद कर रहे हैं? दफ्तर का नाता दफ्तर तक। हाकिम जाता है, जाने दो, तुम भी अपने घर जाओ। कल को नया आदमी कुर्सी पर आकर बैठेगा, उसका हुक्म बजाना। मगर नहीं, वह कैसे हो? दिमाग में और एक कीड़ा भी तो चल रहा होता है, कौन जाने कल के रोज, यानी चार बरस बाद, छः बरस बाद, दस बरस बाद फिर हाकिम से काम पड़े, तब तो फिर ठीक है, मैं कब कहता हूं, इसमें कोई बुराई है, ऊंची कुर्सी वालों से संबंध बनाकर रखना ही चाहिए, कौन जाने कब किसे कहां किस सोर्स की जरूरत पड़ जाय। लेकिन फिर कुढ़ो मत, अगर कोई इसमें तुमसे बाजी मार ले जाता है।

मैं एकाग्र भाव से टेलीफोन मिलाये जा रहा हूं, मगर आंख की कोर से यह भी देख रहा हूं कि मेरे और सब साथी कैसे जल-भुन के खाक हुए जा रहे हैं। साहब ने मुझसे क्यों कहा टेलीफोन मिलाने को, उनसे क्यों नहीं कहा! क्या खूब! कहा, जिससे उनकी मर्जी हुई, जिसकी अक्ल पर उन्हें ज्यादा भरोसा था! हिम्मत हो तो उन्हीं से जवाब तलब कीजिये। मैंने क्या बिगाड़ा है जो ऐसी जहर-भरी आंखों से मुझको देखा जा रहा है! कुछ कानाफूसी भी चल रही है, एकाध के चेहरे पर ठंडी नफरत की तिरछी-सी मुस्कराहट भी देख रहा हूं। मुंह की तो बात ही अलग है, बुझते हुए कोयले जैसी आंखें भी भुनभुना रही हैं।

उनको चिढ़ाने के लिए मैं उधर से और भी लापरवाही का रुख अख्तियार कर लेता हूं। भला हो इस टेलीफोन का, जो इस वक्त मेरी ढाल का काम कर रहा है।

दूसरा कुछ, जो टेलीफोन का खुद अपना काम था, उसके किये न होना था और न हुआ। मुझे इतना ही संतोष था कि मैंने हाकिम का हुक्म वजाने में अपनी तरफ से कुछ उठा नहीं रखा। इसीलिए साहब ने जब पांच-सात मिनट बाद बाहर आकर मुझसे पूछा, "क्या पता चला ?" तो मैं बेखटके उनसे कह सका, "हुजूर, उधर कोई टेलीफोन लेनेवाला ही नहीं।"

अपनी ताकत की बात होती तो जिलाधीश साहब ने इन्क्वायरी को तोप से उड़वा दिया होता, लेकिन यहां पर उनका भी कुछ बस नहीं था। मुंह ही मुंह में कुछ बड़बड़ाकर रह गये।

जो हो, अब गाड़ी का वक्त हो गया था और खैरियत इसीमें थी कि स्टेशन का रुख किया जाये।

स्टेशन पहुंचाने के लिए सरकारी गाड़ी आकर दरवाजे पर खड़ी थी। (कपूर साहब की अपनी गाड़ी लेकर उनके बड़े बेटे विनोद बाबू सामान के ट्रक के साथ पहले ही चले गये थे और जाते-जाते कह गये थे, "पापा, आप आयेंगे तो आपको घर पूरा जमा-जमाया मिलेगा।" मां ने भी साथ चले जाने का प्रस्ताव रखा था लेकिन बेटे को यह बात अच्छी नहीं लगी तो साहब ने कहा, "अकेले ही जाने दो न, जब इतना जी है उसका। जाओ बेटे, तुम जाओ। देखना है कितना अच्छा काम करके रखते हो।") साथ में जाने को बस, दो-एक बिस्तरे और सूटकेस, खाने की डोली, अटैची केस और इसी तरह के दो-चार छोटे-छोटे आइटम्स बच रहे थे। चपरासियों ने गाड़ी में सामान रख दिया। बंगले की चाभी चौकीदार के हवाले कर दी गयी, मेम साहब ने चपरासियों और चौकीदार को दो-दो रुपया बख्शीश दी। चारों ने बड़े तपाक से साहब और मेम साहब को सलाम ठोका और उनकी बेहतरी के लिए बहुत-बहुत दुआएं कीं।

साहब ने तो जरा-सर हिलाने से ज्यादा कोई सनद नहीं दी पर मेम साहब ने बहुत शीरीं मुस्कराहट के साथ हल्के से सर झुकाकर, एक खास नपे-तुले अंदाज में उनका सलाम कबूल किया और अपनी सबसे छोटी बेटी सविता के साथ मोटर में जाकर बैठ गयीं।

साहब हमारी टोली की तरफ मुड़े। सबपर एक सकता-सा छा गया। किसी-के गले से आवाज न निकली। साहब ने कुछ कहने के लिए मुंह खोला, मगर फिर पी गये। और एक नजर सबपर डालकर हाथ जोड़ लिये। इधर भी कठपुतलियों के दस जोड़े हाथ अपने-आप उठ गये। फिर साहब मोटर की तरफ बढ़े। बाकी सब लोगों के मुंह में दही जमा देख बाबू कौशलकिशोर ने मौके की कमान अपने हाथ में लेते हुए बड़े पुलकित, भाव-विह्वल स्वर में कहा, "हुजूर, हम लोग भी स्टेशन आ रहे हैं···।"

"मैं नहीं जानता, मुमकिन है यह सिर्फ एक मुखौटा हो, लेकिन साहब के

चेहरे-मोहरे से तो ऐसी कोई सूचना नहीं मिली कि इस खबर से उनका दिल बांसों उछलने लगा हो। और ठीक भी है, वहां उनको विदाई देने के लिए उनके दोस्तों की जमात होगी, उनके साथ हिलेंगे-मिलेंगे कि तुम्हारे साथ मुंह पिटायेंगे।

साहब ने काफी निर्विकार भाव से, अपने खास बुझे हुए अंदाज में कहा, "क्यों बेकार तकलीफ करेंगे···।"

इसपर टोली के कमाण्डर बाबू कौशलकिशोर की अवरुद्ध वाग्धारा झरने की तरह फूट निकलने को हुई और उनके रुखे-तेवर से लगा कि अब उनकी सरस्वती जाग गयी है। लेकिन अपने पुलकित, भाव-विह्वल स्वर की चाशनी और कड़ी करते हुए वह अभी इतना ही कह पाये थे, "तकलीफ कैसी हुजूर, आप···" कि हुजूर स्टेशन-वैगन के पास पहुंच चुके थे।

टोली अपनी साइकिलों की तरफ बढ़ी।

साइकिल उठाते-उठाते कौशलकिशोर ने मुझसे धीमे से कहा, "आप तो शायद साइकिल नहीं लाये···?"

यानी कि आओ, तुम्हें डबल सवारी ले चलें।

मैंने आवाज थोड़ी चढ़ाते हुए जवाब दिया, "जी नहीं, साइकिल तो मैं नहीं लाया पर आप चलिये। बात यह है कि···"

और फिर उस बात को यूं ही हवा में लटकता छोड़कर मैं तीन कदम आगे कपूर साहब की तरफ बढ़ा और बड़ी आजिजी से बोला, "···अच्छा तो हुजूर, अब मुझको इजाजत दीजिये।···आपके मुझपर बड़े-बड़े अहसान हैं···भगवान आपको हमेशा इसी तरह सरसब्ज-ओ-शादाब रखे···।"

अच्छी तरह रियाज करके गले में बिठाये हुए इन जुमलों को पूरी नफासत से अदा करके मैं और दो कदम आगे बढ़ा और बड़े अदब से झुककर मेमसाहब को नमस्ते करते हुए कुछ ऐसे बेमन से जाने के लिए पलटा कि जैसे उन लोगों को छोड़कर जाते मेरा दिल बेपनाह दुख रहा हो।

कुछ सोचकर ही मैं साइकिल नहीं लाया था और पैर मेरे किसी तरफ को हों, कान इसी तरफ लगे थे।

कि तभी मेमसाहब के शब्द मेरे कान में पड़े, "आप स्टेशन नहीं चल रहे हैं, शंकर बाबू?"

मैंने पलटकर एक नजर कपूर साहब की तरफ देखा···।

मुझे अपने साथ स्टेशन ले जाने की बात कपूर साहब के मन में जरूर पहले से ही रही होगी वर्ना मैं एक नजर नहीं पांच नजर देखता, उससे क्या होना-जाना था। लेकिन हां, जैसे पेड़ में फल लगा होने से ही किसी के हाथ नहीं आ जाता, कुछ न कुछ खटर-पटर उसके लिए करनी ही पड़ती है, वैसा ही मेरे इस आध मिनट के खेल को समझिए।

जो भी बात हो, साहब ने बड़े अपनापे के साथ मुझे हुक्म दिया, "तुम ऐसे कैसे चले जाओगे, बैठ जाओ मोटर में···।"

वे लोग अभी हाते के बाहर भी नहीं हुए थे, दो-एक रामसनेही और महाराजबहादुर तो अभी नहीं पोर्टिको में खड़े अपने पतलूनों में क्लिप लगा रहे थे और कमोबेश शायद सभीके कान में साहब की बात भी पड़ी होगी···।

हमारी मोटर उनको छोड़कर आगे बढ़ी तो एक बार मेरे जी में आया कि खूब गर्मजोशी से अपना दाहिना हाथ हिला-हिलाकर मैं उन्हें बहुत प्यार से टाटा कहता चलूं, जैसा कि ऐसे मौकों पर रिवाज है, लेकिन फिर साहब का खयाल करके मैंने धीरे-धीरे रफ्तार पकड़ती हुई स्टेशन-वैगन की सबसे पिछली सीट पर बैठे हुए बस एक बार चुपके से काली माई जैसी लम्बी-सी जीभ निकाल कर संतोष कर लिया।

उस वक्त आप देखते उनके चेहरे। उन्हें चर्रखचूं साइकिल पर स्टेशन तक रगड़ना था और यहां मैं साहब के साथ सरकारी स्टेशन-वैगन में बैठा उड़ा चला जा रहा था। उनका बस चलता तो मेरी बोटी-बोटी नोचकर फेंक देते। आंखों से धुआं-सा निकल रहा था। रामसनेही और महाराजबहादुर तो बगलोल की तरह मुंह बाये खड़े रह गये। कौशलकिशोर के हाथ के तोते उड़ गये। कहना मुश्किल है कि उस वक्त उनके चेहरे पर हैरानी ज्यादा थी या जलन। परमात्मासरन ताश के शौकीन आदमी, बोले, "यह हुआ नहले पर दहला···" बाबूलाल गुप्ता सांप की तरह कुछ फुफकारे, जो मैं सुन नहीं सका। चंद्रिकाप्रसाद ने नजर घुमा ली, कि जैसे मुझको देखा ही नहीं। आंख ओट पहाड़ ओट। अल्ताफ को मैंने कान पकड़ते देखा, जैसे किसीसे या किसी बात से तोबा कर रहा हो। हीरालाल, पहलवान आदमी, आस्तीन चढ़ाता दिखाई पड़ा और बेचारे बुढ़ऊ गयादीन कटे रुख के जैसे गिर पड़े—यानी गिर पड़े होते अगर यह मुहावरा न होता।

स्टेशन पहुंचकर मैंने सब काम संभाल लिया। सामान-वामान हर चीज का मैं ही इन्चार्ज था। साहब के ढेरों दोस्त अपनी बीवियों के साथ आये हुए थे। वे लोग उनसे मिलने-जुलने, हंसने-बोलने में लग गये, मैंने कुली बुलाये, मोटर से सामान उतरवाया और सब ले-देकर प्लेटफार्म की तरफ चला। उस वक्त मेरे रोब-दाब का क्या पूछना, कि जैसे जिलाधीश मैं ही हूं और ये तमाम लोग मुझीको विदा करने स्टेशन आये हैं।

यहीं से लगने वाली बोगी में साहब की सीटें थीं। सब पता-वता लगाकर मैंने सामान ले जाकर बाकायदा जमा दिया। साहब को इधर देखने की फुर्सत थी न फिक्र—शंकर है तो फिर काहे की चिन्ता! साहब-मेमसाहब दोनों अपनी खुश-गप्पियों में लगे रहे और इधर सारा इन्तजाम हो गया। हाकिम को ऐसे ही आदमी

की तलाश होती है, यह नहीं कि काम धेले का नहीं, बातें पांच सौ। ऐसों को लेकर बेचारा हाकिम क्या करे, चाटे? हाकिम की नजर में चढ़ना हो तो कुछ करके दिखाओ, जैसे शंकर।

दफ्तर की टोली जब तक हांफती-कांपती पहुंची, काम जो कुछ करना था, सब हो चुका था। लिहाजा साहब ने उन गरीबों की तरफ पलटकर देखा भी नहीं। साले गधे हैं भी तो। पूछिए घर जाकर भीड़ लगाने से क्या फायदा, साहब अपनी तैयारी करेंगे कि बैठकर आपकी चापलूसी सुनेंगे। आना ही था तो सीधे स्टेशन आ गये होते और यहां कुछ करके रखा होता। साहब को भी खुशी होती। इतने सारे लोग हैं, स्टेशन का सब बंदोबस्त करने को। कील-कांटा सब दुरुस्त करके रखा है। उनको हाथ-पैर हिलाने की भी जरूरत नहीं। मगर कहां, इस सबके लिए अक्ल चाहिए। नहीं, जाकर घोंघा वसन्त की तरह बेंचों पर बैठ गये। डरे-डरे, सिमटे-सिमटे, मुंह में जबान नहीं, सांस तक संभालकर ली जाती है, साहब का बैठका है। मिनट पर मिनट गुजरते जा रहे हैं और आप बैठे हैं तो बस बैठे हैं। चंग-मंगू के जैसे काम के न धाम के। ऊपर से शिकायत यह कि साहब कोई लिफ्ट नहीं देता। पूछिए, साहब आपको लिफ्ट दे भी तो किस बात के लिए कौन-सी आपकी ऐसी करनी है या कौन-सा ऐसा मुंह।

अब दो-एक लोग, मैं देख रहा हूं जैसे प्रधान सेनापति बाबू कौशलकिशोर, बड़ी मुस्तैदी दिखा रहे हैं। लपके हुए साहब के पास पहुंचे। बोले, "हुजूर, हम लोग आ गये।"

साहब ने तीन कोने का मुंह बनाकर कहा, "तो क्या करूं, ढोल बजाऊं।..." और अपने दोस्तों के साथ हंस पड़े।

बेचारे कौशलकिशोर बड़े हतप्रभ हुए, यही समझिए कि रहा-सहा पानी भी उतर गया। बुरा मुझको भी लगा, लेकिन जरा गहरे पैठकर देखिए तो बेचारे साहब की भी इसमें क्या गलती। अपने दोस्तों में हैं, हंसी-दिल्लगी हो रही है, दोस्त भी हैं, उनकी बीवियां भी हैं। वहां बाबू कौशलकिशोर का क्या काम? कुछ तो मौका-माहौल समझना चाहिए। हिम्मत करने पर आये तो नाक काटकर बैठ गये। पास ही मैं भी खड़ा था, मुझीसे पूछ लेते क्या करना है, क्या नहीं करना है। मगर नहीं, मुझसे क्यों पूछेंगे, जात चली जायेगी न! ठीक भी है, दफ्तर में वह मुझसे ऊंची कुर्सी पर बैठते हैं। बैठते होंगे। यहां पर उसका क्या जिक्र? देखना तो यह है कि साहब के दिल की कुर्सी पर कौन कहां बैठा हुआ है? वही तो जहर मालूम होता है, बाबू कौशलकिशोर ऐसों को। मेरे ठेंगे से। हम तो सीधे साहब से बात करेंगे। कर लीजिये! पा न गये खाने-भर को।

मगर इसमें शक नहीं, यह कौशलकिशोर है एक ही बेशरम। मुझे लगता है इस नौकरी में सभी आगे-पीछे ऐसे ही लतियल हो जाते हैं। खीसे निपोकर हें-हें

करने लगा, फिर खुशामदी टट्टुओं के जैसा हाथ मलते-मलते बोला, "हुजूर का नमक खाया है, कुछ खिदमत···"

साहब ने अब भी इस चापलूसी की कोई सनद न देते हुए उसी तुर्शी से कहा, "नमक आपने मेरा नहीं सरकार बहादुर का खाया है। शंकर से पूछ लीजिये, अगर कुछ करना हो···।"

अब कहां जाओगे बेटा। बहुत उड़े-उड़े फिरते थे !

लाचार, प्रधान सेनापति जी मेरे पास आये और दोस्ती से चिपचिपाते हुए बोले, "तो शंकर बाबू, सब बंदोबस्त साहब का ठीक-ठाक हो गया न ?"

शंकर बाबू एक घाघ आदमी। इसी मौके का तो इन्तजार था इसीके लिए तो सारी जोड़-तोड़ थी। मैं इस वक्त बादशाह था और सारी दुनिया मेरे पैरों पर लोट रही थी।

मैंने बहुत मुस्कराकर, लेकिन उतनी ही लापरवाही के साथ साहब की बेरुखी का रंग और गहरा करते हुए जवाब दिया, "जी हां, बाबू साहब, आपकी दया से सब हो गया···।

बाबू साहब ने ऐसे तिलमिलाकर मुझे देखा जैसे मैंने उनको घूंसा मार दिया हो। लेकिन मैंने कोई बुरी बात तो कहीं नही, न कोई गलत बात कही। बिस्तर मैंने कुली के साथ मिलकर लगवा ही दिया, सुराही-स्टैण्ड से सुराही लेकर उसमें ताजा ठण्डा पानी भर लाया, ह्वीलर से कुछ हल्का-फुल्का पढ़ने-देखने का मसाला भी लाकर रख दिया, साहब की विल्स सिगरेट की एक डिब्बी और माचिस भी ले आया, सब अपने पास से। अब बचा ही क्या करने को ?

लेकिन ये जो दस अदद कारगुजार गधे अपनी उल्टी-सीधी काठ-कबाड़ साइकिलें रगड़ते हुए यहां तक आये हैं तो आखिर कुछ तो करेंगे ही। यह कोई बहुत अच्छी कैफियत तो है नहीं कि आप ऊंट की कूबड़ या कुतुब मीनार जैसा पुल पार करके दम फूलते हुए पंपापुर साइडिंग में लगी हुई बोगी पर पहुंचे तो आपको पता चले कि पतंग हत्थे से कट गयी है और आप छूछी डोर पकड़े खड़े हैं।

सब एक-दूसरे की आंखों में झांककर जैसे कह रहे थे, 'कहो, कैसी रही !' और एहसास अपने बेपनाह उल्लूपन का, सबपर चड्डी गांठे बैठा था। अब करें तो क्या करें। साहब अपने दोस्तों से घिरे खड़े हैं, उन तक रसोई होने का सवाल नहीं, थकान बहुत है और बेंचें यहां खाली पड़ी हैं, लेकिन बैठ नहीं सकते, बेअदबी होगी, बात कुछ करने को है नहीं सिवाय इस एक एलान के कि हम इस सदी के सबसे बड़े गधे हैं। लिहाजा सब मुंह बांधे खड़े हैं, और गाड़ी है कि आने का नाम नहीं लेती। मैं अपना सविता के साथ खेल रहा हूं, जैसा घर के आदमी को चाहिए, नहीं मेमसाहब की दुम से लगी फिरती, जो इस वक्त उनको शायद

बहुत अच्छा न मालूम होता। इस तरह मेरे ये घामड़ दोस्त समझें या न समझें, अब भी मैं कुछ काम ही कर रहा था। पहाड़ ढकेलना ही काम नहीं है। काम बहुत तरह का होता है, मगर आंख चाहिए उसके लिए। खासकर मां को बच्चे से आजाद कर देना, उससे बड़ा तो आज की दुनिया में कोई काम ही नहीं, जभी तो मैंने सुना है, विलायत में बेबी-सीटिंग के लिए पन्द्रह से लेकर पचीस रुपये घण्टा तक मिलता है। कुछ करना न धरना, बच्चा मजे में अपना खेल रहा है या सो रहा है, आपका काम कुल इतना है कि जब मां-बाप घर में नहीं हैं, किसी से मिलने गये हैं या सिनेमा-थियेटर, नाइट क्लब कहीं का कोई प्रोग्राम है, तब आप घर में रहे आइये, दीवान पर बैठकर एक से एक हसीना के पन्ने पलटिये, सिगरेट आपको मिलेगी, शराब आपको मिलेगी, मेहनताना ऊपर से, और क्या मेहनताना! जितना हिन्दोस्तान के चीफ जस्टिस को नहीं मिलता। पांच घर पकड़ लीजिए और एक दिन में उतना कमा लीजिये जितना यहां एक महीने रगड़कर भी मुमकिन नहीं। गरज़ कि काम बहुत तरह का होता है, देखने वाले के ५ आंख-भर होनी चाहिए, जो सबके पास नहीं होती। जभी तो इतने सारे गाबदी यहां भीड़ लगाये खड़े हैं और किसीकी अक्ल कुछ काम नहीं कर रही है। साहब को उनकी तरफ देखने की फुर्सत नहीं है और उन्हें एक-दूसरे की तरफ देखने की हिम्मत नहीं है और एक कोई नासपीटा कीड़ा है, जो बराबर काटे जा रहा है और सारा शरीर चुनचुना रहा है।

आखिर माइक ने खबर दी है कि गाड़ी आने ही वाली है। बाबू लोगों में एक खलबली-सी मच गयी लेकिन साहब या उनकी मंडली के कान पर जूं भी नहीं रेंगी। और क्यों रेंगती? कौन तीसरे दर्जे का सफर है कि ठेलठाल करके अपने लिए जगह बनानी है। यहां तो अपने बिस्तरे प्रेमपूर्वक पहले से ही लगे हुए हैं। हंसी-ठहाकों का बाजार ज्यों का त्यों गरम रहा।

लेकिन गाड़ी आये भी जब पांच मिनट हो गये तब मैंने बड़े अदब से जाकर साहब को यह बता देना अपना फर्ज समझा कि अब डब्बा गाड़ी में लगेगा, आप लोग चलकर डब्बे में बैठ जायें वर्ना फिर वहां से प्लेटफार्म तक, पूरा एक फर्लांग समझिए, पैदल ही नापना पड़ जायेगा।

बात मौके से कही जाये तो कैसे सटीक न बठे! फौरन सब लोग डब्बे के अन्दर हो गये। बातें बदस्तूर चलती रहीं। फिर मैं अपने साथियों के साथ हो लिया और हम प्लेटफार्म की तरफ बढ़े। कोई किसीसे बोल न रहा था, गोया कोई मातम का जुलूस हो। सभी लोग मुझसे जरा दूर-दूर चल रहे थे कि जैसे मैं कोई खूनी हूं या उचक्का हूं या अछूत हूं।

ठीक है, मैं भी कुछ न बोला, प्लेटफार्म पर पहुंचकर काफी लोग तो फिर उसी तरह भीड़ लगाकर मुंह पिटाये-से खड़े हो गये, जैसे इतनी देर से खड़े थे,

मैं सबकी नजर बचाता हुआ आइसवेंडर के पास पहुंचा।

जरा देर बाद साहब की मंडली के लिए कोकाकोला की बोतलें पहुंच गयीं। साहब और मेमसाहब ने लगभग एक आवाज में अपन दोस्तों से कहा, "लीजिये, लीजिये।" तो उनके चेहरे पर खुशी का नूर बरस रहा था। मैं सुनहरे हाशिये की तरह एक किनारे खड़ा था। साहब ने और मेमसाहब ने एक-दूसरे की ओर फिर मेरी तरफ देखा। उनकी आंखों में जो गहरी कृतज्ञता थी, 'कैसी प्यारी बात सूझी तुम्हें, जाते-जाते दोस्तों की यह भी एक पार्टी हो गयी?' मैंने उसको पढ़ा और धीमे से मुस्करा दिया, कुछ इस तरह कि आप ही ने तो कहके रखा था, मेरा इसमें क्या है?

मेमसाहब ने जब अपना बटुआ खोलकर उसके पैसे चुकाये तब जैसे इस बात पर और भी पक्की सील-मुहर लग गयी कि अच्छी होस्टेस की तरह यह सब उन्हीं की दूरंदेशी का करिश्मा था।

दफ्तर की टोली ने भी यह सब कुछ देखा और जल-भुनकर खाक हो गयी, क्योंकि जैसी नर्म आंखों से साहब और मेमसाहब ने मेरी तरफ देखा था, उसको भांप लेना कुछ इतना मुश्किल न था।

यानी कि चलते-चलते यह एक और रद्दा पड़ा, जिससे गरीब तिलमिला गये और आंखों में खून छलक आया। उनका बस चलता तो पांच लोग, कोई भी पांच, दीवार पर अपना सर पटक लेते और पांचों मुझको वहीं खोदकर गाड़ देते।

लेकिन अभी तो, जिलाधीश साहब की छाया में, ऐसा कोई खतरा मुझको नहीं था और फिर जिस मीठे अंदाज में नये जिलाधीश मिस्टर माथुर ने एक बार भर आंख मुझको देखा उससे मैंने जान लिया कि मेरी सिफारिश पहुंच चुकी है, आगे भी सव ठीक रहेगा। मैं उसी तरह एक मोनालिसा वाली मुस्कराहट चेहरे पर लिये बड़े अदब से एक किनारे पर खड़ा रहा। जिससे मेरे साथियों के दिल की बस्ती और भी जलकर राख हुई जा रही थी।

आखिर हीरालाल से नहीं रहा गया। पहलवान आदमी, उसका ध्यान फौरन खाने की चीज पर गया और उसने आव देखा न ताव, मन ही मन बच्ची से मेमसाहब तक और मेमसाहब से साहब तक अपनी सीढ़ी लगाते हुए लपककर चाय वाले के यहां से बेबी के लिए काफी-बिस्कुट खरीद डाले—न ग्लेक्सो, न हॉर्लिक्स, न ब्रिटानिया, वही शीशे के मर्तबान में खुले रखे हुए देहाती बिस्कुट, जिन्हें कोई भला आदमी नहीं खाता।

और वही गत हुई जो होनी थी। तिलचट्टे अखबारी कागज में लिपटा हुआ, अपना बेशकीमती तोहफा लिये-दिये जब वह उछलता-कूदता पहुंचा और 'बेबी' की तरफ अपना यह प्रेमोपहार बढ़ाया तो मेमसाहब ने जोर-जोर से सूप की तरह हाथ फटकारते हुए घबराकर कहा, "नहीं, नहीं, बेबी यह सब कुछ नहीं खाती।

घर ले जाइये, आपके बच्चे खायेंगे···।"

यानी हैजा हो तो उनको हो ?

उसी समय गाड़ी चल पड़ी। कपूर साहब गाड़ी का दरवाजा खोलकर मुस्कराते सबको हाथ जोड़े खड़े थे। गाड़ी धीरे-धीरे सरक रही थी। प्लेटफार्म पर साहब के दोस्तों और उनकी बीवियों की मंडलियां रूमाल हाथ में ले चुकी थीं, फिर उधर से साहब का हाथ और इधर से रूमालें हिलने लगीं और हिलती रहीं जब तक गाड़ी प्लेटफार्म से बाहर नहीं चली गयी।

शाम अभी जवान थी, लोग आगे का प्रोग्राम देखने लगे। बस, एक हीरालाल सबसे ज्यादा लुटा-पिटा, उदास, मन मारे खड़ा था।

मैंने उसकी तबीयत बहलाने को कहा, "तुम्हीं खा लो···पेट पड़े गुन करेगा···" और जान छोड़कर भागा !

अशोक शुक्ल

एक ऊटपटांग संस्मरण

□□

बहुत पुरानी बात है पिछले जनम की, इसलिए संभव वर्णन में कुछ असंगतियां रह गयी हों। सहृदय पाठक क्षमा करेंगे। उन दिनों मैं ख्याति के सर पर मुंहलगी प्रेमिका-सा चढ़ा था। बहुत बड़ा जासूस था मैं—वर्ल्ड-विख्यात। तभी की बात है। अनुमाननगर की पुलिस, गर्भिणी कुमारी-सी परेशान थी। किसी बड़े आदमी ने नगर के पेट में एक अपराधी गर्भा दिया था। तुरन्त बुलाया गया, इसलिए मैं तार से जा पहुंचा।

पहुंचते ही सबसे पहले मैंने बताया—उस अपराधी का हुलिया क्या है? शौक क्या है? उद्देश्य क्या है? पता लगा—हुलियाहीन है वह, दो पल से अधिक एक रूप में नहीं रहता। उसका शौक—शराब, रुपये और औरतें पीना। उसका उद्देश्य—चबा-चबाकर पूरे नगर को खाना। कुछ न होने जैसी होते हुए भी इतनी जानकारी काफी थी मुझ जैसे बहुत बड़े जासूस के लिए।

शाम को यह टटोलने कि अपराध बाहर से आते हैं या बाहर भेजे जाते हैं, मैं नगर के बाहर चला गया और चुंगीचौकी के पास चुपचाप सड़क के साथ लेट गया। सड़क पहले थोड़ा कुनमुनायी, बोली, "कोई देख लेगा," पर जब मैंने समझाया कि परदेसी हूं, तो और पास खिसक आयी। वह परदेसियों की नपुंसकता से या तो आश्वस्त थी या अभ्यस्त।

मैंने धीरे से आसपास को महसूसा। चुंगीघर के ठीक सामने सड़क-अवरोधक लगा था। ट्रक आकर अवरोधक के पास रुकते, तो वह हाथ फैला देता। ट्रक हाथ पर पांच का नोट थूक देते, तुरन्त अवरोधक रास्ता छोड़ उठ खड़ा होता, ट्रक गुजर जाते। पांच का नोट हवा में उड़ते हुए मुंशीजी को नाक में घुसता और पेट में जा पहुंचता। बीच-बीच में चुंगीघर चाय मंगाता, तो सड़क चाय पहुंचाती। वातावरण सड़क से कुछ कमीनी छेड़खानियां करता, जिन्हें वह टेंट में खोंस लेती।

फिर एक व्यतिक्रम आया। सामने से ट्रक आ रहा था। अवरोधक का खुजला रहा हाथ नोट मांगने के लिए बढ़ने ही वाला था, कि तभी···! ट्रक ने विचित्र गति से बत्तियां जला-बुझाकर आंखें मारना शुरू कर दिया। दूर, किसी घण्टाघर

ने आवाज दी, "बाबू जी का ट्रक है !" अवरोधक बिना नोट पाये खट से खड़ा हो गया और उसने ट्रक को सैल्यूट मारा। कर्मचारियों ने जल्दी-जल्दी आंखों पर पट्टियां बांधीं और सर झुका बैठ गये। ट्रक सड़क के साथ बलात्कार करता हुआ बिना रुके चला गया। उसके जाते ही सब पूर्ववत् हो गया—कर्मचारियों को दीखने लगा, अवरोधक नीचे आ गिरा और सड़क सती-साध्वी बनकर ओढ़नी ठीक करने लगी।

मैं तुरन्त काम में जुट गया। जल्दी-जल्दी सड़क के सतीत्व का पोस्टमार्टम किया। उसपर सीमेंट के कण चिपके थे। जाहिर था, ट्रक सीमेंट खाये था। मैंने नमूने के लिए एक खुराक सीमेंट रख ली।

स्थानीय पुलिस से पता लगाया—यहां सीमेंट किस काम आता है ? पता लगा, दो कामों में—मकान बनाने और ब्लैक होने में। पहले पहली संभावना को निचोड़ा मैंने।

एक निहायत सेंसेटिव मशीन लेकर नये बन रहे मुहल्लों की छानबीन में जुटा। जल्दी ही वह मकान मिल गया, जिसमें चुंगीघर के पास मिली सीमेंट की दुर्गंध मौजूद थी। मशीन ने नापकर बताया, प्रति सेकेंड धरती फोड़कर एक तिल ऊपर उगता आ रहा है यह मकान।

मकान-मालिक से मिलने गया, जो पास की कैंटीन में बैठा नाश्ते में मजदूरों के पेट काट-काटकर खा रहा था। मैंने पूछा, "आप ही इस आलीशान मकान के मालिक हैं ?"

आलीशानता के उल्लेख से खुश होकर वह कुत्ता बन गया, दुम हिला-हिलाकर मेरा स्वागत करने लगा, जैसे वोट मांग रहा हो ? उसने कूं-कूं करके प्रेम दर्शाते हुए मुझे बैठाया और पूछा, "क्या पसंद करेंगे आप—गोरा या सांवला, गरम या ठण्डा ? और बुरा न मानें तो अपनी तारीफ भी बतायें।"

मैंने बता दिया, "खुफिया पुलिस का आदमी हूं, आपके नये मकान के कागजात देखने आया हूं।"

वह तुरन्त कुत्ते से भेड़िया बन गया, गुर्राकर बोला, "सरकारी मेमने, अपने बच्चों की सलामती चाहता हो, तो यहां से भाग जा।"

उसने मुझे उठाकर दूर फेंक दिया और स्वयं हवा में घुल गया। मैं खून बहाते कोतवाली पहुंचा। आइडेंटिटी कार्ड देखकर स्थानीय पुलिस ने मेरे जख्मी अंग बदल दिये। मैंने पूछा, "उस अधबने मकान का मालिक कौन है ?"

मेरा सवाल सुनकर सारा शहर पीला पड़ गया, क्योंकि उस मकान का मालिक एक बहुत ही बड़े आदमी का चमचा था। हवा ने हाथ हिला-हिलाकर मना किया मुझे कि उससे मत उलझो। लेकिन मैं डरा नहीं, उसकी खोज में बड़े आदमी की कोठी तक जा पहुंचा।

कोठी वेश्या-सी बेशर्मी से मटक रही थी। बड़ा आदमी अभी ऊपर था, नीचे वही अपराधी चमचा भीड़ से घिरा खड़ा था। लोग उसे रुपये देते थे, रुपये चबाकर वह देखने वाले के ऊपर सुविधाएं थूक देता था। लोग उन सुविधाओं पर बैठकर गगन-विहार करने लगते थे।

जब सब लोग उड़ गये, तब शिकारी का वेश बना मैं उसके पास पहुंचा और बोला, "मुझे बन्दूक का लाइसेंस चाहिए।"

उसने हाथ बढ़ाया। हाथ में बहुत गहरा गड्ढा था। मैंने गड्ढे को रुपयों से भर दिया, तो वह खुश होकर मुस्कराया। मैंने उसे फांसने के लिए कहा, "मैं और रुपये दे सकता हूं।"

सुनते ही वह अत्यन्त खूबसूरत दुलहन बन मेरे गले में हाथ डालकर बोला, "लाइसेंस तुम्हारे घर पहुंच जायेगा प्रियतम!"

मैंने पूछा, "जो रुपये दिये थे, वे कहां गये?"

"वे मकान बन गये। फिर कार बनेंगे, फिर लड़कियां बनेंगे, फिर कुर्सियां बनेंगे।"

मैंने मुस्कराकर अपने ब्रह्मचर्य की जेब से हथकड़ियां निकाल लीं और कहा, "मैं खुफिया पुलिस का आदमी हूं, तुम्हें गिरफ्तार करने आया हूं।"

वह तुरन्त औरत से बदलकर महात्मा बन गया, वेद पढ़ने लगा। मैंने उसे गिरफ्तार करने के लिए हाथ बढ़ाये तो मेरे हाथ कट गये। वह गायब हो चुका था और मेरे कटे हुए हाथों में हथकड़ियां कसी थीं।

थाने में आइडेंटिटी कार्ड दिखाकर हथकड़ियां कटवायीं। लोगों ने बताया, "वह हमेशा ही पकड़नेवाले को पकड़वाकर गायब हो जाता है।"

मैं फिर उसके स्वामी बड़े आदमी की कोठी पहुंचा। इस बार वे बैठक में थे और चमचा चप्पलें बना उनके पैरों से लिपटा पड़ा था। मैंने चमचे से बचते हुए बड़े आदमी को मुसाहिबी सैल्यूट किया और खम्भे से सटकर खड़ा हो गया। थोड़ी देर में मैं खुद खम्भा हो गया।

बड़े आदमी ने आज्ञा दी, "चाय लाओ।" तो वह चप्पलों का रूप त्याग होटल का छोकरा बन गया और तुरन्त चाय, पान, सिगरेट, पानी, हुक्का, पीकदान लेने चला गया। मैं मौका पाकर खम्भे से निकला और कुर्सी की पीठ पर टंगी बड़े आदमी की सदरी की जेब में जा छिपा। जेब में कुछ लाचार लड़कियां, विदेशी शराब की बोतलें और हीरे के हारों की रसीदें सो रही थीं—एक-दूसरे में जुड़ी हुई।

फोन कुनमुनाया, तो बड़े आदमी ने उसे कमर से पकड़ ऐसे घसीट लिया, जैसे वह अधपकी लड़की हो। किसी ने बुलाया था, इसलिए बड़े आदमी और काले नोट बटोरने चले गये। चमचा कुछ देर उनके पदचिह्नों को चाटता रहा फिर

बाहर आकर लावारिस जमीन खोद-खोद अपनी जेबों में भरने लगा।

मैंने सदरी की जेब में पड़ी लड़कियों की मजबूरियों से दोस्ती करके जान लिया था कि यह अपराधी ऐसे नहीं मरेगा। इसके शक्ति-स्रोत को सुखाना पड़ेगा, इसे काटकर बड़े आदमी से अलग करना पड़ेगा। इसलिए ज्योतिषी का वेश बनाया और पास जाकर उसका हाथ देखने लगा। उसके मैले हाथों से ताजे खून की बदबू आ रही थी। मैंने चुपचाप उसकी हथेली में रंगीन राजमुकुट बना दिया और उसे दिखाकर कहा, "तुम एक दिन राजा बनोगे।"

उसने मुझे संदेह से देखा, लेकिन तब तक उसका पेट फाड़कर एक सांवली लड़की निकल आयी। यही उसकी इच्छा थी। लड़की ने बड़े विश्वास से कहा, "मैं जानती हूं, ये एक दिन जरूर राजा बनेंगे। लेकिन कैसे?"

मैंने आसपास के सारे खाली स्थान में ढेर-सी गणित फैला दी। लड़की और प्रभावित हुई। मैंने कहा, "तुम जिस बड़े आदमी के साथ जुड़े हो उसे दफना दो। उसकी कब्र में एक फूल खिलेगा, जिसे कोट में लगाते ही तुम राजा बन जाओगे।"

आदमी फिर कुछ सकुचाया, लेकिन लड़की ने उसे झिड़क दिया, "मैं न जाने कब से कह रही हूं, कि उस बड़े आदमी को दफनाये बिना तुम खुद बड़े आदमी नहीं बन सकते। चलो, उसे दफनाओ चलकर—इसी वक्त!"

अपराधी ने फिर रुख बदला और अखबार बनकर बड़े आदमी के खिलाफ सचित्र छप गया। लेकिन बड़ा आदमी ज्यादा प्रतापी था, उसने सारे अखबारों पर तारकोल पुतवा दिया—सिर्फ एक प्रति बच पायी, जिसे मैं पहले ही चुरा ले गया था। मैं उस प्रति को बड़े आदमी के बिस्तर पर बिछा आया। बिस्तर पर बिछी लड़कियां अपने नंगे जीवन-चरित्र छपे देखकर डर गयीं और उठकर भागीं। भाग रही लड़कियों के नोकीले शरीरों से उलझकर वह डोर टूट गयी, जो चमचे को बड़े आदमी से बांधे थी।

डोर टूटते ही अपराधी-चमचे की सारी शक्ति बिखरकर मिट्टी में सोख गयी और वह मामूली आदमी बन गया। तब मैंने उसे अपना आइडेंटिटी कार्ड दिखाया। उसने हाथ उठा दिये। हाथों में अपने-आप हथकड़ियां कस गयी थीं।

अशोक शुक्ल

चंद मिनट संशय के

□□

थोड़ी देर मुस्कराते रहने के बाद मैना बोली, "सुन तोते, नयी कविता।"

तोता मान गया कि चलो, इसी बहाने समय कटेगा।

मैना ने सुनाया, "चंद मिनट संशय के !"

"यह तो अज्ञेय की है," तोते ने विरोध किया।

"सच्ची, कसम से अज्ञेय की नहीं है," मैना ने विश्वास दिलाया, फिर पूछा, "अब एक सवाल बता तोते, चंद मिनट संशय के, अच्छा, कितने ?"

तोता चकराया—चंद मिनट ? संशय के ?...अब क्या बतायें कितने ! लेकिन मैना ने पूछा है, तो जरूर कोई भेद है !

सोचता रहा, सोचता रहा।

बोला, "अब देख डियर मैना, संशय के मिनट हैं, तो कम हों या ज्यादा, लगेंगे बरसों लंबे। जैसा संशय वैसे मिनट ! इसलिए अब यह तो मैं क्या बताऊं कि कितने मिनट ! लेकिन अगर तू घड़ियों वाला टाइम ही पूछ रही है, तो संशय के चंद मिनट—यानी यही कोई बीस मिनट। बोल, ठीक है ?"

मानना पड़ा। मैना बोली, "ठीक !"

"अच्छा तो अब तू बता," अब की तोते ने पूछा, "चंद मिनट संशय के—किसके ?"

मैना से भला क्या छिपा था ! उसने बता दिया, "मदन जी के !"

मानना पड़ा। तोता बोला, "ठीक !"

मदन जी सामने वाली किताबों की दुकान पर बैठे अंग्रेजी का अखबार पढ़ रहे थे, कि जिससे रोब पड़े। कोमल-कोमल मुख-शरीर, पेशे से कवि। तोते ने उन्हें गौर से देखा, तो उलझ गया। बोला, "ए री मैना, देख तो जरा मदन जी के नैना ! वे आंखें तो अखबार में गड़ाये हैं। मगर देख कहीं और रहे हैं। भला कहां देख रहे हैं वे ?"

मैना ने देखा, बात ठीक थी।

सोचती रही, सोचती रही।

आंखें अखबार में गड़ाये हैं, तो देख भी कहीं आसपास रहे होंगे। लेकिन

आसपास कोई स्त्री तो है नहीं, फिर भला मदन जी का कवि किसे देख रहा है ? सो भी चोरी-चोरी ।

उसने गौर से देखा, तो जान गयी । बोली, "मदन जी आंखें तो बेकार ही अखबार में गड़ाये हैं, असल में चोरी-चोरी देख उस किताब को रहे हैं जो उनकी बगल में बैठे दूसरे कवि जी पढ़ रहे हैं । न माने, तो तू खुद देख ले तोते !"

मानना पड़ा । तोता बोला, "ठीक !"

तब तक मैना ने अगला सवाल कर दिया, "बड़ा ज्ञानवान बनता है, तो बता तोते, दूसरे कवि जी कौन-सी किताब पढ़ रहे हैं ।"

तोता परेशान ! क्या बताये ! कवि हैं, भला दूसरे की रचना क्यों पढ़ेंगे ? लेकिन इनकी तो कोई चीज कहीं छपी नहीं, फिर ये क्या पढ़ रहे हैं ! आखिर किसकी है यह किताब ?"

सोचता रहा, सोचता रहा ।

याद आ गया । दूसरे कवि जी के आते ही मदन जी ने उनका बड़ा स्वागत किया था और बड़ी सहज आवाज में पूछा था, "आपने तो सुन ही लिया होगा ?"

"क्या ?" दूसरे कवि जी ने बहुत आशान्वित हो पूछा था । मन में नाना सवाल गूंजे थे—क्या नगर में कोई कवि-सम्मेलन होने वाला है ? हमने तो सुना नहीं ! कौन करवा रहा है ? किसके थ्रू आमंत्रित हुआ जा सकता है ?

खोदा पहाड़ निकली चुहिया ! खोला झोला, निकली किताब—मदन जी, तोते ने साफ-साफ देखा था, दूसरे कवि जी की ओर किताब बढ़ाकर बोले थे, "मेरा कविता-संग्रह है बंधु, अभी छपा है । आजकल खूब चर्चित हो रहा है, धड़ाधड़ बिक रहा है ।"

तो तोते ने बता दिया, लेकिन इतना और पूछ लिया कि बता मैना, मदन जी चोरी-चोरी भला क्या देख रहे हैं, अपनी किताब में ?

मैना ठहरी शहर की लड़की । सब जानती थी । उसने तुरन्त बता दिया, "चोरी-चोरी देख रहे हैं कि कितनी किताब गयी पढ़ और कितनी रही बाकी ।"

मानना पड़ा । तोता बोला, "ठीक !"

तब तक मैना ने एक सवाल और धर दिया, "अच्छा तोते, यह बता दे तो तुझे कुल्फी खिलाऊं, कि चंद मिनट संशय के, माना मदन जी के—लेकिन किस संशय के ?"

तोते को आ गया ताव । तड़ाक से बोला, "अरी भुलक्कड़, याद कर, मदन जी किताब देकर विरक्त भाव से अखबार पढ़ने लगे थे, लेकिन वे विरक्त थे कहां ? ध्यान तो उनका अटका था अपनी किताब में, कि कितना पढ़ गयी । संशय इस बात का, कि कहीं कवि जी बिना पूरी पढ़े वापस न कर दें किताब !

"अब बचा सवाल यह कि ऐसा संशय उन्हें क्यों हुआ ! तो वह भी सुन ले···

"दूसरे कवि जी मदन जी का संग्रह छपा देख ईर्ष्या से जल उठे। मन तो हुआ, संग्रह को मय मदन जी के आग में झोंक दें, पर शिष्टता का खयाल कर मन मारे बैठे रहें। संग्रह पढ़ना पड़ा ऊपर से। मारे सदमे के पहले तो बड़ी देर मुख-पृष्ठ ही देखते रहे। तब पहली बार मदन जी के मन में संशय जन्मा कि कहीं ये सिर्फ मुखपृष्ठ देखकर लौटा न दें किताब ! फौरन उन्होंने चोरी-चोरी ध्यान से देखना शुरू किया कि कितनी किताब गयी पढ़ और कितनी बची बाकी !

"उधर कवि जी ने बड़ी देर बाद मुखपृष्ठ उलटा, तो भूमिका में जा घुसे, मदन जी का संशय और बढ़ा कि भूमिका तो है बीस पेज की, इसमें रम गये, तो किताब क्या पढ़ेंगे ?

"कवि जी थे नंबरी दुष्ट। वे मदन जी की उत्सुकता ताड़ गये, तो और देर लगाने के लिए भूमिका की प्रशंसा करने लगे। उससे निबटे, तो दो-तीन साहित्यिक मुद्दों पर बहस करने लगे। अब तो मदन जी का संशय विश्वास बन चला कि बहस चालू है, तो कविता अब भला क्या पढ़ी जायेगी।

"इसलिए हे मैना, मदन जी के चंद मिनट इस संशय के, कि कवि जी पढ़ते-पढ़ते अंतिम पृष्ठ तक पहुंचे तो···?"

मानना पड़ा। मैना बोली, "ठीक !"

अब की तो तोते ने पूछ लिया, "बता मैना, मदन जी आखिरी पृष्ठ पढ़वाने को इतना लालायित थे, तो क्यों ? यह बता दे, तो तुझे सिनेमा दिखाऊं।"

मैना थी घुटी हुई। बिना रुके बोल गयी, "लालायित थे इसलिए कि बेचारे चार-पांच साल भटके, पर किसीने उनका संग्रह न छापा तो उन्होंने अपने खर्चे से छपवाया। स्वयं अपना जीवन-चरित्र लिखा, मूल्यांकन किया, फोटो छापा। लेकिन फोटो छपा आखिरी पन्ने में। अब अगर कवि जी बिना अंतिम पृष्ठ देखे किताब लौटा देते, तो फोटो कौन देखता ? क्या इसलिए छपवाया था मदन जी ने अपना फोटो, कि लोग बिना देखे बच जायें ! फोटो दिखाने के लिए ही इतना लालायित थे वे, कि संशय के बीस मिनट झेल गये।"

मानना पड़ा। तोता बोला, "ठीक !"

"लेकिन एक बात बता तोते, जब सभी अपनी प्रशंसा चाहते हैं, तो शरमाते किससे हैं ! सभी तो एक जैसे हैं। अपने जैसों से भला क्या शर्म ! लोग अपनी-अपनी प्रशंसा बिना सकुचाये खुद क्यों नहीं कर लेते ?"

तोता गया था थक। हाथ जोड़कर बोला, "अब मैना, तू तो है औरत जात, बात से बात निकालती जायेगी, तुझसे कौन बहस करे ? तू समझती क्यों नहीं कि अपनी तारीफ भी—बीवी की तरह—दूसरे की ही ज्यादा अच्छी लगती है।"

"चल लुच्चे, शर्म नहीं आती तुझे ऐसा कहते।" मैना ऐसे बोली, जैसे बड़ी सतवंती हो। लेकिन सुनता कौन ? तोता तो पहले ही उड़ गया था।

कमलेश्वर

जार्ज पंचम की नाक

□□

यह बात उस समय की है जब इंगलैंड की रानी एलिजाबेथ द्वितीय मय अपने पति के हिंदुस्तान पधारने वाली थीं। अखबारों में उनके चर्चे हो रहे थे। रोज लन्दन के अखबारों से खबरें आ रही थीं कि शाही दौरे के लिए कैसी-कैसी तैयारियां हो रही हैं···रानी एलिजाबेथ का दरजी परेशान था कि हिंदुस्तान, पाकिस्तान और नेपाल के दौरे पर रानी कब क्या पहनेंगी। उनके सेक्रेटरी और जासूस भी उनके पहले ही इस महाद्वीप का तूफानी दौरा करनेवाले थे—आखिर कोई मजाक तो था नहीं—जमाना चूंकि नया था, फौज-फाटे के साथ निकलने के दिन बीत चुके थे, इसलिए फोटोग्राफरों की फौज तैयार हो रही थी।

इंगलैंड के अखबारों की कतरनें हिंदुस्तानी अखबारों में दूसरे दिन चिपकी नजर आती थीं कि रानी ने एक हलके नीले रंग का सूट बनवाया है, जिसका रेशमी कपड़ा हिंदुस्तान से मंगाया गया है, कि करीब चार सौ पौंड खर्च उस सूट पर आया है, कि···

रानी एलिजाबेथ की जन्मपत्री छपी, प्रिंस फिलिप के कारनामे छपे···और तो और, उनके नौकरों, बावर्चियों, खानसामों, अंगरक्षकों की पूरी की पूरी जीवनियां भी देखने में आयीं···शाही महल में रहने और पलनेवाले कुत्तों तक की तस्वीरें भी अखबारों में छप गयीं···

बड़ी धूम थी। बड़ा शोर-शराबा था। शंख इंगलैंड में बज रहा था, गूंज हिंदुस्तान में आ रही थी।

इन खबरों से हिंदुस्तान में सनसनी फैल रही थी। राजधानी में तहलका मचा हुआ था। जो रानी ५००० रुपये का रेशमी सूट पहनकर पालम के हवाई अड्डे पर उतरेगी, उसके लिए कुछ तो होना ही चाहिए, कुछ क्या, बहुत कुछ होना चाहिए। जिसके बावर्ची पहले महायुद्ध में जान हथेली पर लेकर लड़ चुके हैं, उसकी शान-शौकत के क्या कहने! और वही रानी दिल्ली आ रही है···

नई दिल्ली ने अपनी तरफ देखा और बेसाख्ता उसके मुंह से निकल गया—वह आएं हमारे घर खुदा की रहमत, कभी हम उनको कभी अपने घर को देखते हैं।—और देखते-देखते नई दिल्ली का कायापलट होने लगा।

और करिश्मा तो यह था कि किसीने किसीसे नहीं कहा, किसीने किसीको नहीं देखा, पर सड़कें जवान हो गयीं, बुढ़ापे की धूल साफ हो गयी, इमारतों ने नाजनीनों की तरह श्रृंगार किया···

लेकिन एक बड़ी मुश्किल पेश थी···वह थी जार्ज पंचम की नाक···नई दिल्ली में सब कुछ था, सब कुछ होता जा रहा था, सब कुछ हो जाने की उम्मीद थी, पर जार्ज पंचम की नाक की बड़ी मुसीबत थी। नई दिल्ली में सब कुछ था—सिर्फ नाक नहीं थी।

इस नाक की भी एक लम्बी दास्तान है। इस नाक के लिए बड़े तहलके मचे थे किसी वक्त ! आंदोलन हुए थे ! राजनीतिक पार्टियों ने प्रस्ताव पास किये थे। चन्दा जमा किया था। कुछ नेताओं ने भाषण दिये थे। गरमा-गरम बहसें भी हुई थीं। अखबारों के पन्ने रंग गये थे। बहस इस बात पर थी कि जार्ज पंचम की नाक रहने दी जाये या हटा दी जाये ! और जैसा कि हर राजनीतिक आंदोलन में होता है, कुछ पक्ष में थे, कुछ विपक्ष में, और ज्यादातर लोग खामोश थे। खामोश रहनेवालों की ताकत दोनों तरफ थी।

यह आंदोलन चल रहा था। जार्ज पंचम की नाक के लिए हथियारबन्द पहरेदार तैनात कर दिये गये थे। क्या मजाल कि कोई उनकी नाक तक पहुंच पाये। हिंदुस्तान में जगह-जगह ऐसी नाकें खड़ी थीं और जिन तक लोगों के हाथ पहुंच गये उन्हें शानो-शौकत के साथ उतारकर अजायबघरों में पहुंचा दिया गया। शाही लाटों की नाकों के लिए गुरिल्ला होता रहा।···

उसी जमाने में यह हादसा हुआ था···इंडिया गेट के सामने वाली जार्ज पंचम की मूर्ति की नाक एकाएक गायब हो गयी। हथियारबन्द पहरेदार अपनी जगह तैनात रहे। गश्त लगाते रहे—और मूर्ति की नाक चली गयी।

रानी आये और नाक न हो।···एकाएक यह परेशानी बढ़ी। सरगरमी शुरू हुई। देश के खैरख्वाहों की एक मीटिंग बुलायी गयी और मसला पेश किया गया कि क्या किया जाये ?···वहां सभी एकमत से इस बात पर सहमत थे कि अगर वह नाक नहीं आयी तो हमारी नाक नहीं रहेगी !

उच्च स्तर पर मशवरे हुए, दिमाग खरोंच गये और यह तय किया गया कि हर हालत में इस नाक का होना बहुत जरूरी है। यह तय होते ही एक मूर्तिकार को हुक्म दिया गया कि वह फौरन दिल्ली में हाजिर हो।

मूर्तिकार यों तो कलाकार था, पर जरा पैसे से लाचार था। आते ही उसने हुक्काम के चेहरे देखे। अजीब परेशानी थी उन चेहरों पर—कुछ लटके हुए थे, कुछ उदास थे और कुछ बदहवास थे। उनकी हालत देखकर लाचार कलाकार की आंखों में आंसू आ गये···तभी एक आवाज सुनाई दी, "मूर्तिकार ! जार्ज पंचम की नाक लगानी है !"

मूर्तिकार ने सुना और जवाब दिया, "नाक लग आयेगी ! पर मुझे यह मालूम होना चाहिए कि यह मूर्ति कब और कहां बनी थी ? इस मूर्ति के लिए पत्थर कहां से लाया गया था ?"

हुक्काम ने एक-दूसरे की तरफ ताका, एक की नजर ने दूसरे से कहा कि यह बताने की जिम्मेदारी तुम्हारी है ! खैर, मसला हल हुआ। एक क्लर्क को फोन किया गया और इस बात की पूरी छानबीन करने का काम सुपुर्द कर दिया गया।···पुरातत्त्व विभाग की फाइलों के पेट चीरे गये, पर कुछ भी पता नहीं चला। क्लर्क ने लौटकर कमेटी के सामने कांपते हुए बयान किया, "सर ! मेरी खता माफ हो, फाइलें सब कुछ हजम कर चुकी हैं !"

हुक्काम के चेहरों पर उदासी के बादल छा गये। फिर एक खास कमेटी बनायी गयी और उसके जिम्मे यह काम दे दिया गया कि जैसे भी हो, यह काम होना है और इस नाक का दारोमदार आप पर है।

आखिर मूर्तिकार को फिर बुलाया गया। उसने मसला हल कर दिया। वह बोला, "पत्थर की किस्म का ठीक पता नहीं चलता तो परेशान मत होइये।··· मैं हिंदुस्तान के हर पहाड़ पर जाऊंगा और ऐसा ही पत्थर खोजकर लाऊंगा !"

कमेटी के सदस्यों की जान में जान आयी। सभापति ने चलते-चलते गर्व से कहा, "ऐसी क्या चीज है, जो अपने हिंदुस्तान में नहीं मिलती ? हर चीज इस देश के गर्भ में छिपी है···जरूरत खोज करने की है।···खोज करने के लिए मेहनत करनी होगी, इस मेहनत का फल हमें नहीं मिलेगा—आने वाला जमाना खुशहाल होगा !"

यह छोटा-सा भाषण फौरन अखबारों में छप गया।

मूर्तिकार हिंदुस्तान के पहाड़ी प्रदेशों और पत्थरों की खानों के दौरों पर निकल पड़ा। लेकिन कुछ दिन बाद वह हताश लौट आया। उसके चेहरे पर लानत बरस रही थी। उसने सिर लटकाकर खबर दी, "हिंदुस्तान का चप्पा-चप्पा छान डाला, पर इस किस्म का पत्थर कहीं नहीं मिला। यह पत्थर विदेशी है।"

सभापति ने तैश में आकर कहा, "लानत है आपकी अक्ल पर ! विदेशों की सारी चीजें हम अपना चुके हैं—दिल-दिमाग, तौर-तरीके और रहन-सहन···जब हिंदुस्तान में बाल-डांस तक मिल जाता है तो पत्थर क्यों नहीं मिल सकता ?"

मूर्तिकार चुप खड़ा था। सहसा उसकी आंखों में चमक आ गयी। उसने कहा, "एक बात मैं कहना चाहूंगा, लेकिन इस शर्त पर कि यह बात अखबार वालों तक न पहुंचे।"

सभापति की आखों में भी चमक आयी। चपरासी को हुक्म हुआ और कमरे के सब दरवाजे बन्द कर दिये गये। तब मूर्तिकार ने कहा, "देश में अपने नेताओं

की मूर्तियां भी हैं···अगर इजाजत हो···अगर आप लोग ठीक समझें···तो मेरा मतलब है···तो···जिसकी नाक इस मूर्ति पर ठीक बैठे, उसे उतार लाया जाये···"

सबने सबकी तरफ देखा। सबकी आंखों में एक क्षण की बदहवासी के बाद खुशी तैरने लगी। सभापति ने धीमे से कहा, "लेकिन बड़ी होशियारी से !"

और मूर्तिकार फिर देश-दौरे पर निकल पड़ा। जार्ज पंचम की खोई हुई नाक का नाप उसके पास था। दिल्ली से वह बम्बई पहुंचा—दादाभाई नौरोजी, गोखले, तिलक, शिवाजी, जहांगीरजी कावसजी—सबकी नाकें उसने टटोलीं, नापीं और गुजरात की ओर भागा।···गांधी जी, सरदार पटेल, विट्ठलभाई पटेल, महादेव देसाई की मूर्तियों को परखा··और फिर बंगाल की ओर चला। गुरुदेव रवींद्रनाथ, सुभाषचन्द्र बोस, राजा राममोहन राय आदि को भी देखा, नाप-जोख की···और फिर बिहार की तरफ चला। बिहार होता हुआ उत्तर प्रदेश की ओर आया···चन्द्रशेखर आजाद, बिस्मिल, मोतीलाल नेहरू, मदनमोहन मालवीय की मूर्तियों के पास गया···घबराहट में मद्रास भी पहुंचा, सत्यमूर्ति को भी देखा···। और मैसूर, केरल आदि सभी प्रदेशों का दौरा करता हुआ पंजाब पहुंचा।···लाला लाजपतराय और भगतसिंह की मूर्तियों से भी सामना हुआ।··· आखिर दिल्ली पहुंचा और अपनी मुश्किल बयान की, "पूरे हिंदुस्तान की मूर्तियों की परिक्रमा कर आया। सबकी नाकों का नाप लिया, पर जार्ज पंचम की नाक से सब बड़ी निकलीं।···"

सुनकर सब हताश हो गये और झुंझलाने लगे। मूर्तिकार ने ढाढ़स बंधाते हुए आगे कहा, "सुना था कि बिहार सेक्रेरियट के सामने सन् बयालीस से शहीद होनेवाले तीन बच्चों की मूर्तियां स्थापित हैं।···शायद बच्चों की नाक ही फिट बैठ जाये, यह सोचकर वहां भी पहुंचा···पर···उन तीनों की नाकें भी इससे कहीं बड़ी बैठती हैं। अब बताइये, मैं क्या करूं।···"

राजधानी में सब तैयारियां थीं। जार्ज पंचम की मूर्ति को मल-मलकर नहलाया गया। रोगन लगाया गया। सब कुछ हो चुका था, सिर्फ नाक नहीं थी।

बात फिर बड़े हुक्काम तक पहुंची। बड़ी खलबली मची···अगर जार्ज पंचम के नाक न लग पायी तो फिर रानी का स्वागत करने का मतलब ? यह तो अपनी नाक कटाने वाली बात हुई !

लेकिन मूर्तिकार पेशे से लाचार था—यानी हार मानने वाला कलाकार नहीं था। एक हैरतअंगेज खयाल उसके दिमाग में कौंधा और उसने पहली शर्त दुहरायी। जिस कमरे में कमेटी बैठी हुई थी, उसके दरवाजे फिर बंद हुए और मूर्तिकार ने अपनी नयी योजना पेश की, "चूंकि नाक लगाना एकदम जरूरी है,

इसलिए मेरी राय है कि चालीस करोड़ में से कोई एक जिंदा नाक काटकर लगा दी जाये…"

बात के साथ ही सन्नाटा छा गया। कुछ मिनटों में खामोशी के बाद सभापति ने सबकी तरफ देखा। सबको परेशान देखकर मूर्तिकार कुछ अचकचाया और धीरे से बोला, "आप लोग क्यों घबराते हैं? यह काम मेरे ऊपर छोड़ दीजिये। नाक चुनना मेरा काम है—आपकी सिर्फ इजाजत चाहिए!"

कानाफूसी हुई और मूर्तिकार को इजाजत दे दी गयी।

अखबारों में सिर्फ इतना छपा कि नाक का मसला हल हो गया है और जार्ज पंचम की मूर्ति के नाक लग रही है।

नाक लगने से पहले फिर हथियारबन्द पहरेदारों की तैनाती हुई। मूर्ति के आसपास का तालाब सुखाकर साफ किया गया। उसका जंग निकाला गया थौर ताजा पानी डाला गया, ताकि जो जिन्दा नाक लगायी जानेवाली थी, वह सूखने न पाये। इस बात की खबर औरों को नहीं थी। ये सब तैयारियां भीतर-भीतर चल रही थीं। रानी के आने का दिन नजदीक आता जा रहा था। मूर्तिकार खुद अपने बताये हल से परेशान था। जिंदा नाक लाने के लिए उसने कमेटी वालों से कुछ और मदद मांगी। वह उसे दी गयी, लेकिन इस हिदायत के साथ कि एक खास दिन तक हर हालत में नाक लग जानी चाहिए।

और वह दिन आया।

जार्ज पंचम के नाक लग गयी।

सब अखबारों ने खबरें छापीं कि जार्ज पंचम के जिंदा नाक लगाई गयी है, यानी ऐसी नाक, जो कतई पत्थर की नहीं लगती।

लेकिन उस दिन के अखबारों में एक बात गौर करने की थी। उस दिन देश में कहीं भी किसी उद्घाटन की खबर नहीं थी। किसीने कोई फीता नहीं काटा था। कोई सार्वजनिक सभा नहीं हुई थी। कहीं भी किसीका अभिनन्दन नहीं हुआ था, कोई मान-पत्र भेंट करने की नौबत नहीं आयी थी। किसी हवाई अड्डे या स्टेशन पर स्वागत-समारोह नहीं हुआ था। किसी का ताजा चित्र नहीं छपा था।

सब अखबार खाली थे।

पता नहीं ऐसा क्यों हुआ था?

नाक तो सिर्फ एक चाहिए थी और वह भी बुत के लिए।

कुलदीप तलवार

बिक गये हम

□□

हमारे अब्बाजान शायर थे, लेकिन वे यह कभी नहीं चाहते थे कि हम भी शायर बनें। घर की बैठक में प्रायः शेरो-शायरी की महफिल रहती थी। उनके शायर मित्र इकट्ठे होते थे। गिरह पर गिरह लगायी जाती थी। 'वाह-वाह' 'सुब्हान अल्लाह', 'क्या शेर कहा है', 'मुकर्रर···मुकर्रर', ये शब्द हमारे कानों में सुनायी देते थे। शायद इन महफिलों का ही नतीजा था कि हम भी चोरी-छिपे शेर कहने लगे। शुरू-शुरू में शेर लिखकर खुद ही गुनगुनाते रहते। बाद में अपने मित्रों में सुनाने शुरू कर दिये। हमारी इस शायरी के बारे में जब अब्बाजान को मालूम हुआ तब शुरू में तो वे नाराज हुए, लेकिन फिर बाकायदगी से हमारी शायरी में संशोधन शुरू कर दिया। इतना कुछ होते हुए भी वे यह नहीं चाहते थे कि हम सिर्फ 'वाह-वाह' के चक्कर में फंस जायें और अपनी पढ़ाई से भी जाते रहें।

एक बार हुआ यों कि अब्बाजान हमें गलती से अपने साथ कानपुर के एक मुशायरे में ले गये। उस मुशायरे में बड़ी दूर-दूर से शायर आये हुए थे। अब्बाजान के मित्रों ने इच्छा प्रकट की कि हम भी कुछ पढ़ें। बस फिर क्या था! संचालक ने एलान किया, "हमें यह एलान करते हुए खुशी हो रही है कि मशहूर शायर जनाब अमजदअली देहलवी के साहबजादे कमर देहलवी भी यहां आये हुए हैं। लीजिए, अब उनसे गजल सुनिये।" अब्बाजान के चरण छूकर हमने अपनी गजल पढ़नी शुरू की। एक-एक पंक्ति पर जो दाद मिली, दिल बाग-बाग हो गया। मंच पर बैठे शायरों ने भी हमारी गजल की प्रशंसा की। अब्बाजान पहले तो यह सब देखते-सुनते रहे, फिर जब चुप नहीं रहा गया तब अपने मित्रों को संबोधित करते हुए बोले, "बन्द करो दाद देना, तुम लोग क्यों मुझसे दुश्मनी निकाल रहे हो? पहले मुझे दाद दे-देकर बिगाड़ा है, अब यही दाद देकर क्यों मेरी औलाद को बिगाड़ने में लगे हुए हो?"

दाद जो मिली तो हौसला और बढ़ गया। दिन-रात अब हमारा यही काम था—गजल, नज्म वगैरा लिखना। जिस मुशायरे में पहुंच गये, बस अपने नाम का झंडा गाड़ दिया। अपने सामने किसीका चिराग न जलने दिया। बढ़ते-बढ़ते यह

सिलसिला यहां तक बढ़ा कि दूर-दूर तक मुशायरों में बुलवाये जाने लगे। हमारी पढ़ाई-लिखाई तो अधूरी रह गयी, लेकिन शायरी का मैदान हमने मार लिया। कुछ ही सालों में काफी मशहूरी मिली। अभ्यास इस कदर बढ़ा कि कलाम में खुदा के फज्ल से काफी जान आ गयी। नतीजा यह निकला कि बहुत-से नये लिखने वाले अपनी शायरी के संशोधन के लिए आने लगे। गर्ज यह कि हम उस्तादी की तरफ भी बढ़ने लग गये। अब जरूरत इस बात की पैदा हुई कि शायरी में संशोधन करने और चेलों को समझाने के लिए किसी शायरी की किताब को पढ़ा जाये। बहरहाल इस बारे में जितनी पुस्तकें देखीं उतनी ही तबीयत उलझी कि यह है क्या ! अंत में एक पुस्तक का सेट मिल गया। शायरी की पहली किताब, दूसरी किताब, तीसरी किताब, इन किताबों को पढ़ने से स्वयं तो कुछ समझ में नहीं आया, मगर दूसरों को समझाने की सामग्री जरूर मिल गयी। अब शागिर्दों की शायरी में संशोधन का सिलसिला शुरू हो गया। इन शागिर्दों का मुशायरों में चमकना था कि उनकी तादाद में बढ़ोतरी शुरू हो गयी। शुरू-शुरू में शागिर्द मंच पर आते हुए घबराते थे। एक बार ऐसा हुआ कि हमारे एक शागिर्द का, जो हमारे साथ मंच पर बैठे थे, नाम गजल सुनाने के लिए पुकारा गया। शागिर्द ने माफी चाही और कहा, "मैं आज कोई भी गजल साथ नहीं लाया वरना मैं जरूर पढ़ता।" फिर क्या था ! सुनने वालों में से किसी ने आवाज लगायी, "हुजूर, आप क्यों शरमाते हैं ? गजल आप नहीं लाये, बल्कि गजल आपको मुशायरे में खींचकर लायी है। निकालिये इसे जेब से और सुनाइये। ये परदेदारियां अब कब तक !" गर्ज यह कि हमारे चेलों को बढ़ावा देने वाले भी हमारे सुनने वाले थे। इसमें हमें यह फायदा हुआ कि हमारी उस्तादी के झंडे गड़ने लगे। शागिर्दों से और कोई फायदा हो या न हो, मगर इतना जरूर होता है कि पहले तो खुद अपने को उस्तादों की लाइन में जगह मिलती है, दूसरे उस्ताद की गजल पर ये शागिर्द इतनी जोर से दाद देते हैं कि मुशायरा सिर पर उठा लेते हैं। और अगर कभी कोई दूसरा शायर एतराज कर बैठे तो ये शागिर्द मारने-मरने को तैयार हो जाते हैं। गोया ये शागिर्द उस्ताद की अच्छी-खासी ताकत होते हैं।

हमारे कलाम और उस्तादी की शोहरत दूर-दूर तक पहुंचने का नतीजा यह हुआ कि हमारे पास जनाब मिर्जा अली साहब, हैदराबाद के सेक्रेटरी का खत आया, जिसमें लिखा था, "आपके कलाम की जितनी भी तारीफ की जाये कम है। हमारे मिर्जा साहब ने आपकी शागिर्दी में आने की इच्छा प्रकट की है। अगर आपको यह मंजूर है तो आपको एक हजार रुपये तनखा, रहने के लिए मुफ्त मकान और दूसरी सुविधाएं दी जायेंगी।" यह खत पढ़ते ही हमने सोचा कि हमें इससे अच्छा अवसर नहीं मिल सकता। इससे मुशायरों में दिन-रात आने-जाने की परेशानी से निजात मिल जायेगी। ऐसे एक शागिर्द के आगे हजार शागिर्द

कुरबान ! बस, हमने अपनी अनुमति भेज दी और इससे पहले कि कोई उत्तर आये, हम स्वयं ही मिर्जा साहब की खिदमत में पहुंच गये।

मिर्जा साहब के यहां पहुंचते ही फर्शी सलाम लगाया। मिर्जा साहब के सेक्रेटरी हमें अलग ले गये। हमसे यह बात स्पष्ट कह दी गयी कि अब से हम आगे किसी और को शागिर्दी में नहीं ले सकते। जब सारी बातें तय हो गयीं तब मिर्जा साहब ने अपने खिदमतगार को मिठाई और फूल-पान लाने का हुक्म दिया ताकि शागिर्दी की रस्म अदा हो जाये। मिठाई और फूल-पान आ गये। मिर्जा साहब ने अपने हाथों से हमारे गले में हार डाला और हमने मिर्जा साहब के मुंह में मिठाई का टुकड़ा रखा और कहा, "खुदा आपको 'शीरीं कलाम' बनाये।"

मिर्जा साहब के यहां आये हुए मेहमानों ने 'मिर्जा साहब जिंदाबाद', 'उस्ताद ताबिंदाबाद के नारे लगाये और मुबारक दी। मिर्जा साहब ने उसी समय पांच सौ रुपये और एक कलमदान हमको देते हुए फरमाया, "लो उस्ताद, यह उस्तादी का कलमदान है। अब लगे हाथों एक मुशायरा कर डालो, जैसे नवाब रफीक के यहां हुआ करता है।"

अब समझ में आया इस शायरी के शौक का कारण। यह सब कुछ नवाब साहब की चोट पर हो रहा है। नवाब रफीक एक अच्छे भले पढ़े-लिखे रईस हैं, शायरी को समझते हैं और खुद भी अच्छा शेर कहते हैं। मिर्जा साहब को भी नवाब साहब की नकल उतारने का शौक चढ़ आया है। अब चूंकि हमारी नौकरी बाकायदगी से शुरू हो गयी थी इसलिए हम मुशायरे के तमाम प्रबन्ध करने में लग गये। निमंत्रण-पत्र छपवाये गये। मिर्जा साहब के लिए भरपूर गजल कही। खुदा जानता है कि गजल लिखने में इतनी मेहनत नहीं पड़ी जितनी मिर्जा साहब को पढ़ने का अभ्यास कराने में। जिद यह थी कि गाकर पढ़ूंगा, लेकिन सुर का यह आलम कि ऐसे बेसुरे से कभी हमारा वास्ता नहीं पड़ा। एक हफ्ता गाकर गजल पढ़ने का अभ्यास करवाता रहा। खुदा-खुदा करके मुशायरे की रात आयी। मिर्जा साहब की कोठी दुल्हन की तरह सजी हुई थी और मिर्जा साहब स्वयं दूल्हा बने बैठे थे। शहर के तमाम अफसरान और मशहूर शायर उपस्थित थे। महफिल खूब रंग पर थी। मुशायरा बड़ी कामयाबी के साथ उस समय तक जारी रहा जब तक शमा-ए-महफिल मिर्जा साहब के सामने नहीं आयी। अब जो हमारे मिर्जा साहब की बारी आयी तो वे कुछ घबरा-से गये। पीने के लिए पानी मांगा। कहने लगे, "गले में सुपारी अटक गयी है।" पास ही बैठे हुए एक और शायर ने यह सुनते ही कहा, "मियां, गजल पढ़ना शुरू करो, सुपारी खुद ही बाहर चली आयेगी।" अल्लाह-अल्लाह करके उन्होंने गजल पढ़ना शुरू किया। घबराहट में लय भूल गये। जो साहब पहले पढ़ रहे थे उन्हीं की धुन से शुरू कर दिया और वह आवाज निकाली कि लाख काबू पाने पर भी लोगों की हंसी न रुकी। खैर,

इस तूफान को किसी तरह रोका गया कि श्रोताओं में से किसी ने फब्ती कसी; "क्या कहने मिर्जा साहब ! उस्तादी का रंग छिपाये नहीं छिप रहा है। खूब 'गनीमत' शेर कह लेते हो !" मिर्जा साहब को इस चोट को समझने में देर न लगी और तेवर बिगड़ गये । उस्ताद होने के नाते अन्त में गजल पढ़ने को कहा गया। हमने गजल पढ़ी और मुशायरा लूट लिया । खूब दाद मिली।

मुशायरे के खत्म होते ही मिर्जा साहब हमपर बरस पड़े, कहने लगे, "क्या यही आपकी वफादारी है ? आपने मेरे साथ अच्छा बर्ताव नहीं किया। यह आपका कसूर नहीं, यह खता है मेरे नमक की। मेरा मजाक उड़ाया गया। लोगों से कहते फिरे कि मैंने गजल लिखकर दी है। अपने लिए अच्छी गजल कही और मेरे लिए कमजोर, जिसका नतीजा यह हुआ कि हम मुशायरे में पिट गये ।"

मैंने उन्हें लाख समझाया, लेकिन सब बेकार । मिर्जा साहब को आखिर तंग आकर, बार-बार हमने यह विश्वास दिलाया कि अब हम किसी भी मुशायरे में खुद गजल नहीं पढ़ेंगे। फिर मिर्जा साहब के तीन दीवान छपवाये । उनके कलाम के हर शेर से हमारे मरने की तिथि निकलती है। हमने एक मित्र से कहा कि अब तो दूसरे जन्म में ही एक आजाद शायर की जिंदगी व्यतीत कर सकूंगा । मित्र बोले, "क्या ? फिर शायर होकर एक जन्म और बिगाड़ोगे ?"

गिरिराजशरण अग्रवाल

पिल्ले का जन्मदिन

□□

आज मेरा जन्मदिन है। शाम को इस अवसर पर होने वाले भोज में शहर के बड़े-बड़े लोग, खूबसूरत नवयौवनाएं, अफसर और शहर के रंगीन मिजाज रईस उपस्थित होंगे। आप शायद अचंभित हो गये हैं। मैं इस शहर के सम्पन्न डाक्टर कमलाशंकर का इकलौता कुत्ता जो हूं।

खातिर तो ऐसी हो रही है कि जैसे मैं कोई नौशा होऊं। लेक्मे साबुन की पूरी टिक्की ही मेरे शरीर पर घिस दी गयी। आप शायद मेरे भाग्य पर ईर्ष्या कर रहे हैं। जी हां, कर भी सकते हैं, आपको खुली छूट है, आखिर इस शहर के सारे ही कुत्ते मेरे भाग्य पर ईर्ष्या कर रहे हैं।

वैसे मेरा इस घर में उतना ही आदर है, जितना डाक्टर साहब के इकलौते पुत्र का। जब डाक्टर साहब उसे गोद में खिलाते हैं, मालकिन मुझे अपने पास खींच लेती हैं। नौकर-चाकर मेरा उतना ही मान करते हैं, जितना डाक्टर साहब का। ऐसा प्यार बड़े भाग्य से मिलता है। न जाने पिछले जन्म में कितने पुण्य किये थे कि इस बार पिल्ले का जन्म मिला।

हां, तो सुबह से ही मेरी बड़ी खातिर हो रही है। घर के सभी लोग आयोजन में व्यस्त हैं। आज मेरे गले में नया पट्टा डाला गया है। लेकिन एक बात मुझे बहुत बुरी लग रही है—नयी जंजीर भी मंगाई गई है और डाक्टर साहब के नौकर ने मुझे उसी से बांध दिया है। जंजीर और प्यार दोनों का रिश्ता न जाने मुझे इस समय क्यों नापसंद हो रहा है। मेरी इच्छा हुई कि मैं भी बाहर का नजारा देखूं। बाहर से कई हलवाई आये हैं। इस शहर में भी कोई हलवाई है काम का! सारे ही खोए में मीठा मिलाने वाले हैं।

एक दिन मैं डाक्टर साहब के साथ घूमने निकला था। चारों ओर का जायजा लेना कितना अच्छा लगता है! रास्ते में नगर के प्रसिद्ध हलवाई की दुकान थी। अंधों में काना राजा है, ससाला। दुकान पर भीड़ नहीं थी। पेड़े बनाने के लिए मावा भून रहा था। एक लड़का पास में बैठा पेड़े बना रहा था। लगता था कि सारे शहर की मक्खियों को पालने का ठेका इसी ने ले रखा हो। भिन-भिन करती मक्खियां! मैं तो कुत्ता ठहरा। पर मुझे भी मतली आने लगी।

डाक्टर साहब ने कहा, "कहो सारी दोस्ती अभी निभा दोगे क्या ? थोड़ी-सी तो उड़ा दो।"

"ही-ही-ही डाक्टर साहब, इन्हें कोई नौकरी भी तो नहीं देता।" बात आगी-गयी हो गयी।

हां, तो ढेरों सामान आया है, खाने-पीने का। लगता है कि जैसे पूरे भोज का ही प्रबंध हो। एक-दो दिन पहले कोई कह रहा था कि इस ओर बड़ा सूखा पड़ा हुआ है, अनाज खाने को नहीं मिल रहा है। अजी बकते हैं सभी लोग। रत्तीभर भी तो कमी नहीं है—यह सभी कुछ देखकर तो ऐसा ही लगता है।

मुझे यह जंजीर बहुत अखर रही है। मैंने इधर-उधर देखा। मूड आया कि मैं भी रसोईघर की ओर झांकूं। खूशबू तो आ रही है, देखूं भी तो कि बन क्या-क्या रहा है ? इसलिए मैंने जंजीर पर थोड़ा जोर डाला। पट्टे का हुक निकल गया। साली हर चीज निखद्द आ रही है। मानो यह भी कोई बांध या पुल हो, जो एक बरसात भी नहीं सह पाये। मैंने गर्दन को झटका दिया और स्वतंत्र हो गया। मन में आया कि आज जन्मदिन है, थोड़ा घूम-फिर लूं। स्वतंत्र होने पर मैंने इधर-उधर देखा और आने वालों की दृष्टि से बचता हुआ दरवाजे के बाहर निकल गया।

खुली हवा में सांस लेना कितना अच्छा लगता है। किन्तु दरवाजे के बाहर मैं एक मिनट भी नहीं रुका। अब मैं स्वतंत्र था जिधर मन करेगा, उधर जाऊंगा। एक मोड़ और दूसरा रास्ता। अब मुझे कोई भी आसानी से नहीं पा सकता था।

मैं कुछ दूर निकल गया। एक जोर की सांस ली और वातावरण का अध्ययन करने लगा। ऊंह, यह क्या ? कितनी बदबू-सी आ रही है, यहां। खैर, अब तो निकल पड़ा हूं, ऐसा सोचकर रास्ता पहचानने की कोशिश करने लगा। अभी कुछ निश्चय भी न कर पाया था कि दो जाति-भाई दिखाई पड़े। अरे, इनकी तो केवल हड्डियां ही हड्डियां दिखाई दे रही हैं। वे मुझ पर गुर्राने लगे। मैंने सोचा, कमजोर गुर्राने के अलावा कर भी क्या सकता है ? वे अपना फर्ज निभा रहे हैं। दोनों को रईसी डांट पिलाई। दोनों एकदम सहम-से गये। अरे हां, उस दिन मालिक के डांटने पर वह भिखारी भी तो इसी प्रकार सहम गया था। मेरे मन में दया उपजी। सोचा, कुछ भी हो, ये मेरे भाई ही तो हैं।

वे सहमे-ने एक ओर खड़े थे। मैं हाल-चाल पूछने के इरादे से आगे बढ़ा और दोनों दुम दबाकर भाग खड़े हुए। मैंने अपने शरीर पर गर्वपूर्ण दृष्टि डाली और मस्ती-भरी चाल से आगे बढ़ा।

तभी मैंने देखा कि एक टूटे हुए दरवाजे से चार-पांच साल का लड़का सूखी रोटी का टुकड़ा लिए बाहर निकला। अरे, इसके शरीर में भी हड्डियां ही हड्डियां दिखाई दे रही हैं। रोटी का वह टुकड़ा उसके मुंह तक पहुंचा भी न

था कि उन्हीं दो में से एक लपका और रोटी का टुकड़ा छीन लिया। कमजोर को सताना कितना अच्छा लगता है ? मेरे सामने कैसे दुम दबाकर भागे थे। इससे पहले कि मैं कुछ कर सकूं, वह टुकड़ा उसने मुंह में दबा लिया। कुत्ता आगे बढ़ लिया। बच्चा रो रहा था। मुझे बड़ा गुस्सा आया। मैं उस कुत्ते पर झपटा और कुछ ही दूर जाकर उसे दबोच लिया। रोटी का टुकड़ा जमीन पर गिर पड़ा। मैं उसे अच्छी-खासी शिक्षा देने वाला था कि वह चीखता-चिल्लाता हुआ पूरे वेग से भाग खड़ा हुआ। कुछ दूर तक गुस्से में मैंने उसका पीछा किया। फिर मरे हुए को मारना व्यर्थ समझकर पीछे लौटा। रोटी का टुकड़ा वहां न था। मैंने खोजपूर्ण दृष्टि इधर-उधर डाली। चिथड़े पहने एक व्यक्ति रोटी के टुकड़े को बड़े चाव से खा रहा था। ठीक ही है, अन्न देवता का निरादर उसे अच्छा न लगा होगा।

मुझसे वहां न रुका गया। मैं इन दृश्यों को देखने का आदी न था। यह बस्ती डाक्टर के कुत्ते के योग्य नहीं। मैं खिन्न मन वापस लौट पड़ा ! उस संकरे रास्ते से मुख्य मार्ग पर आया ही था डाक्टर साहब की कार मेरे पास आकर रुकी। डाक्टर साहब के कातर स्वर से मुझे पुकारा। मैं उनकी ओर दौड़ पड़ा। उन्होंने क्षिप्रता से मुझे अपनी गोद में भर लिया।

•

राजकुमार-सा बना मैं कुर्सी पर बैठा था। सामने मेज पर केक रखा हुआ था। उसपर तीन मोमबत्तियां जली हुई थीं। सारे ही मेहमान उत्सुकता से मेरी ओर देख रहे थे। उनमें से अधिकतर का मेरी तरह से ही जन्मदिन मनाया गया होगा। डाक्टर साहब ने मुझसे कुछ कहा, शायद फूंककर मोमबत्तियों को बुझाने को। लेकिन मैं इस काम को न कर सका। तभी डाक्टर साहब की पत्नी ने मेरी कठिनाई को समझा और मेरा प्रतिनिधित्व करते हुए उन मोमबत्तियों को बुझा दिया। तालियों की गड़गड़ाहट गूंज उठी और 'हैपी बर्थ डे टू यू' का संयुक्त स्वर भी। बहुत उपहार मिले। फिर जलपान का कार्यक्रम।

मेरे सामने चांदी के बर्तन में मेवों की खीर रखी गयी और मुझको पुचकार-कर प्रारम्भ करने को कहा गया। मैंने अपनी जुबान से खीर का पहला स्वाद लिया।

इस खीर का स्वाद कुछ अजीब-सा लग रहा था। मैंने उसको फिर चखा, फिर चखा। अरे, यह मीठे के स्थान पर नमकीन क्यों है ? मैंने अपनी जीभ को अपने मुंह पर फेरा। यहाँ भी वही स्वाद। अब मेरी समझ में आया—यह खीर का स्वाद नहीं, यह तो मेरी आंखों से निकले आंसुओं का स्वाद है। शायद उस रोते हुए बालक की आंखों के आंसुओं का स्वाद भी ऐसा ही होगा।

गिरिराजशरण अग्रवाल

दीक्षा-गाथा

□□

उस दिन वे मिले तो मधु घोलते हुए।

तपाक से हाथ मिलाया, हाल-चाल पूछा, घर-गृहस्थी की चर्चा की। मैंने सोचा, चलो कोई तो आत्मीयता दिखाने वाला मिला। नई जगह पर परिचित व्यक्ति जरूरी होता है।

जब मैंने डिपार्टमेंट में प्रवेश किया तो रत्ना ३०० की सुगंध मेरे नथनों में जबरदस्ती घुसने की जिद करने लगी। मेरी निगाह उसी ओर घूम गई।

पतली मोरी की पैंट पर खद्दर की कमीज धारण किये हुए एक महाशय बनारसी स्टाइल से बीड़ा चबा रहे थे। लगता था कि इसके साथ ही वे सारे परिवेश को पीने की खासी कोशिश कर रहे हैं।

नमस्कार-निवेदन के बाद मैंने अपना परिचय दिया तो वे चहक उठे, "वाह, वाह, आप ही हैं, आप ही हैं, आइये-आइये, बैठिये-बैठिये। बड़ी खुशी हुई आपके आने पर। एक साथी और बढ़ गया।"

उनके वार्तालाप से ही पता चल गया कि वे भी यहीं की तोड़ रहे हैं और मुझसे सीनियर हैं।

मैं नतमस्तक हो गया।

बोले, "कोई परेशानी हो तो बताइयेगा। मैं आपके किस काम आ सकता हूं।" और इसके साथ ही उन्होंने विद्यालय के संपूर्ण भूगोल, समाजशास्त्र और राजनीतिशास्त्र पर सेवापूर्ण दीक्षा-भाषण दे डाला। दीक्षांत भाषण तो मैंने डिग्री लेते हुए कई बार अनमने मन से सुने थे किंतु इस भाषण को पता नहीं क्यों बड़े ध्यानपूर्वक सुनता रहा।

दीक्षांत समारोह के विशाल पंडाल में जगमगाती हुई रोशनी में दिया जाने-वाला औपचारिक भाषण मुझे सदैव उबाता रहा है। वही औपचारिक शपथ बी० ए० से लेकर पी-एच० डी० की डिग्री तक बार-बार दुहराता रहा और फिर सम्मानित मुख्य अतिथि का लिखा भाषण, जिनकी छपी प्रतियां पहले भी बंट जाती थीं, बड़ा बोर करता था। लगता था कि इसका जीवन से कहीं से कहीं तक संबंध नहीं है और प्रायः मैं पंडाल में औपचारिकता निभाने के ख्याल से ही बैठा

रहता था अन्यथा मन तो भविष्य के सपने सजाने में सोने की तैयारी में लगा रहता था।

किंतु पता नहीं इस भाषण में क्या आकर्षण था कि मैं मंत्रमुग्ध-सा सुनता रहा। अब मैं धनुषाकार हो गया था। यदि वहां जगह होती तो साष्टांग करने की इच्छा भी पूरी कर लेता। इतने में ही किसी दूसरे विभाग के प्राध्यापक भी वहां आ गये थे। इसलिए यह अवसर मेरे हाथ से निकल गया। तभी मन ने कहा—अच्छा ही हुआ। पहली भेंट में इतना ही काफी है।

वे दोनों काफी देर तक विद्यालय का भूगोल डिस्कस करते रहे, समाजशास्त्र से चलती हुई गाड़ी राजनीति के स्टेशन पर आकर सीटी देने लगी। अभी तक मैं निस्पृह भाव से आगे की सोच रहा था किंतु अब मेरे कान भी खड़े हो गये। मैंने पहली बार समझा कि भूगोल और समाज से बचकर निकला जा सकता है किंतु राजनीति के किवाड़ आटोमोटिक हैं और इनमें भारी पावर का चुंबक भी लगा है। यह हमारे तन-मन को अपनी ओर खींचकर एकदम बंद हो जाते हैं। बचो बच्चू ! कैसे बचोगे ?

मुझे एहसास हुआ कि नुक्कड़ वाले की चाय की दुकान से कालेज के कैंटीन तक सभी राजनीतिज्ञ हैं। जो इससे अलग है वह संसार का सबसे व्यर्थ व्यक्ति है। अपने अस्तित्व के लिए किसीके साथ जुड़ना और किसीसे कटना जरूरी है। बीच में नहीं रह सकते। होता होगा मध्यम वर्ग। चलते होंगे साधक उनपर भी किंतु अब तो राजनीति की मोटर आपको घायल करती हुई निकल जायेगी। फिर तो पोस्टमार्टम के लिए भी पुलिस ही उठायेगी। भीड़ तो अपने रास्ते निकल जाती है।

मन में कैसी-कैसी कड़वाहट भर गयी। मैं बड़ी घुटन-सी महसूस कर रहा था। पंखे की खर्र-खर्र में भी मेरी सांस मुझे साफ सुनाई दे रही थी। मुझसे वहां न रुका गया। मैं वहां से उठ आया।

एक सप्ताह बीत गया। एक कहावत है—नया मुल्ला अल्ला-अल्ला पुकारता है। मैं छात्रों पर अपना प्रथम प्रभाव डालने में व्यस्त था। पता नहीं छात्रों को एक ही बार पंडित बनाने का भूत क्यों सवार हुआ ! (अब तो मैं स्वयं भूत बन चुका हूं) मुझे इस बात का भी ध्यान न रहा कि विद्यालय में प्राचार्य नाम का भी जीव रहता है और कभी-कभी उसके दर्शन करने अनिवार्य हैं। भगवान की एक क्वालिटी के विषय में मैं सदैव से आश्वस्त रहा हूं कि तुम उसे भले ही याद न करो, वह तुम्हें अवश्य याद कर लेता है।

लायब्रेरी के एक कोने में कुर्सी पर आसीन मुझको किसीकी आवाज ने चौंका दिया। गर्दन उठाई तो मेरे सामने चपरासी रूपी देवदूत (यमदूत भी कह सकते हैं एक) कागज लिए हुए खड़ा था। अबू बेन एदम के समान मैं उससे उस लिस्ट

के विषय में पूछने ही वाला था कि हे देवदूत, इसपर किनके नाम लिखे हैं ? क्या तुम भी अच्छे आदमियों के नाम नोट कर रहे हो ? पर कुछ सोचकर रुक गया।

उसने अपनी स्वाभाविक वक्रता के साथ पूछा, "आप ही अग्रवाल साब हैं ? कहना तो चाहता था कि मिस्टर, तुम्हें बंदर या लंगूर दिखाई दे रहा हूं ? किंतु अपने चेहरे का खयाल करके चुप रह गया। फिर इस चपरासी नामक जाति का बहुत नहीं तो थोड़ा अनुभव अवश्य है। यह विशिष्ट प्राणी अपने को सबका बॉस समझता है। एक बार की बात है। मैं इंटर में पढ़ा रहा था। जाड़ों के दिन थे। प्रधानाचार्य महोदय धूप में बैठे चारों ओर का निरीक्षण कर रहे थे। वे अपने पास दूसरी कुर्सी रखना अपना अपमान समझते थे। उनका विचार था कि प्रत्येक व्यक्ति उनके पास आकर खड़े-खड़े बात करें। चांस की बात उनका साल विद्यालय में ही चला आया। उन्होंने चपरासी को कुर्सी लाने की आवाज लगायी। मंगू ने खचेड़ू को, खचेड़ू ने कुड़ैसिंग औ कूड़ैसिंग ने कल्लू को कुर्सी लाने का आदेश दिया और शांति के साथ अपने स्थान पर खड़े रहे। चारों ओर कुर्सी-कुर्सी का शोर मच गया किंतु कुर्सी नहीं आयी।

ऐसा सोचकर मैंने कहा, "कहिये क्या काम है ?"

"आपको प्रिंसिपल साब ने याद किया है।" वह गंभीरता के साथ बोला।

"कोई विशेष बात है ?" मैंने सवाल किया।

"उनसे ही पूछिये।" मानो वह प्रिंसिपल नहीं तो उन जैसा ही कुछ हो।

मुझे याद आया। मैंने अभी तक उनके आफिस के द्वार पर सिजदा नहीं किया है। एक फुरहरी-सी मेरे शरीर में दौड़ गयी जैसे किसीने बर्फ का एक टुकड़ा मेरे कालर में डाल दिया हो।

प्राचार्य के आफिस में पूछकर जाने का रिवाज था। हड़बड़ी में मैं इस रिवाज का ध्यान न रख पाया। छात्रों को इस सांस्कृतिक कार्यक्रम से छूट मिली हुई थी। प्रिंसिपल साहब ने बिना मुंह उठाये पूछा, "कहो-कहो, क्या काम है ? एप्लीकेशन लाये होंगे। लाओ-लाओ।" नम्रता उनके शब्द-शब्द से टपक रही थी। मैं मन ही मन खुश हुआ कि हमारा प्राचार्य बड़ा दयालु और मिष्टभाषी है।

मैंने कहा, "सर, मैं कोई एप्लीकेशन नहीं लाया। आपने···"

नीचे कागज पर दृष्टि गड़ाते हुए ही उन्होंने कहा, "क्या, क्या कहा, मैंने क्या ?"

"सर, आपने मुझे बुलाया था। मेरा नाम अग्रवाल। हिंदी विभाग में···"

प्राचार्य की मुखमुद्रा बदली होगी, उस पर सिलवटें भी पड़ी होंगी, मुंह पर कसैलापन भी उभरा होगा, दृष्टि भी वक्र हुई होगी, मुझे नहीं पता। मेरी दृष्टि तो नीचे की ओर थी। मैंने तो केवल इतना सुना, "ठीक है, ठीक है। किंतु आपको पता है मैं एक जरूरी काम कर रहा हूं। आपको प्राचार्य के पास आने के मैनर्स

भी पता नहीं ? महोदय आगे से ध्यान रखियेगा। आप जा सकते हैं।"

मैं सर पर पैर रखकर भागा। मुझे फिर एहसास हुआ कि टुकड़ा डालने वाला रोब दिखाता ही है। चाहे छात्र हो अथवा प्राचार्य। वह अपनी-अपनी शक्ति पर निर्भर है कि हाथ से छीन भी लो और गुर्राओ भी अथवा पूंछ हिलाते हुए तलवे चाटा करो।

मेरा मुंह एक बार फिर कड़वा हो गया।

पंद्रह दिन बीत गये। कोई हलचल नहीं हुई।

सारा कार्यक्रम बखैरियत चलता रहा। मैं कभी-कभी अपने सीनियर मित्र से सलाह-मशवरा लेना अपना धर्म समझता था। उनकी वरीयता इस बात की डिमांड भी करती थी कि मैं बार-बार अपने जूनियर होने का भरोसा दिलाता रहूं। मन को यह कहकर दिलासा दिलाता—फिक्र न करो, तुम्हारा क्या जाता है। चुप रहो, बोलना और मुंह खोलना अपने पांव कुल्हाड़ी मारना है। दिल ही तो था, कोई छात्र तो नहीं, इस नायायज दबाव को भी मान लेता।

क्लास रूम में घुसा और हाजिरी रजिस्टर की पूंछ काटनी शुरू की। कितना उबाऊ काम है हाजिरी लेना। पचास सिंह और पच्चीस पुरुषवाचक रानियों की सूची का हनुमान चालीसा रोज पढ़ना पड़ता है। इस छात्र-स्वतंत्रता के युग में जेलर की हाजिरी परेड का औचित्य ही क्या है ? न आने वालों को कौन बुला सकता है और जाने वालों को कौन रोक सकता है ? है किसी में हिम्मत, उनको परीक्षा में बैठने से रोक सके। इतना सोचते-सोचते रजिस्टर बंद कर दिया। आखिरी नाम जो आ गया था।

व्याकरण भी क्या बला है ? छात्रों के सिर पर तलवार-सा लटकता रहता है। दुर्भाग्य से मैं इस राह का राहगीर बना दिया गया हूं। मेरा वश चलता तो अपनी टांग तोड़े पड़ा रहता। वह तो भविष्य का खयाल करके चुप रह जाता हूं।

मेरे खड़े होते ही एक छात्र ने सवाल किया, "सर, आपने कहा था 'निर' उपसर्ग जिस शब्द में लग जाता है उसका अर्थ निषेधात्मक हो जाता है जैसे निर्दोष, जिसमें दोष न हो, निर्बल जिसमें बल न हो, निरंकुश जिस पर अंकुश न हो।"

बात ठीक थी, माननी पड़ी।

"फिर सर, 'निर्माता' का अर्थ क्या हुआ ?"

मेरे बोलने से पहले ही दूसरा छात्र बोल पड़ा, "जिसके माता न हो, सर।"

क्लास रूम में हंसी का बम विस्फोट हो चुका था और मैं घुग्घू की भांति

सबको टाप रहा था। सारी व्याकरण धरी रह गयी। लगा, सैकड़ों गधे एक साथ मेरे कान पर रेंक रहे हों।

विषय से हटकर मैं समाज की चर्चा करने लगा। मुझे सबके भविष्य की चिंता एकसाथ सताने लगी। देर तक उनकी सफलता के गुर बताता रहा। परीक्षा से फैलती-फैलती दीक्षा-गाथा जीवन और जगत् तक पहुंच गयी।

मुझे एक एहसास हुआ कि असफलता व्यक्ति को दार्शनिक बना देती है और मैं दुनिया-भर के दार्शनिकों की जीवन-कहानियों को दोहराने लगा था।

न सुनो गर बुरा कहे कोई

□□

अयोध्या के राजदरबार में हनुमान की बढ़ती हुई प्रतिष्ठा को देखकर जो सभासद् कुंठित थे उनमें विभीषण को अगुआ कहा जा सकता है, यूं भी यदा-कदा ऐसे अवसर आ जाते थे जब विभीषण को हनुमान की छेड़खानी का शिकार होना पड़ता। गर्मी के दिन थे, मुसाहिबों को मिथिला के तालमखानों के सत्तू का घोल पिलाया जा रहा था। विभीषण के शर्बत-पान करने का अंदाज कुछ ऐसा था जिससे लपसी का कुछ अंश उनकी घनी मूंछों पर जाकर ठहर गया। हनुमान ने उस दृश्य का लाभ उठाकर विभीषण का भरे समाज में मखौल उड़ाया। विभीषण की सफाई पर और भी आनन्द आ गया क्योंकि उनकी बोली सुनकर लोगों को ऐसा लगा जैसे आसपास कोई शैतान बच्चा घड़े में कंकड़ डालकर बजा रहा हो। इस घटना के कुछ मास बाद जाड़े की ऋतु आ गयी और एवान के मेम्बरान के बीच खस्ता-करारी गजक तकसीम की गयी। अपनी आदत के बमूजिब विभीषण ने उसे इस बेहूदगी से नोश फरमाया कि तिलशकरी का काफी कुछ हिस्सा उनकी मूंछों से चिपक गया। हनुमान को फब्ती कसने का एक नायाब मौका और हाथ लगा और उसने विभीषण को सरे महफिल शर्मसार होने पर फिर मजबूर कर दिया। मजे की बात यह है कि सारा तमाशा राम की उपस्थिति में हुआ और वे टुकुर-टुकुर देखते और मुस्कराते हुए सुनते रहे।

इधर हनुमान की हरकतें बढ़ती जाती थीं और उधर विभीषण को घर की याद सताने लगी थी। उसने अयोध्या से कूच करने का विचार बनाया और एक दिन शुभ मुहूर्त में जाकर मर्यादा-पुरुषोत्तम से विदा मांगी। जब राम के रुकने का आग्रह किया तो वह फूट पड़ा। सारी कैफियत सुनने के बाद राम को उनकी पीड़ा का अनुभव हुआ और उन्होंने उससे हनुमान के विरुद्ध परिवाद-पत्र प्रस्तुत करने को कहा। विभीषण ने नगर के कांइयां वकील से मशवरा करके शिकायत दायर कर दी। राम ने उसे आज्ञा दी, "टू विजिलेंस चीफ फार इन्वेस्टिगेशन।" विभीषण ने पूछा, "विजिलेंस चीफ कौन हैं?" राम ने उत्तर दिया, "लक्ष्मण?" विभीषण बोला, "लक्ष्मण हनुमान के आभारी हैं, क्योंकि उनकी जान उसकी बदौलत बच सकी। वे मुनासिब जांच नहीं कर पायेंगे।" राम ने कहा, "ठीक

है, 'वन मैन कमीशन' नियुक्त किये देते हैं।" विभीषण ने दर्याफ्त किया, "उसका सर्वेसर्वा कौन व्यक्ति होगा ?" राम ने जवाब दिया, "शत्रुघ्न।" विभीषण बोला, "बात वहीं की वहीं रही, क्योंकि शत्रुघ्न और लक्ष्मण सगे भाई हैं।" सोच-विचार कर राम ने फर्माया, "तब भरत को एप्वाइण्ट किये देते हैं।" विभीषण सिर नवाकर लंका लौट गया।

भरत ने प्रारम्भिक पड़ताल के आधार पर हनुमान से पूछताछ के लिए एक प्रश्नावली तैयार की जिसके खास सवाल थे—"क्या तुम दि ग्रेट फेडरल यूनियन आफ रिक्षाज एण्ड वनराज आफ किष्किन्धा के बरतरफ कारकुन हो ? क्या ओहदे से बरखास्तगी के बाद तुम्हारा कोई बजाहिर जरिया नहीं रहा ? क्या तुम अजखुद बसिलसिले वारदाते गुमशुदगी महारानी सीता जी मामूर हुए ? क्या तुमने बिना परवाजी की तालीम हासिल किये और बिला लायसेंस बरास्ते हवा लंका का दौरा किया ? तुमने लंका में दाखिल होकर बिला वजह हंगामी सूरत अख्तियार की, जिसकी वजह से वहां की हुकूमत को तुम्हें डिपोर्ट करना पड़ा ? क्या तुमने वापसी सफर के वक्त अपने प्लेन में लंका से चुराये हुए बमों का जखीरा किया और अपनी तौहीन का बदला लेने के इरादे से उन्होंने निहायत वहशियाना ढंग से उस मुल्क की सिविलियन पापुलेशन पर गिराया ? क्या तुमने लंका के नखसूस शहरियों के सामने कीमती कपड़ों और गहनों को, जिन्हें ताज-पोशी की रस्म अदा होने के बाद शाहे वक्त ने तुम्हारी नजर किया था, खौफनाक बेदर्दी के साथ फाड़-फूड़कर और तोड़-तोड़कर पैरों से मसल डाला ?"

उक्त प्रकार के परिप्रश्नों की लम्बी-चौड़ी सूची जब हनुमान को लिखित उत्तर देने के लिए प्राप्त हुई तो वह बौखला गया। एक बार तो उसके जी में आया कि कागजों को चीरकर रद्दी की टोकरी के हवाले कर दे, परन्तु कुछ सोच-कर सीधा राम के पास पहुंचा और बोला, "यह क्या खिलवाड़ होता है आपके राज्य में। इन पर्चों में निहित भाषा का क्या प्रयोजन है, मेरी समझ में नहीं आता। सरकारी कामकाज की बोली तो अत्यन्त सरल होनी चाहिए।" राम हनुमान का आशय भांप गये। उन्होंने कहा, "किसी भी राज्य के सम्मुख भाषा का प्रश्न बड़ा जटिल होता है। एक जबान को दूसरे पर तरजीह नहीं दी जा सकती। मेरे परिवार को ही ले लो। मेरे पिता की भाषा देववाणी थी। मेरी मां भोज-पुरी बोलती हैं। लक्ष्मण और शत्रुघ्न की माता उड़िया में बात करती हैं। भरत की जननी को पंजाबी और डोगरी प्रिय हैं। गुरुदेव वशिष्ठ हरदम संस्कृत झाड़ा करते हैं। सीता की मातृभाषा मैथिली और सुमन्त्र की बंगला है। महर्षि विश्वामित्र अनेक भाषाओं के ज्ञाता हैं। उनके साथ रहकर मैंने और लक्ष्मण ने बहुत-सी जबानों की जानकारी हासिल की। फिर दक्षिण की यात्रा के दौरान हमने बुन्देलखण्डी, नालवी, महाराष्ट्री आदि अनेक भाषाएं सीख लीं। मुनिवर

अगस्त्य ने हमको तमिल, तेलुगू, कन्नड़ और मलयामल में दीक्षित कर दिया। तुम लोगों के मध्य, प्रवास-काल में हमें जनजातियों की बोलियों का ज्ञान हुआ और यहां के क्षेत्र में तो अवधी का बोलबाला है ही। भरत ने अपनी ननिहाल में काफी समय व्यतीत किया है। वहां के लोग स्थानीय बोलियों के साथ उर्दू का इस्तेमाल बड़ी प्रचुरता से करते हैं। यही कारण है कि भरत की भाषा अरबी-फारसी-बहुल होती है।" हनुमान ने उत्तर दिया, "हुई क्या बात जो खुद आप ही अपना कहा समझे। मजा लिखने का तब है इक कहे और दूसरा समझे। कलामे मीर समझे औ कलामे मिरजा समझे। मगर अपने लिखे को भरत समझे या खुदा समझे।" हनुमान की इस प्रतिभायुक्त वाणी को सुनकर राम बहुत प्रसन्न हुए और बोले, "तुम्हें तो उर्दू शायरी में बड़ा जौक और शौक दीखता है। फिर इन मामूली-से कागजों के मजमून को समझने में क्या परेशानी हो रही है। जाओ फ़ुरसत में बैठकर जवाब लिख डालो।"

हनुमान ने मुख्य प्रश्नों के उत्तर इस प्रकार दिए, "यह सही है कि मैं ऋक्ष-वानर महासंघ किष्किन्धा का मूल नागरिक हूं। वहां के शासन में मेरा भी योगदान रहा किन्तु राजा की निरंकुशता के कारण मुझे उससे सम्बन्ध-विच्छेद करना पड़ा। कुछ समय मैंने उपेक्षितावस्था में व्यतीत किया और जब सरकार बदली तो मैं पुनः महत्त्वपूर्ण राजनेता बन गया। यह कहना सही नहीं है कि पराभव-काल में मेरी जीविका का कोई प्रत्यक्ष साधन नहीं था बल्कि सत्य तो यह है कि मेरी रोजी-रोटी जितने खुले आम चलती थी उतनी शायद हर एक को नसीब नहीं होती। वास्तविकता यह है कि व्यवहार-कुशल अनुभवी लोगों ने मुझे बलि का बकरा बनाया। मेरे मुख पर मेरी प्रशंसा करके उन्होंने मेरा मनोबल इतना उठा दिया कि मैं 'चढ़ जा बेटा सूली पर, भली करेंगे राम' का वाच्यार्थ ही नहीं समझ पाया और उनके बहकावे में आ गया। यह सही है कि विमान-चालन का प्रशिक्षण मैंने प्राप्त नहीं किया परन्तु यह भी सत्य है कि मैं ऐसी नकलची जाति का सदस्य हूं जो मामूली-से अभ्यास के बाद भूमिका का निर्वाह कर सकती है। अल्पायु में ही मैंने उड़ान भरना शुरू कर दिया था और उसी तुफैल में दुर्घटनाग्रस्त होकर अपनी ठोड़ी चपटी करवा ली। मेरे पास अनुज्ञा-पत्र नहीं था, लेकिन इससे क्या होता है। अहम जरूरत पड़ने पर बिना लाइसेंस की गाड़ी हांकनी होती है। सम्पाती के पास एक हेलीकाप्टर था, जिसे चलाने में उसने असमर्थता व्यक्त की पर वह इस पर राजी हो गया कि मैं उसका प्रयोग कर लूं। मैं उसे स्टार्ट करके ले चला। खड़े-खड़े उसके बहुत-से पुर्जे बेकार हो गये थे। बीच समुद्र में जब पहुंचा तो एक घनी बादली ने काल का ग्रास बनाना चाहा। राम-राम करके उससे मुक्ति मिली तो ईंधन टें बोल गया। मैंने वाहन को उस स्थान

पर उतार दिया जहां लंका के विमानों को ईंधन मिला करता था। वहां पर नियुक्त कर्मचारी ने तरल पदार्थ देने में आनाकानी की तो मैंने उसकी कपालक्रिया कर दी और हेलीकाप्टर का टैंक फुल कर लिया। विभीषण के पास एक ट्रांसमीटर और रिसीवर था। इसी प्रकार के यन्त्रों का एक सेट राजा सुग्रीव के चिकित्सक सुषेण के यहां भी रहा करता था। विभीषण और सुषेण में पुरानी सांठ-गांठ थी और ये दोनों महत्त्वाकांक्षी व्यक्ति बेतार के सहारे गुप्त वार्ता किया करते थे। सुषेण ने मेरी लंका-यात्रा की सूचना विभीषण को रिले कर दी थी और विभीषण ने राम नाम के संकेत-चिह्न से युक्त एक हेलीपैड चुपचाप बनवा लिया था। मैं उसी पर उतर गया। विभीषण मुझे अपने साथ ले गया और उसने लंका की सारी पोल मेरे आगे खोल दी। उसकी सहायता से मैं महारानी सीता जी से मिला लेकिन उसने वही मसल पूरी कर दिखायी कि चोर से कहा चोरी कर और शाह से कहा चौकसी रख। परिणाम यह हुआ कि मेरे लंका-प्रवेश का समाचार रावण तक पहुंच गया और उसने मुझे गिरफ्तार करवा लिया। लंकेश मुझे बंधक बनाकर रखना चाहता था, परन्तु विभीषण को अपना उल्लू सीधा करना था। अतएव उसने रावण से कहकर मेरे उद्विवासन के आदेश करवा दिये। मेरे हेलीकाप्टर को विभीषण ने हड़प कर लिया और उसमें सवार होकर वह महाराज रामचन्द्र के शिविर में पहुंचा। मुझे एयर फोर्स के एक विमान से लौटाने की योजना बनी। विभीषण ने रावण को खुश करने के विचार से उसमें बहुत-से बम रखवा दिये और चालक को निर्देश दिया कि वह मुझे पटकने के बाद महाराज राम के शिविर के ऊपर सारे बम फेंककर उसे नष्ट कर दे। मैं बड़े असमंजस में पड़ गया। साहस करके मैंने प्लेन टेक आफ करते ही पायलट की गर्दन धर दबोची। काफी देर तक कशमकश होने के बाद उस पर काबू पाया जा सका। विमान इतना ऊपर उठ गया था कि धरती की स्थिति स्पष्ट दीखती थी। कंट्रोल से संपर्क टूट चुका था। मैंने यह समझकर कि यह यान समुद्र के ऊपर से होकर उड़ रहा है एक-एक करके सारे बम लुढ़काने शुरू कर दिये। दुर्भाग्य से विमान लंका पर ही मंडरा रहा था! परिणाम यह हुआ कि कुछ बम आबादी में जा गिरे और विस्फोट हो गया।

"यह सही है कि मैंने विभीषण द्वारा प्रदत्त उपहार स्वीकार नहीं किये। मैं उसे अच्छा इंसान नहीं समझता। जो व्यक्ति अपनी मातृभूमि और देशवासियों का सगा नहीं हो सकता वह मेरी दृष्टि में पतित है और किसी गिरे हुए आदमी से मैं कोई तोहफा कबूल नहीं करता। मैं तो जननी जन्मभूमिश्च स्वर्गादपि गरीयसी में अटूट विश्वास करता हूं।"

भरत ने अपनी टिप्पणी में उस घटना का उल्लेख करते हुए जिसमें संजीवनी बूटी ले जाते समय हनुमान का यान ऐंटीएयरक्राफ्ट गन से नीचे गिराया गया था,

लिखा कि हनुमान अच्छे विमान-चालक नहीं दीखते, क्योंकि वह अयोध्या के ऊपर से बहुत नीची उड़ान भरकर जा रहे थे। राम ने मसले के सभी पहलुओं पर गम्भीरतापूर्वक विचार करके आदेश पारित किया :

"शिकायत सही भी पायी गयी और गलत भी। हनुमान में जहां बहुत-सी बुराइयां हैं वहां बड़ी तादाद में खूबियां भी। मेरा दस्तूर रहा है : अच्छाइयों की टटोल करना ! इसलिए मुझे किसीके बुरे पक्ष से कोई मतलब नहीं। मैं इस मामले में हनुमान को मुतलक गुनहगार नहीं तस्लीम करता। कागजात दाखिल दफ्तर किये जायें।"

प्रेम जनमेजय

शुभचिंतक

□□

राम बाबू अपने को मोहल्ले में सबका शुभचिन्तक समझते हैं अतः बिन मांगे मोती बांटते रहते हैं। आज सुबह आंख खुली ही थी कि उनका मुखड़ा दिखाई दे गया। उनके चन्द्र-मुख पर दो-तीन अपोलो उतरे हुए लग रहे थे। मैं समझ गया कि चिन्तारूपी राहु ने उन्हें ग्रस लिया है।

बैठते ही बोले, "भई, ये तुम किस पचड़े में पड़ गये।" उनका स्वर ऐसा था जैसे मैं किसी क़त्ल के मामले में फंस गया हूं। जबकि यहां हालत यह है कि खून-खराबे का नाम सुनकर मूर्च्छा छाने लगती है। और फिर सूरत भी ऐसी नहीं है कि 'कत्ल करते हैं और हाथ में तलवार नहीं' वाली बात हो। मैंने घबराकर पूछा, "क्यों, क्या हो गया ? ···कहां फंस गया मैं ?"

"यही चुनाव-शुनाव के चक्करों में। सुना है, साहब मोहल्ले की वेलफेयर एसोसिएशन में सचिव-पद के लिए चुनाव लड़ रहे हैं।" उनका स्वर व्यंग्यात्मक था।

अपनी सांस का घोड़ा सरपट छोड़ दुलकी चलने लगा। मैंने पूछा, "क्या हमें चुनाव लड़ना चाहिए।"

"अरे छोड़िये जनाब, किन चक्करों में फंस रहे हैं। ये कोई आप जैसे इज्जतदारों का काम है। यह काम तो है लुच्चे-शोहदों का। शरीफ आदमी को तो पालिटिक्स से दूर रहना चाहिए। भले आदमी की तरह इज्जत की रोटी खाइये और प्रभु के गुण गाइये।"

"प्रभु के गुण तो राजनीति में रहकर भी गाये जा सकते हैं और ज्यादा गाये जा सकते हैं।"

"आप समझते नहीं हैं। दोनों में बहुत फर्क है। अब यह पालिटिक्स क्या है ?" उन्होंने आंखें मटकाईं। "एक मुसीबत। कभी यहां भाग, वहां दौड़। इससे लड़, उससे मिल। एक दोस्त तो दस दुश्मन। सुबह से दूसरों के लिए भाग-दौड़ कर रहे हैं, मिलता क्या है, गालियां। सारा दिन सारी रात खराब, पत्नी और बच्चे अलग परेशान। क्या करे आदमी ऐसी जिन्दगी जीकर।

"और फिर यह जिन्दगी है कितने दिन की, चार-छह दिन की न ! भाई

साहब ! मनुष्य-जीवन बहुत अनमोल होता है। चौरासी लाख योनियों में भटकने के बाद तब कहीं बड़ी मुश्किल से मिलता है। इसमें भी भजन-कीर्तन नहीं किया तो कब करेंगे। भले आदमी का काम होता है कि प्रभात वेला में उठे, नहा-धोकर तिलक लगाये, मन्दिर जाये, मन्दिर में साधु-सन्तों से धार्मिक चर्चाएं करे और शान्त मन घर आ जाये। दिन-भर मन गंगा की तरह पवित्र। न इधर की सुनी न उधर की कही। अपने में मस्त रहे। छोड़ो इन पचड़ों को और कल सुबह से मेरे साथ रोज मन्दिर चला करो। कुछ तुम्हें शांति मिले, कुछ हमें भी मिले।"

"तो आज आप अशान्त हैं ? लगता है मन्दिर नहीं गये। हो आइये।"

"नई भई, हमें चैन कहां। अपना तो दिन ही दूसरों की चिन्ताओं से शुरू होता है। अब गिरधारी से तुम्हारा पता लगा तो बिना चाय पिये ही आ गया।"

मैं समझ गया कि वे चाय भी पीना चाहते हैं। पत्नी को चाय के लिए आवाज दी तो राम बाबू बोले, "हैं···हैं···यह क्या फारमैलिटी कर रहे हो, मैं तो अभी चाय पीकर आया हूं। हैं···हैं···हैं···!"

मैं असमंजस में कि किसे सच समझूं। चाय आगमन की चर्चा सुनकर वे कुछ नम्र हो गये और समझाते हुए बोले, "गिरधारी तुम्हें बहुत याद करता है। तुम्हें तो वह अपना बड़ा भाई समझता है। सदा तुम्हारे गुण गाता रहता है। और मैं ही कहां दोनों में कोई फरक करता हूं। मेरे लिए तो जैसा गिरधारी वैसे तुम। हैं···हैं···हैं।" (गिरधारी राम बाबू के बड़े लड़के का नाम है।)

"सुना है गिरधारी भी सचिव-पद के लिए चुनाव लड़ रहा है।" मैंने उन्हें चौंकाने के लिए कहा।

राम बाबू चौंके नहीं, बेशर्म हो गये, बोले, "वह तो मूर्ख है। बच्चा है न अभी। धीरे-धीरे सब समझ जायेगा। मैं तो कहता हूं खुद ठोकर खाये और समझे। तुम तो समझदार हो। खाने दो ठोकरें इसे। वैसे तुममें और गिरधारी में फर्क क्या है, कुछ नहीं। दोनों ब्रह्म के अंश हैं और माया के कारण अलग-अलग लगते हैं। बस। अब गिरधारी सचिव बने तो समझें कि तुम बने हो।" उनका स्वर अद्वैतवादी हो गया।

"चलिए मैं ही बन जाता हूं, बात एक है। और गिरधारी तो अभी बच्चा है।"

"बच्चा नहीं, वह तो बड़ों-बड़ों के कान काटता है। (कान छोटों के ही कटते हैं क्योंकि वे ज्यादा मुलायम होते हैं, जल्दी कट सकते हैं।) हम-तुम उसके सामने हैं क्या ? अपना तो तुम उसे गुरु समझो। अंगुलियों पर नचा दे तुम्हें वह। बड़ी तेज चीज है वह, पालिटिक्स के लिए पूरा फिट समझो।" अब वे द्वैतवादी हो गये थे !

"काफी लोग सचिच बनना चाहते हैं, काफी महत्त्वपूर्ण पद लगता है यह ।" मैंने सूचना दी ।

"महत्त्वपूर्ण कैसा, सब साले पैसा खाना चाहते हैं। वैसे क्या रखा है इसमें। वह तो गिरधारी की जिद है, वरना, उसे मैं कई दूसरी कमेटियों का सचिव बनवा दूं । कुछ नहीं रखा है इसमें ।" (ईश्वर नहीं है निराकार है ।)

"आप छोड़िये इस पचड़े को, उसे कहीं और सचिव बना दीजिये ।" मैंने सुझाव दिया ।

"कैसे छोड़ दूं । वाह साहब ! आपने कहा और मैंने छुड़वा दिया । जानते हैं कितना भारी बजट होता है इस एसोसिएशन का और फिर सचिव का पद मायने रखता है ।" (ईश्वर सब जगह है । मैं उसे प्रणाम करता हूं ।)

"फिर तो मैं जरूर लड़ूंगा ।"

अचानक उनके नेत्रों में आंसू आ गये । कण्ठ अवरुद्ध हो गया । वाणी थर-थराने लगी, "भई, मेरी हालत पर तरस खाओ । मैं कर्ज में दबा हुआ हूं । बेटी की शादी करनी है । बड़ी तंगी में हूं । बहुत दिनों से सोचा हुआ था कि गिरधारी काम-धाम करता नहीं, सचिव बन जाये तो कुछ घर की हालत भी सुधरे । पिछले साल सक्सेना ने फ्रिज और टी० वी० इसीमें खरीदा है । अपनी सीमा के हाथ पीले हो जाएं तो मैं गंगा नहा आऊं । तुम अगले साल बन जाना । मेरी पगड़ी तुम्हारे हाथ हैं ।" वे रो पड़े ।

मैं असमंजस में पड़ गया । इस माया-विरोधी, अद्वैतवादी, ब्रह्म के अंश को हुआ क्या ? अन्ततः शुभ उन्हें देकर मैं चिन्तक बन गया तो वे बोले, "अच्छा ! जरा तिवारी जी के पास हो आऊं । वे भी तो सचिव पद के लिए लड़ रहे हैं न ।"

बालेन्दुशेखर तिवारी

रिसर्च-गाथा

□□

एम० ए० का रिजल्ट निकला, तो के० डी० वहीं थे, जहां उन्हें होना चाहिए था। प्रथम श्रेणी में प्रथम स्थान उन्हें इसलिए नहीं मिला कि उनके बैच की एक परम सुन्दरी कन्या सहसा आचार्य को अच्छी लगने लगी। के० डी० ने गोटी लाल कर ली थी, लेकिन कन्या उनका चांस खा गयी। बेचारे के० डी० को तृतीय श्रेणी इसलिए नहीं मिली कि यूनिवर्सिटी ने थर्ड क्लास का सिस्टम ही खत्म कर दिया। सो, के० डी० को द्वितीय श्रेणी में ३६वां स्थान मिला। अत्युत्तम होते हुए भी यह परीक्षा-फल के० डी० की प्रतिभा का सही मूल्यांकन नहीं करता है। उनकी प्रतिभा और क्षमता ठीक वैसी ही स्थिति उत्पन्न करती है, जिसका सामना न करने पर तुलसीदास ने बार-बार अपने काव्य में शेष और शारदा का सहारा लिया है।

हिन्दी साहित्य को विषय मानकर एम० ए० करने वाले हर प्राणी का यह पावन धर्म है कि एम० ए० कर लेने के बाद वह पी-एच० डी० भी करे। हालत यह है कि छात्रगण एम० ए० करते ही घास खोदना शुरू कर देते हैं। घास खोदने की इस परम्परा को अंग्रेजी में रिसर्च और प्रकारान्तर से पी-एच० डी० कहा जाता है। के० डी० रिसर्च के अनुकूल जल और वायु का सन्धान शुरू में ही कर चुके थे। इसलिए एम० ए० का रिजल्ट निकलते ही आचार्य के निवास पर जा पहुंचे। आचार्य के अहाते में लगभग पचास और भी रिसर्चोत्सुक सज्जन उपस्थित थे। के० डी० भी उसी भीड़ में मिल गये। लगभग एक घण्टे की प्रतीक्षा के बाद आचार्य ने बरामदे में आकर दर्शन दिये। उन्हें देखते ही सारे के सारे शोधकर्ता सीढ़ियों से अहाते तक साष्टांग की मुद्रा में लेट गये। यह दृश्य देखकर आचार्य धीरे से मुस्कराये और बोले, "क्या चाहिए तुम लोगों को ?"

कोरस स्वर गूंजा, "पी-एच० डी० महोदय, पी-एच० डी०।"

आचार्य ने तथास्तु की मुद्रा में सिर हिलाया। तब एक सज्जन ने हाथ उठाकर कहा, "महोदय, मैं डी० लिट्० होना चाहता हूं।"

उत्तर मिला, "ठीक है, तुम रामचरितमानस को टाइप करवाकर, अच्छी जिल्द चढ़ाकर विश्वविद्यालय में जमा कर दो, दीक्षान्त-समारोह के दिन आकर

डी० लिट्० की डिग्री ले जाना।"

धीरे-धीरे भीड़ छंटने लगी और अंत में सीन पर के० डी० अकेले रह गये। आचार्य ने पूछा :

"क्यों के० डी०, कल बिजली का बिल जमा हो गया ? और हां, आज उस शर्मा के बच्चे ने क्या नाश्ता किया है ? बोलो, रिपोर्ट दो।"

के० डी० ने रिपोर्ट दी, "बिजली का बिल तो कल ही जमा कर दिया सर ! शर्मा ने आज सबेरे तीन मूली के परांठे खाये हैं और उसके बाद चाय पी। दिन में उनके यहां खिचड़ी बन रही है, शनिवार है न ?"

आचार्य खुश हो गये। बोले, "तुम बहुत मेधावी हो।"

के० डी० ने रोनी सूरत बनाकर निवेदन किया, "आप सारे संसार को पी-एच० डी० और डी० लिट्० का दान कर रहे हैं। नाथ, किस कारण आपने मुझे बिसार दिया है। मैं भी रिसर्च करना चाहता हूं।"

के० डी० का रोना सुनकर आचार्य का मन पिघलने लगा। उन्होंने पुकारते हुए कहा, "इसमें दुःखी होने की क्या बात है ? तुम भी रिसर्च करो। पहले कोई मनपसन्द विषय खोज लो। रिसर्च की रूपरेखा बनाओ और कर लो पी-एच० डी०।"

के० डी० का मन सन्तुष्ट हो गया। उन्होंने झुककर आचार्य की चरण-धूलि ली और सामने से हट गये।

अब० के० डी० की वास्तविक रिसर्च-चिन्ता प्रारम्भ हुई। उन जैसे प्रतिभाशाली लोगों के लिए विषय की तलाश ही असली रिसर्च होती है। ऐसे विषय पर रिसर्च करना शास्त्रों में सबसे अधिक कलात्मक माना गया है, जिसपर पहले ही कम से कम सात महापुरुषों को पी-एच० डी० मिल चुकी हो। ऐसे लोक कल्याणकारी विषय पर रिसर्च करते समय शोधकर्ता को गाइड महोदय के लिए सब्जी, राशन, दूध लाने जैसी मूर्त्त कलाओं पर रिसर्च का भरपूर अवकाश मिलता है। के० डी० ऐसे ही किसी विषय की तलाश कर रहे थे कि उनके सामने किसीने ऐसे नये विषयों का कारवां दौड़ा दिया, जिन पर अभी पी-एच० डी० आदि की खिचड़ी नहीं पक सकी है।

सबसे पहले के० डी० ने विषय चुना, 'हिन्दी साहित्य में आनर्स का उद्भव और विकास'। विमल बी० ए० पास बाबू श्यामसुन्दरदास के जमाने से ही आनर्स की बडी महत्त्वपूर्ण भूमिका हिन्दी भाषा और साहित्य के विकास में रही है। के० डी० ने यह रिसर्च शुरू की, आनर्स का जन्म कैसे हुआ और हिन्दी में आनर्स करने वालों में किन प्रासंगिक योग्यताओं का होना अनिवार्य है। उनका मन इस विषय पर आकर टिक गया कि थीसिस में एक पूरा अध्याय तो इस

विवाद पर ही लिखा जाना चाहिए कि 'आनर्स' की हिन्दी 'प्रतिष्ठा' है अथवा 'सम्मान'। इस गहन विषय के रिसर्ची चक्कर में के० डी० इतने व्यस्त हुए कि आचार्य के घर दूध का विलम्बन से पहुंचना एक रुटीन बन गया। इस दुर्घटना ने के० डी० की सुकोमल आत्मा को पश्चात्ताप के पहाड़ से इतना नीचे गिरा दिया कि के० डी० दूध की व्यवस्था के सामने रिसर्च को भूल गये। के० डी० की निष्ठा देखकर आचार्य गद्गद हो गये। उन्होंने के० डी० को रिसर्च की याद दिलायी। दुबारा के० डी० रिसर्च के योग्य विषय की तलाश में जुटे। इस बार आचार्य ने यह गुरुमन्त्र दे दिया कि तुलसीदास पर रिसर्च करो। भारत सरकार के पुण्य-प्रताप से इस शस्यश्यामला धरती पर बसने वाला हर प्राणी तुलसीदास और परिवार-नियोजन दोनों से भली भांति परिचित है। हिन्दी के शोधार्थियों की तो हालत यह है कि जिसे किसी विषय का टिकट नहीं मिलता है, वह प्रेम-पूर्वक, तुलसीदासरूपी मालगाड़ी में सवार हो जाता है। इस स्थिति को भांपकर के० डी० ने 'रामचरितमानस' में 'परिवार-नियोजन' विषय को रिसर्च के लिए पकड़ा। उन्होंने देखा कि स्वयं गोस्वामी तुलसीदास फेमिली प्लानिंग के अन्यतम उदाहरण थे। उनके आराध्य राम का परिवार छोटा नहीं था, सो वह सुखी नहीं रह सका। रावण का परिवार और बड़ा था, सो उसका समूल विनाश हो गया। भगवान राम की कथा में लूप और निरोध-विषयक अनुसन्धान के० डी० प्रारम्भ करने ही वाले थे कि सहसा आचार्य के पास से बुलावा आ गया। अधिकतर के० डी० आचार्य की सेवा में बिना बुलाये जाया करते हैं। आचार्य का आदेश सुनकर प्रसन्नवदन के० डी० जब आचार्य के घर पहुंचे, तब देखा कि आचार्य के सामने विशुद्ध आंग्ल भाषा में छपा एक फार्म है और किसी अखबार से काटकर रखी गयी एक डिमाई साइज की तस्वीर भी है।

आचार्य ने पहले अखबारी तस्वीर का रुख के० डी० की ओर किया, "इन्हें पहचानते हो?"

के० डी० ने दिमाग पर बहुत जोर मारा। दूध वाले से पंसारियों तक सबके चेहरे दिमाग में घूम गये। लेकिन तस्वीर का रहस्य के० डी० नहीं समझ सके। आखिरकार आचार्य ने बतलाया, "ये प्रेमचन्द हैं।"

"वही प्रेमचन्द, जिन्होंने एम० ए० के कोर्स के लिए 'गोदान' नाम की किताब लिखी थी? इनका चेहरा तो एकदम मेरे गांव के बलभद्दर काका जैसा लगता है। वही तो मैं कहूं कि हमारे बलभद्दर काका की तस्वीर किसी अखबार में क्यों छपने लगी!"

के० डी० अभी और कुछ बोलते कि आचार्य ने उनकी वाणी को ब्रेक लगा दिया। उन्होंने इशारा किया, "प्रेमचन्द के जूतों की ओर देखो।"

के० डी० ने देखा, जूते फटे हुए थे, जिन जूतों को पहनकर प्रेमचन्द ने तस्वीर

खिंचवायी थी, उनके फटे मुंह से पैर की उंगलियां झांक रही थीं। के० डी० का मन सोचने लगा कि जब तस्वीर खिंचवाने के लिए इस भले आदमी ने ऐसे फटे जूते पहन रखे हैं, तब आम तौर पर वह कैसे जूते अथवा चप्पल पहनता होगा? के० डी० ने एक बार फिर प्रेमचन्द के जूतों को गौर से देखा और कहा, "देख लिया सर ! बेचारे के जूते फटे हुए हैं।"

"तुम्हें इन्हीं जूतों पर रिसर्च करनी है। मैंने यू० जी० सी० की फेलोशिप का फार्म मंगा रखा है। उसे भर दो, फिर रिसर्च करो और हर महीने ५०० की बंधी हुई रकम हासिल करो।"

के० डी० को लगा कि धरती फटे और उसमें समा जाये। आचार्य के इस कृपालु स्नेह का भार वे सहन नहीं कर सके। लगे फुक्का फाड़-फाड़कर रोने। इन्हें शांत कर आचार्य ने यू० जी० सी० फेलोशिप का फार्म भरवाया। जिस समय के० डी० अंग्रेजी में फार्म भर रहे थे उस समय आकाश-मार्ग से विचरण करने वाला गन्धर्वों और किन्नरियों का समूह कौतूहलवश धरती की ओर झांकने लगा। हर अक्षर पर अपने अप्रतिम धैर्य की परीक्षा देते हुए के० डी० ने येन-केन प्रकारेण फार्म भरा और भक्तिभाव से नेत्र सजल करते हुए आचार्य के चरण-कमलों पर लोट गये। उस समय देवताओं ने दुन्दुभी बजायी और आकाश से पुष्पवर्षा भी हुई।

हमारे मुहल्ले के ठीक बीच में एक पुस्तकालय है, 'श्री जंगीलाल पुस्तकालय'। इसे जंगीलाल के ज्येष्ठ पुत्र श्री नौरंगीलाल ने अपने स्वर्गीय पिता की पुण्य स्मृति में सन् १९३६ ई० में स्थापित किया। यहां के मोटे रजिस्टर में, जिसे पण्डित जटायु मिसिर लाइब्रेरियन लिखा करते हैं, लिखा है:

पृष्ठ	सदस्य का नाम	किताब	तिथि
६४	के० डी०	भूतनाथ	३-४-७५
१०५	कि० डी०	हाउण्ट बी० टॉलर	१७-११-७५
३६४	कि० डी०	जवानी की रातें	९-१२-७५
३६४	के० डी०	चिनगारी	२५-१२-७५
६१६	कि० डी०	नीलकमल	२९-१२-७५
१०७५	कि० डी०	अन्धा हत्यारा	१३-१-७६
१२०८	कि० डी०	कटोरा-भर खून	१४-२-७६
१३५९	के० डी०	पूजा और प्यार	५-३-७६

इस विवरण को देखकर मुझे अन्दाज हुआ कि इन दिनों श्री के० डी० इस

पुस्तकालय की खाक छान रहे हैं। भीतर जाने पर वे सशरीर नजर आये। लपककर मेरे निकट चले आये। दण्ड-प्रणाम के बाद मैंने सहज भाव से पूछा :

"आजकल क्या कर रहे हो, बन्धुवर ?"

तो वे मेरी ओर आंखें तरेरकर बोले, "मैं आपको क्या लगता हूं ?"

मैंने निवेदन किया, "वैसे तो कुछ खास नहीं, लेकिन···।"

के० डी० मेरी बात काटकर बोले, "लेकिन-वेकिन कुछ नहीं। लोग पांच किलोमीटर दूर से ही पहचान जाते हैं और आप इतने निकट से भी कुछ नहीं समझ सके ? अरे भाई, मैं यू० जी० सी० का रिसर्च-फेलो हो गया हूं। अब मैं जहां कहीं चला जाता हूं, वहां मेरी गंध सूंघकर ही लोग समझ जाते हैं कि कोई दिग्गज रिसर्च-स्कॉलर आ गया।"

अब मैं-चकित हुए बिना नहीं रह सका। उनसे मिलने की घड़ी से ही मैं इस अचरज में डूबा हुआ था कि इस समय अठारहवीं शताब्दी के बने हुए पुराने कागजों जैसी गंध कहां से आ रही है ? यह गंध के० डी० के शरीर से आ रही थी। मैं गंध का रहस्य नहीं समझ सका। पूछ बैठा :

"आपके आने के बाद से एक गंध तो अवश्य इधर फैल गयी है। लेकिन यह गंध तो पुराने कागज जैसी है। इस गंध का फेलोशिप और रिसर्च के साथ क्या ताल-मेल है ?"

के० डी० के पास कुछ भी मौलिक नहीं है। उन्होंने सदा की तरह आचार्य को उद्धृत करते हुए कहा, "आचार्य का कहना है कि हिन्दी का शोधकार्य तभी महान समझा जाता है, जब शोधप्रबन्ध के अन्त में सहायक ग्रन्थों की लम्बी सूची होती है। इसके लिए शोधकर्त्ता को अधिक से अधिक पुस्तकों के सम्पर्क में आना पड़ता है। पुस्तकों के इस साहचर्य का पता उसके शरीर से निकलने वाली गंध से चलता है। जो रिसर्च-स्कॉलर जितने अधिक समय तक जितनी अधिक पुस्तकों के सम्पर्क में रहेगा, उसके शरीर से पुस्तकों की गंध उतनी ही तीखी निकलेगी। आचार्य के अनुसार, यही गंध शोध की योग्यता का थर्मामीटर है और इस लिए···।"

इस बार मैंने के० डी० महोदय की बात काटकर कहा, "फिर तो आपको बहुत सारी पुस्तकों के सम्पर्क में आना पड़ा होगा, नहीं तो यह गंध आपके शरीर में कैसे पैदा होती ?"

के० डी० ने मेरे सामने पुस्तकी गंध का रहस्य भी खोल दिया। वे बोले, "वही तो मैं बतलाने जा रहा था। मेरे शरीर में यह गंध ऐसे ही नहीं आयी है। इसके लिए मुझे ब्रिटिश काउंसिल लाइब्रेरी से विश्वविद्यालय पुस्तकालय और इस शहर के सभी पुस्तकालयों तक प्रतिदिन कम से कम दो घंटे बिताने पड़ते हैं। वहां मैं पुस्तकों के समुद्र में बैठकर गुलशन नन्दा के उपन्यास बांचता हूं। यही

नहीं, इस गंध को उत्पन्न करने के लिए मैं कभी-कभी अपना घर छोड़कर एक कबाड़ी मित्र के यहां रद्दी के कागजों के ढेर पर भी सोता हूं। इतनी मेहनत के बाद मेरे शरीर से किताबों की यह गंध निकल सकी है।

इतना सुनने के बाद भी मेरी समझ में नहीं आया कि इस गंध का रिसर्च में भला क्या महत्त्व हो सकता है। अपनी शंका व्यक्त करने पर मैंने सुना, के० डी० कह रहे थे, "आप यह तो जानते ही हैं कि शोधकर्त्ता जैसे परम व्यस्त आदमी के लिए किताबों को पढ़ लेना एकदम असम्भव है। अब तो हालत यह है कि शोध करने वाला एक होता है और पुस्तकालयों में किताबें हजारों रहती हैं। इसी कठिनाई को जानकर आचार्य ने नारा दिया है कि पुस्तकों को पढ़ने की अपेक्षा उनकी गंध को शरीर में बसा लेना ही रिसर्च की सबसे बड़ी उपलब्धि है।"

इतना कहकर कुछ क्षण की चुप्पी साधने के बाद के० डी० बोले, "अच्छा भाई, अब घर चलना है, चलता हूं।"

सहसा उन्हें याद आया कि मेरा घर भी उन्हीं के निवास की दिशा में है। उन्होंने मुझे भी साथ ले लिया। बहुत बार नकारने के बाद भी के० डी० का प्रेम उनके घर पर मुझे ले गया। के० डी० की दिमागी विशेषताओं के बारे में जो भी विवाद प्रचलित हो, इसमें कोई विवाद नहीं कि के० डी० खिलाने-पिलाने में मस्त आदमी हैं। आग्रहपूर्वक जब वे मुझे अपने घर ले गये, तब मैं समझ गया कि आज यहां से लौटने पर मैं अपनी सहधर्मिणी के हाथ का बना खाना नहीं खा सकूंगा। यही हुआ भी।

के० डी० जिस कमरे में रहते हैं, उस कोठरी के दरवाजे पर खड़िया से खूब नोक और पूंछ मिलाकर लिखा गया है :

"श्री के० डी०
यू० जी० सी० रिसर्चफेलो
(प्रेमचन्द के जूतों के विशेषज्ञ)"

और, चौखट पर हिन्दी में यह तुकबन्दी भी लिखी हुई है :

"आइये सरकार था इन्तजार आपका।"
कुछ देर ठहरिए है घर यह आपका।

इस कविताई को देखकर मैं के० डी० को बधाई देने ही वाला था कि के० डी० ने बताया, "यह दोहा मेरी वाइफ ने बनाया है।" कमरे के भीतर के० डी० की वाइफ से मुलाकात भी हुई। जिस देश में अतिथि को देखकर घर से भाग जाने की परम्परा चालू है, उसी देश की धरती पर ऐसे अतिथि-परायण दम्पति भी हैं। के० डी० और उनकी पत्नी ने निष्ठापूर्वक कचौड़ियां बनायीं और मुझे ठूंस-ठूंसकर खिलायीं। यह भीमोपम भोजन करने के बीच में ही मेरी निगाह दीवार

पर टंगे एक टंकित गत्ते पर जा पड़ी। पूछने पर के० डी० ने बताया कि यह उनकी रिसर्च-रुटीन है। भोजन के बाद इस रुटीन को देखने का लोभ मैं संवरण नहीं कर सका। जिस समय के० डी० की पत्नी पान के पत्तों पर कत्थे की मालिश कर रही थीं और स्वयं के० डी० साहब पान के साथ इस्तेमाल होने वाली सुपारियों को काटने में व्यस्त थे, मैंने उनकी रिसर्च-रुटीन का आद्यन्त अध्ययन कर डाला। रुटीन इस प्रकार है :

समय	काम
प्रातः ६ से ७ बजे तक	उठना, नित्यकर्म, दातौन, स्नान।
प्रातः ७ बजे	आचार्य की तस्वीर पर माल्यार्पण।
प्रातः ७-१५ बजे	ग्वाले के घर दूध के लिए जाना।
प्रातः ७-४५ बजे	दूध देकर आचार्य के निवास पर पहुच जाना।
प्रातः ८ बजे से १० बजे तक	आचार्य के निवास पर फुटकर काम करना। (जैसे, सब्जी छीलना, आलू उबालना, आचार्य के गीले कपड़ों को धूप में डालना, बच्चों के होम-वर्क तैयार कराना आदि)
प्रातः १०-१५ बजे	आचार्य के जूतों पर पालिश करना।
प्रातः १०-३० बजे	पप्पू और पप्पी को स्कूल में छोड़ना।
प्रातः ११-०० बजे	विभाग में पहुंचना।
दोपहर १२-२० बजे तक	विभाग के फुटकर कार्य करना। (जैसे, विभागीय बिलों की देखभाल, आचार्य की कलम में स्याही भरना, पत्रों पर टिकट साटना और उन्हें डाकघर ले जाना आदि)
दोपहर १२-३० बजे तक	घर जाना और भोजन करना।
दोपहर १-०० बजे	विभाग में आना और चाय-पान की व्यवस्थित सप्लाई में व्यस्त रहना।
संध्या ३ बजे	आचार्य के पीछे-पीछे उनके निवास पर जाना।
संध्या ३-३० बजे	मंगतूराम ड्राइवर के साथ नाश्ता करना।
संध्या ४-०० बजे	स्कूल से पप्पू और पप्पी लाना।
संध्या ४-३० बजे	आचार्याणी के आदेशानुसार बाजार से सौदे लाना या राशन की दुकान से सामान लाना।
संध्या ६-३० बजे	अतिथियों की सेवा में रहना।

रात्रि ७-३० बजे	आचार्य दम्पति का चरण स्पर्श करना और पुस्तकालय के लिए निकलना।
रात्रि ८-०० बजे	पुस्तकालय में बैठकर पुस्तकीय गंध भोगना।
रात्रि ९-०० बजे	घर जाना और भोजन करना।
रात्रि १०-०० बजे	पत्नी के साथ प्रेमालाप एवं शेष कार्य करना, शयन।

यह दिनचर्या किसी भी मूढ़मति रिसर्च-स्कॉलर के ज्ञान की बैटरी को चार्ज करने के लिए काफी है। मैं स्वयं भी इसका अध्ययन करने के बाद अन्तिम सीमा तक अभिभूत हो गया। मेरे कुछ पूछने के पहले ही के० डी० बोल पड़े, "यह रुटीन हाल ही में बनी है। लेकिन, अब अपने मुहल्ले के बूढ़े मुकुन्दलाल को देखकर मैंने यह रुटीन बनायी है। बड़ी सुविधा हो गयी है अब।" मैं नहीं समझ सका कि के० डी० की इस रुटीन में दमे के मरीज मुकुन्दलाल का क्या योगदान हो सकता है। मेरी शंका का समाधान करते हुए के० डी० ने कहा :

"इधर मैंने मुकुन्दलाल को गम्भीरता से वाच किया है। वह आदत के अनुसार मुहल्ले की गन्दी नाली पर सुबह सात बजे जाता है और नौ बजे तक वहां बैठकर खांसता रहता है। ९ से १० बजे तक वह खांसने का यही कार्यक्रम अपने बरामदे में चलाता है। वह कलाई में घड़ी बांधकर खांसता है, क्योंकि वह वक्त का बड़ा पाबन्द है। यह रुटीनबद्ध खांसना उसने पिछले सप्ताह से शुरू किया है और पूरी उम्मीद है कि आने वाले सप्ताह में भी वह इसी तरह खांसेगा और खांसी का कोर्स पूरा करने के बाद चाय का कप पियेगा। यह देखकर मैंने भी अपने दिन-भर के कार्यक्रम की यह सूची बना ली है। इसके बिना कभी आचार्य की डांट खानी पड़ती थी और घर में पत्नी भी सुनाती ही थीं। अब सब ठीक है। जमकर रिसर्च चल रही है।"

यह व्याख्यान सुनने के बाद और अधिक रुकने पर हाजत की शिकायत हो सकती भी, सो मैं के० डी० और उनकी अर्द्धांगिनी से विदा ले भाषा। सड़क पर चलते समय भी के० डी० की प्रतिभा पर मन इतना गद्‌गदायमान था कि पैर सीधे नहीं पड़ रहे थे।

यह तथ्य तो दैवो न जानाति कि के० डी० के साथ आचार्य की पहली मुलाकात किन ऐतिहासिक घड़ियों में हुई थी, लेकिन मानना पड़ेगा कि इस बार आचार्य ने बड़े परिश्रम के साथ के० डी० जैसे आदर्श रिसर्च-फेलो का संधान किया। न मालूम, किस गली के कोने से उन्होंने के० डी० को खोज निकाला है। पिछले कुछ महीनों में ही के० डी० ने अपनी बुद्धि और क्षमता का ऐसा परिचय दिया है कि विश्वविद्यालय के हिन्दीतर विभागों के रिसर्च-फेलोगण लज्जा के मारे

जल-जल सो गये हैं। के० डी० की प्रतिभा अद्‌भुत है। हिन्दी-विभाग में अब तक ऐसा रिसर्च-फेलो नहीं प्रकट हुआ था, जो इतनी तत्परता के साथ विभाग की सेवा करे, एक सांस में सारा बाजार-भाव सुना दे और डेढ़ मन तक का बोझ हंसते-हंसते आचार्यप्रवर के निवास तक पहुंचा सके। इस दिशा में के० डी० का कौशल बेमिसाल है। वह रिसर्च-फेलो होकर भी रिसर्च-फेलो के सिवा बाकी सब हैं और यही के०डी० की विशेषता है। हिन्दी विभाग में ऐसे मूढ़ रिसर्च-फेलो जनों की सुदीर्घ परम्परा रही है, जो आलमारियों और पुस्तकों के बीच बोर होते रहे। ऐसे रिसर्च-फेलो भी हो गये हैं, जो आजीवन रिसर्च तो नहीं ही कर सके, इतर दिशाओं में भी अपनी प्रतिभा नहीं दिखा सके। कुछ ऐसे शोधकर्त्ता भी पाये गये हैं जो स्कॉलरशिप के अर्धांश को अपनी भक्ति के नवनीत में लपेटकर आचार्य को समर्पित करते रहे और चैन की वंशी बजाते रहे। के० डी० इतने घटिया दर्जे की फेलोशिप नहीं निबाहते हैं। वे रिसर्च भी करते हैं और स्कॉलरशिप भी पूरी भोगते हैं। यू० जी० सी० की निगाह में वे प्रेमचन्द के जूतों पर शोध कर रहे हैं, लेकिन सारा शहर जानता है कि के० डी० बाजार-भाव की रिसर्च करते हैं। किस दुकान की जलेबियां सबसे स्वादिष्ट होती हैं, यह किसी हलवाई से नहीं, के० डी० से पूछिये। के० डी० आपको बतलायेंगे कि यहां की जलेबियां बासी बेसन से बनती हैं, किस दुकान की जलेबियों में करारापन नहीं रहता और कौन हलवाई गुड़ की जलेबियां बनाता है। अब तो हालत यह है कि हम लोग बिना के० डी० से सूचनाएं लिये बाजार जाने या चीजें खरीदने की हिमाकत नहीं कर सकते।

के० डी० की विशेषता यह नहीं कि वे यू० जी० सी० के रिसर्च-फेलो हैं, बल्कि यह है कि उन्हें शहर-भर का बाजार-भाव कण्ठाग्र है। दूर-दूर से लोग उनके पास बाजार-भाव और जरूरत की चीजों के पते पूछने आया करते हैं। हिन्दी-विभाग में दिन-भर में कम से कम १३० ऐसे फोन तो आते ही होंगे, जिनका जवाब श्री के० डी० को देना पड़ता है। मजे की बात यह है कि सूचनाएं कभी गलत नहीं होतीं। आज तक सिर्फ एक बार यह दुर्घटना हुई है कि के० डी० ने गलत दुकान का भाव बता दिया। पूछने वाले ने महावीर भण्डार की पिसी हुई हल्दी की कीमत पूछी और महाव्यस्त के० डी० ने बजरंग स्टोर्स का भाव जल्दी से बता दिया। इस कारण बेचारे जिज्ञासु को दुबारा फोन करना पड़ा। अन्यथा, इस मामले में के० डी० बेमिसाल हैं।

दरअसल, के० डी० व्यक्ति नहीं संस्था है। मैंने लक्ष्य किया है कि हिन्दी-विभाग के हर आयोजन का गुरुतर प्रबन्ध-भार उन्होंने अकेले वहन किया है। किस हाल में आयोजन होगा, किस टैक्सी पर अतिथि आयेंगे, किस मैदान में फोटोग्राफी होगी, कहां मालाएं आयेंगी और कहां से नाश्ते का माल आयेगा—इन सबकी चिन्ता अकेले के० डी० करते हैं। आचार्य के० डी० को काम

सौंपकर वैसे ही निश्चित हो जाते हैं, जैसे त्रेता युग में राम अपनी अंगूठी हनुमान को सौंपकर निश्चित हो गये थे। हालत यह है कि आचार्य केवल खाते-सोते और नित्यकर्म करते हैं—उनके शेष कार्य के०डी० के जिम्मे हैं। इसी कारण के० डी० का ब्रीफकेस सदा आचार्यों के चमचों और विरोधियों की डायरी, बिजली और टेलीफोन के बिल, विभाग को मिलने वाली ग्राण्ट के काले और उजले हिसाब, किराना सामानों की लिस्ट और ऐसी ही अन्य अनिवार्य वस्तुओं से भरा रहता है। ब्रीफकेस उनका सबसे गुप्त धन है। के० डी० जान दे सकते हैं, ब्रीफकेस नहीं। कुछ जानकारों का तो यहां तक कहना है कि वे पत्नी के साथ बिताये गये नितान्त गोपनीय प्रसंगों में भी ब्रीफकेस की संगति नहीं छोड़ते। इतना जग जाहिर है कि ब्रीफकेस के० डी० के बहुमुखी व्यक्तित्व का अंग है। अधिकतर ब्रीफकेस और के० डी० को एकसाथ देखकर मूर्खजन यह विभेद नहीं कर पाते कि इनमें के० डी० कौन है और ब्रीफकेस कौन है। उनकी सुविधा के लिए इतना बता देना जरूरी है कि जो लटका हुआ है वह ब्रीफकेस है और जो लटकाए हुए हैं वह के० डी० हैं। जिस समय के० डी० आचार्य के साथ चलते हैं, उस समय परम आह्लादकारी दृश्य देखकर श्रद्धालुओं का मन झूमने लगता है। के० डी० आचार्य से लटके हुए शोभायमान होते हैं और ब्रीफकेस के० डी० के साथ लटका रहता है।

एक दिन के० डी० सब्जी बाजार में मिले। वे बड़ी तन्मयता के साथ आलुओं पर रिसर्च कर रहे थे और अब ललाट पर उभर आये स्वेदबिन्दुओं को पोंछ रहे थे। मैंने पूछा, "क्या हो रहा है के० डी० महाशय ?"

वे बोले, "आलू खरीदा जा रहा है। आचार्यश्री के डेरे पर भोज है न !"

आचार्य महोदय के निपट घरेलू मामलों में भी के० डी० की यह निष्ठा देखकर मैं बहुत लज्जित हुआ। सच तो यह है कि ऐसी सन्फोराइज्ड निष्ठा इस देश के इतिहास में हनुमान के बाद सीधे के० डी० में जनमी है। सब्जी बाजार में के० डी० का परिश्रम देखने के बाद आचार्य को बधाई देने के सिवा और कोई चारा नहीं रह गया। सो, मैं तत्काल आचार्य को ऐसे विरल रिसर्च-फेलो की खोज के लिए बधाई देने को दौड़ गया।

आचार्य प्रवर के निवास पर आयोजित भोज में के० डी० की प्रतिभा का इस्तेमाल दूर से ही नजर आ रहा था। जिस प्रसन्न मुद्रा में वे काम कर रहे थे, उसे देखकर शेष मन्दमति चेले-चमचों को प्रेरणा मिल रही थी। के० डी० की घोर व्यस्तता देखकर हम लोग आचार्य के पास पहुंच गये। सबने एक स्वर से के० डी० की महत्ता की प्रशंसा की। उस दिन आचार्य ने यह कहा कि के० डी० रिसर्च-फेलोशिप के इतिहास में मील का पत्थर हैं।

के० डी० की रिसर्च का विकास उनकी तमाम व्यस्तताओं के बीच निरन्तर

जारी है। उनका शोधप्रबन्ध तैयार हो रहा है। 'प्रेमचन्द के जूतों का सौंदर्यशास्त्रीय अध्ययन' शीर्षक उनके शोधप्रबन्ध का मूल भाग लगभग डेढ़ सौ टाइप किये गये पृष्ठों का होगा। उसके पीछे साढ़े नौ सौ पृष्ठों की सहायक ग्रन्थसूची होगी। सबके अन्त में बाटा, फ्लेक्स, बी० एस० सी० और कैरोना जैसी जूता बनाने वाली कम्पनियों की ताजी प्राइस लिस्ट होगी।

हमारी समस्त शुभकामनाएं श्री के० डी० के साथ हैं। इस बात की पूरी गारण्टी है कि के० डी० जब अपनी थीसिस प्रस्तुत करेंगे तब न केवल उनके परीक्षक प्रसन्न होंगे, बल्कि विश्वविद्यालय को भी मजबूर होकर पी-एच० डी० की डिग्री देनी पड़ेगी। वैसे के०डी० इतने विख्यात हो गये हैं कि अगर पी-एच० डी० के लिए प्रस्तुत शोधप्रबन्ध पर विश्वविद्यालय डी० लिट्० थमा दे, तो इसे आश्चर्य नहीं समझा जाएगा। कारण यह है कि के० डी० जैसा रिसर्च-फेलो 'न भूतो न भविष्यति'।

मनीषराय यादव

भविष्यवाणी

मेरा एक दोस्त है। 'है' नहीं, 'था' कहना उचित होगा। वैसे वह इस असार संसार में अभी मौजूद है और अकर्मण्य होते हुए भी, एक कर्मयोगी की भांति 'सकल पदारथ हैं जग माहीं करमहीन नर पावत नाहीं' की उक्ति को झुठला रहा है। उसके लिए 'था' का उपयोग इसलिए कर रहा हूं, क्योंकि वह मुझे भूल चुका है। इसमें उसका कोई दोष नहीं। यह तो जग की रीति है। जो बड़ा हो जाता है छोटों को भूल जाता है। बड़े होने के कई तरीके हैं, जिनमें 'विवाह' होना बड़े होने का सबसे बड़ा 'सर्टिफिकेट' है। यह धारणा मुझे बनानी पड़ी, मैं ३१ साल का हूं। अविवाहित हूं। एक दिन १५ साल की विवाहित लड़की ने मुझे बहस के दौरान कहा, "मुझसे क्या खाक मुंह लड़ाते हो, इस 'प्वाइंट' पर शंकराचार्य भी 'वीक' पड़ गये थे।"

मुझे उस दिन स्वयं पर बहुत तरस आया था। वैसे ही आज भी गुड्डू का फोटो अखबार में देखकर मुझे तरस आ रहा है।

गुड्डू को मैं बचपन से जानता हूं। वह कालेज के दिनों में अपना टाइम-टेबिल छोड़ क्लास की लड़कियों का टाइम-टेबिल याद रखता था। आज अचानक मिलने का कार्यक्रम तय कर लेता हूं।

जब मैं उसके घर पहुंचा—वैसे उसके घर को आश्रम कहना उपयुक्त होगा—वहां पर अजीब वातावरण था। आसपास आलीशान बंगलों के बीच एक 'पर्णकुटी' बनी थी, जहां भजन-कीर्तन टाइप का कुछ हो रहा था। बहुत भीड़ थी, तरह-तरह के रंगों की टोपियां लगाये हुए लोग मंजीरे-करताल बजा रहे थे। आसन पर बीचोबीच गुड्डू विराजमान थे। उन्हें मंत्रीस्तर की मालाएं पहनायी गयी थीं। इससे उनकी प्रभुता अलग झलक रही थी। मुझे वहां कौन पूछता? दरवाजे के मुंछाड़िये चौकीदार ने इस शर्त पर मुझे अंदर आने दिया था कि मैं अंदर चुपचाप बैठूंगा। किसीसे बात तक नहीं करूंगा। उसने धमकी दी थी, "यदि बात की तो बाहर फेंक दूंगा।" तभी से मेरी पसलियों में दर्द हो गया है।

गुड्डू के यहां कोई समारोह हो रहा था। लाइट और लाउडस्पीकर का ऐसा इंतजाम था कि विद्यार्थी पढ़ नहीं सकते थे। पड़ोसी सो नहीं सकते थे। तभी कार्यक्रम शुरू हो गया। पहले उपस्थित जनसमुदाय ने गुड्डू की एवं पास में रखी अजीब-सी मूर्ति की पूजा की। फिर आपस में टोपियां बदलने का कार्यक्रम शुरू हुआ। थोड़ी देर में लाल टोपी वाले पीली टोपी वाले हो गये। पीली वाले सफेद। यह क्रम बहुत देर तक चला, क्योंकि टोपियों के रंग बहुत थे। अंत में गुड्डू ने अपनी टोपी बदली एवं एक गिलास पानी पिया। दो बार खांसे और अपना भाषण शुरू किया :

"भक्तो, संसार में तरह-तरह के वाद प्रचलित हैं, सम्प्रदाय प्रचलित हैं, परन्तु सत्यता के निकट कोई नहीं है। हम ऐसे देव को क्यों पूजें, जिसे हमने देखा नहीं। आज जब सब चीजें बदल रही हैं हमारे आराध्य क्यों न बदल जायें, इसलिए आज मैं ऐसे देवता के बारे में बतला रहा हूं, जो आपको कदम-कदम पर राह दिखलाता है…" श्रोतावर्ग चिल्लाया, "वह कौन है ? हम उसकी पूजा आंख मूंदकर करेंगे।"

भाषण में गंभीरता आ गयी थी। मेरी आंखें थकावट के कारण मुंदी जा रही थीं, पर कान चौकन्ने थे। भाषण जारी था, "इस विषय में मैंने बहुत रिसर्च की। एम० ए० करने के बाद जब रोजगार दफ्तर के चक्कर लगाने में मेरे जूते घिसने शुरू हुए, तब से मेरे विचारों में क्रांति शुरू हुई और जब एक दिन राशन की लाइन में खड़े-खड़े गश आया, तब मुझे दिव्य ज्ञान प्राप्त हुआ। जिसका सारांश यह है कि 'गिरगिट' ही ऐसा दिव्य प्राणी है, जो आज के युग में आराध्य है और इन्हींकी कृपा से मैंने 'गिरगिट संहिता' की रचना की और आपको सुनकर आश्चर्य होगा कि इस संहिता का पालन करते हुए कई अंगूठाछाप लोग बड़े-बड़े पदों पर जा बैठे हैं। मुझे बड़ी प्रसन्नता है कि हमारे अनुयायियों की संख्या दिनो-दिन बढ़ती ही जा रही है। अब वह दिन दूर नहीं जब इनकी कीर्ति-पताका दूर-दूर तक फहरायेगी।"

भाषण समाप्त हुआ। इसके बाद मुझे गुड्डू से मिलने की हिम्मत नहीं हुई, पर मैं उनका भक्त बन गया और उनकी संहिता का पालन प्रारंभ कर दिया। अपनी अपरिपक्वता के कारण अभी बड़ा पद तो नहीं पा सका हूं, पर अपना पेट पाल लेता हूं। यह उनकी ही कृपा है।

मनीषराय यादव

सिंहासन के दावेदार

□□

घटना उन दिनों की है जब राजाओं के अधिकार समाप्त नहीं हुए थे और उन्हें प्रिवीपर्स नियमित रूप से प्राप्त होता था।

उन दिनों एक राजा अपनी वृद्धावस्था के कारण उत्तराधिकारी की समस्या को लेकर बहुत चिंतित था। उसके तीन लड़के थे। वह तीनों को बहुत चाहता था। इसलिए निर्णय नहीं कर पा रहा था कि राजगद्दी किसे सौंपी जाये। उस समय वरिष्ठता का कोई महत्त्व नहीं था और योग्यता के अपने-अपने मापदंड थे। इसलिए उसने अपने मंत्रिमण्डल की बैठक बुलायी, उनसे विचार-विमर्श किया। इसके पश्चात् उसने तीनों लड़कों को बुलाकर प्रत्येक को ५ हजार स्वर्ण-मुद्राएं देते हुए निर्देश दिया कि ६ माह में जो कोई इन स्वर्ण-मुद्राओं का लोक-कल्याण में सबसे अच्छा सदुपयोग करेगा, उसे राज्य की बागडोर सौंपी जायेगी। राजकुमार आज्ञाकारी थे। अतः अपने-अपने ढंग से लोक-कल्याण में जुट गये।

पहला राजकुमार बहुत विद्वान था। उसकी यह धारणा थी कि विद्वान ही सबसे अधिक लोक-कल्याण कर सकता है। इसलिए उसने और अधिक विद्वान बनने का प्रण किया और मुद्राओं का उपयोग ज्ञान-अर्जन में करने लगा।

दूसरे राजकुमार की विज्ञान में गहरी रुचि थी। उसके अनुसार विज्ञान ही लोक-कल्याण का सबसे उत्तम माध्यम था। इसलिए उसने दी गयी मुद्राओं से एक विशाल प्रयोगशाला का निर्माण किया।

तीसरा राजकुमार बुद्धि में मंद था, पर वह इस समय की गति को पहचानता था। उसने बहुत पापड़ बेले, जगह-जगह घूमा, आखिर उसकी पहुंच राजधानी तक हो गयी। और वह रास्ते से लोक-कल्याण में जुट गया।

निर्णय के दिन राजा का सभागृह विद्वानों, सलाहकारों और दर्शकों से भरा हुआ था। जांच के लिए नौ रत्नों की कमेटी बनायी थी। निश्चित समय पर राजकुमारों के लोक-कल्याणकारी कार्यों का लेखा-जोखा प्रारम्भ हुआ। पहले राजकुमार ने अपनी 'थीसिस' प्रस्तुत की जिसमें सभी धर्मों, शास्त्रों का निचोड़ था। निर्णायक वाह-वाह कर उठे। निर्णायकों ने अभी तक ऐसा विद्वत्तापूर्ण ग्रंथ नहीं देखा था।

दूसरा राजकुमार ऐसा वैज्ञानिक प्रयोग करने में सफल हो गया था, जिससे बिना बादल बरसात हो सकती थी। बंजर जमीन फसलों से लहलहा सकती थी। निर्णायकों के समक्ष धर्मसंकट की स्थिति निर्मित होने लगी थी।

अब तीसरे राजकुमार की बारी थी। तीसरा राजकुमार बड़ा प्रसन्नचित्त नजर आ रहा था जैसे उसे अपनी विजय पर पूरा भरोसा हो। वह बड़ी शालीनता से उठा। प्रत्येक निर्णायक के हाथ में एक छपे पत्र की प्रतियां देकर अपने स्थान पर बैठ गया। निर्णायक पत्र पढ़ते ही किंकर्तव्यविमूढ़ रह गये। उन्हें अपनी कुर्सियां डोलती हुई नजर आने लगीं। वे विद्वान की विद्वत्ता और वैज्ञानिक का विज्ञान भूल गये। पत्र छोटा, पर सारगर्भित था, "मुझे उत्तराधिकारी बनाया जाना चाहिए। इन ६ महीनों में मेरी पहुंच राजधानी तक हो गयी है। मेरे कहने पर राजाओं की अधिकार समाप्ति का विधेयक लाया जा सकता है।"

निर्णायकों ने सर्वानुमति से तीसरे राजकुमार को उत्तराधिकारी चुन लिया।

रवीन्द्रनाथ त्यागी

ठाकुर साहब : एक रेखाचित्र

□□

मेरे मित्रों में ठाकुर साहब का वही स्थान है, जो भारत के साहित्य में 'वाल्मीकि रामायण' का ! यानी कि वे मेरे उन दोस्तों में से हैं, जो बहुत पुराने हैं, पर जिनका महत्त्व फिर भी कम नहीं हुआ।

ठाकुर साहब और मैं एक ही स्कूल में पढ़ते थे। एक ही स्कूल में पढ़ने की जहां और वजह भी रही होगी, वहां एक यह भी थी कि उन दिनों कस्बे में सिर्फ एक ही स्कूल था। मुझे अभी तक वे दिन याद हैं, जबकि मैं दर्जा आठ में था और ठाकुर साहब दर्जा दस में। क्योंकि स्कूल उन दिनों दर्जा दस तक ही था, जो लोग दसवें दर्जे में होते थे, उनकी बड़ी प्रतिष्ठा होती थी। वे लोग प्रार्थना करवाते थे, स्कूल की टूर्नामेंट का सारा बंदोबस्त करते थे और सालाना जलसे में फर्श पर सबसे आगे तख्त से लगकर बैठते थे। इन जरूरी कामों में जब उन्हें छुट्टी मिलती थी तो वे काफी वक्त क्लासों के लड़कों को डांटने और उनकी मारपीट करने में गुजारते थे। हेडमास्टर साहब तो दसवें दर्जे के सारे लड़कों के नाम जबानी याद रखते थे जबकि और दर्जों के लड़कों को वे उनके मां-बाप या और नातेदारों की मदद के बिना पहचान ही नहीं सकते थे "जैसे···अच्छा···तुम हो मुंशी रामसहाय के लड़के ! ···ठीक है···ठीक है···पण्डित जी, क्या हुआ उस पटवारी हरस्वरूप के भतीजे का ? और हां, लाला बंसीधर का धेवता खेल में आता है या नहीं ?" वगैरह-वगैरह।

ठाकुर साहब चूंकि दर्जा दस में थे और मैं सिर्फ आठ में, वे मुझे बड़ी प्यारी हिकारत की निगाहों से देखते थे। उनके विचारों में वे राजा थे और मैं प्रजा। वे कभी-कभी मुझे पास के बागों में जामुन तोड़ने भेजते, कभी नीम की दातुन मंगाते और कभी-कभी मैं घर से स्कूल तक उनका बस्ता लाता। मुझे याद है कि मेरे-उनके सम्बन्ध वैसे काफी घनिष्ठ हो गये थे और उसी तरह रहते भी यदि एक दिन मैं उन्हें नाराज न कर देता। बात उस दिन की है जब उन्होंने फारसी के मौलवी साहब के पीछे कुत्ते लगाने के लिए मुझसे कहा था। कुछ मेरे उत्साह के कारण और कुछ शायद इसलिए कि कुत्तों को फारसी की अपेक्षा अंग्रेजी से ज्यादा लगाव था, वे कुत्ते बजाय मौलवी साहब के हेडमास्टर साहब के पीछे लग

गये। उनका छाता फाड़ दिया और कोट गन्दा कर दिया। हालांकि रंगमंच पर से हम लोग काफी तेजी से नेपथ्य की ओर भागे फिर भी हेडमास्टर साहब ने ठाकुर साहब को उनकी पृष्ठभूमि यानी कि कमर से ही पहचान लिया। इसके बाद उन दोनों आत्माओं के बीच क्या गुजरी, इसका तो किसीको पता नहीं, पर इतना जरूर लगा कि उसी दिन से हेडमास्टर साहब और ठाकुर दोनों एक-दूसरे से खिचने लगे।

जब मैं ठाकुर साहब को याद करता हूं तो उन दिनों अनेक और घटनाएं भी मुझे अनायास ही याद आ जाती हैं, जैसे कि हम लोग फीस जमा होने के दिन बस के अड्डे पर चाट खाया करते थे या कभी-कभी चोरी से स्कूल के माली की बकरी दुह लिया करते थे। कभी-कभी हम लोग इस बात को बड़ी संजीदगी से सोचा करते थे कि मैट्रिक के बाद का जीवन किस प्रकार का होगा। जब कक्षा मे हम 'जीवन का संघर्ष' वाला पाठ पण्डित जी से विस्तारपूर्वक पढ़ते थे तो मन ही मन डरा करते थे। जो लोग आगे पढ़ने शहर चले जाते थे, उनका तो हमें पता नहीं था, पर जो लोग घरों या दुकानों को संभालने के लिए कस्बे में ही रह जाते थे, उनके जीवन में हमें कोई संघर्ष आता कभी दिखाई न पड़ा। खैर, ठाकुर साहब इन बातों पर ज्यादा गौर नहीं करते थे। उन्हें स्कूल के बराबर कोई जगह दुनिया में पसन्द नहीं थी। घर और परदेश दोनों से बचने के लिए वे चुपचाप फेल हो गये।

मेरा खयाल है उन दिनों फेल होना काफी आसान होता था, क्योंकि ठाकुर साहब उसके अगले साल भी फेल हो गये और मुझे उनका क्लासफेलो होने का सौभाग्य मिला। मैं उनके साथ क्लास में सारे दिन बैठने की खुशी को भीतर ही भीतर तब तक छिपाता रहा जब तक कि एक दिन उन्होंने स्वयं नहीं बताया कि वे तो केवल मेरे साथ पढ़ने के लिए ही दो साल से जान-बूझकर फेल होते रहे हैं। इतना स्नेह देखकर मेरा मस्तक उनके प्रति अनायास ही झुक गया। बाद में मुझे यह भी एहसास हुआ कि उतना ही स्नेह वे निचली जमातों के कुछ और विद्यार्थियों से भी करते थे, क्योंकि मेरे बाद भी फेल होते रहे। जब मैंने शायद एफ० ए० किया तब उन्होंने मैट्रिक पास किया।

जैसा कि मैंने बताया, उनके साथ पढ़ने की अनेक घटनाएं मुझे अभी तक याद हैं कि उनको कितने जानवरों की बोलियां आती थीं और कौन-सी क्लास में कौन-सी बोली बोली जाती थी। उर्दू के घंटे में जो हंसी-ठट्टा चलता था, वह तो कभी भूला ही नहीं जा सकता। एक दिन तो उनका और मौलवी साहब का खुलेआम खूब झगड़ा हुआ। बात यह थी कि ठाकुर साहब कहीं से कुत्ते के दो पिल्ले उठा लाये थे, जो उन्होंने ब्लैक-बोर्ड के पीछे बांध दिये थे। इधर मौलवी साहब गोपाल और बुलबला वाली कहानी पढ़ायें और उधर पिल्ले बोलना शुरू कर दें। उर्दू

हम लोगों की दूसरी जबान थी, उसमें पास होना लाजिमी नहीं था और इस वजह से भी हम लोग मौलवी साहब की शायद कुछ कम इज्जत करते थे। खैर मौलवी साहब ने कुछ देर तक तो बर्दाश्त से काम लिया और फिर आव देखा न ताव, पिल्लों को पीटना शुरू कर दिया। अपराधी का पता तो लग नहीं सकता था और गुस्सा किसी न किसी पर उतारना जरूरी था। पिल्लों को लेकर ठाकुर साहब उनसे उलझ पड़े। इसी तरह एक बार ठाकुर साहब ने मैट्रिक का रिजल्ट निकलने पर एक लड़के से काफी मिठाई यह बताकर खाई थी कि वह पास हो गया है, जब कि वह नालायक सरासर फेल था। ड्राइंग के घंटे में एक मरतैल-से टीचर हमें वाकई में बड़ा तंग करते थे और ठाकुर साहब नियम से उनकी साइकिल की हवा रोज निकालते थे। खाशा मजा शायद प्रार्थना के समय आता था। जब और लड़के 'हे दयामय हम सभी को शुद्धताई दीजिये' या इसी किस्म की कोई और फटीचर प्रार्थना मिलकर दोहराते थे, तब ठाकुर साहब पीछे से किशनचंदर पहलवान की नौटंकी की कोई फड़कती हुई बहरे तबील हम लोगों को सुनाया करते थे।

सबसे ज्यादा आनन्द अंग्रेजी के घंटे में आता था। अंग्रेजी के टीचर तपेदिक के मरीज थे और गुस्सा उन्हें बहुत जल्दी आता था। वैसे वे काफी खूबसूरत थे पर ज्यादा फैशनेबुल होने के कारण कुछ-कुछ जनाने-से लगते थे। खुद तो उन्होंने पांच बार में बी० ए० थर्ड डिवीजन में पास किया था, पर हम लोगों को वे सारा शेक्सपियर मैट्रिक में ही पढ़ा देना चाहते थे। खैर, कुछ भी हो, एक बात जरूर है कि वे हम लोगों के साथ मेहनत जी तोड़कर करते थे और क्लास के बाहर काफी प्यार से बातें करते थे। ठाकुर साहब का कहना था कि इसकी उन्हीं आदतों से इसे तपेदिक हुई है। क्लास में उन दिनों जो किताब पढ़ाई जाती थी उसका नाम था 'पैटर्न्स आफ इंग्लिश प्रोज' और उसका प्रथम पाठ था रवीन्द्रनाथ ठाकुर का लिखा हुआ, जिसमें उन्होंने अपने शैशव का वर्णन किया है। ठाकुर साहब क्लास में सबसे आगे बिठाये जाते थे ताकि वे शरारत न करें। वे मूर्ति की भांति निश्चल बैठे रहते और मास्टर साहब धीरे-धीरे बड़े भावपूर्ण ढंग से पुस्तक पढ़ाते। बीच-बीच में वे रुकते, किसी विशेष शब्द का उच्चारण समझाते, खांसते और फिर पढ़ने लगते। पढ़ते-पढ़ते वे जब थक जाते थे तो पढ़ने का काम किसी होशियार लड़के को सौंप दिया जाता था। वातावरण किसी शांत झील की तरह गंभीर रहता था, बस बीच में कभी-कभी ठाकुर साहब यह कहकर उस शांत झील में पत्थर मार देते थे···"आ गया···आ गया।" हम लोग, जिन्हें असलियत का पता था, हंसते रहते थे, पर गरीब अंग्रेजी का मास्टर रोजमर्रा की इस घटना पर बहुत बौखलाता था। बात दरअसल यह थी कि ठाकुर साहब की अंग्रेजी जरूरत से ज्यादा कमजोर थी और लम्बे-लम्बे वाक्यों से उन्हें खास तौर पर चिढ़ थी। वे बड़ी उतावली से पूर्णविराम या फुलस्टाप की प्रतीक्षा करते थे और ऐसे

अवसरों पर हजार कोशिश करने पर भी 'आ गया, आ गया' की सदा क्लास के अंधेरे में उनके मुंह से निकल ही जाती थी।

ठाकुर साहब की आवाज वैसे भी काफी बुलन्द थी। हमें याद है कि एक बार हम पास के एक और कस्बे में मेला देखने गये। मेले में एक उठाईगीर सिनेमा आया हुआ था। इस सिनेमा का मैनेजर भी एक दुर्दान्त व्यक्ति था। सारे दिन में वह मेले में चंद लड़कों के साथ घंटा बजा-बजाकर भोंपू पर बताता कि "आज रात को मोहन टाकीज के सुनहरे पर्दे पर 'अंगूरबाला' उर्फ 'कातिल हसीना' का मशहूर और मारूफ खेल होनेवाला है, जिसमें जुबेदा, चार्ली, अख्तर वगैरह मुल्क के बड़े-बड़े अदाकारों ने काम किया है। दिलकश गाने···सच्ची लड़ाई के सनसनीखेज सीन, जादू और जंगली जानवरों से हैरतअंगेज मुठभेड़···और दाम सिर्फ छः पैसे, छः पैसे, छः पैसे ··औरतों और बच्चों के लिए खास इन्तजाम। देखिये, देखिये, अंगूरबाला।" इसके बाद लौटकर वह थियेटर साफ करता, टिकट बेचता और फिर गेटकीपरी करता। एक दिन हम लोग भी सिनेमा देखने गये। बड़ा खुला थियेटर था और साफ हवा का उसमें काफी माकूल इन्तजाम रखा गया था। छत की तरह तारों-भरा आसमान था और बिछाने को धरतीमाता। कनात भी जगह-जगह पर फटी हुई थी। खैर, जैसे-तैसे आधा घण्टा लेट होकर खेल चला। लोग बीच-बीच में उठते रहे और बैठते रहे और बीच-बीच में रील टूटती रही। इसके अलावा कभी-कभी ऐसा भी होता है कि आवाज आ रही है गुस्से में भरपूर डायलाग की और पर्दे पर दो लोग गले मिल रहे हैं और वहां कभी एक औरत गला फाड़-फाड़कर चिल्ला रही है। बड़े परेशान हुए। ठाकुर साहब ऐसी स्थिति ज्यादा देर तक बर्दाश्त नहीं कर सकते थे। कुछ ही देर बाद फिल्म में कोई गाना आया, जो ठाकुर साहब को याद था। बस, फिर क्या था, हम लोगों ने हथेली पीट-पीटकर वह कोरस शुरू किया, वह चिल्ल-पों मची, वह हंगामा उठा कि सिनेमा की कनात तक उखड़ गयी। इसके पहले कि कोई रचनात्मक कार्रवाई हो, हम लोग वहां से भाग निकले।

जैसा कि मैंने ऊपर बताया, ठाकुर साहब ने मैट्रिक कई साल बाद पास किया और वह भी थर्ड डिवीजन में, जिसे वे बड़ी शान से 'रॉयल डिवीजन' बताया करते थे। हम लोग तो इस बात को हंसी में ही टाल दिया करते थे, पर ठाकुर साहब ने अपने घर वालों पर इसका काफी रौब डाल रखा था। उनके घर के लोग थे बेपढ़े किसान और ठाकुर साहब ही वंश के पहले व्यक्ति थे, जिन्होंने आनेवाली पीढ़ियों के हित में काले अक्षर और भैंस का अंतर स्पष्ट किया था। कहने का अभिप्राय यह है कि जहां ठाकुर साहब के परिवार के लोग गांव के चमार-जुलाहे और तेली-नाई वगैरह निचले तबके पर यह कहकर रौब डाला करते थे कि छोटे ठाकुर अब शीघ्र ही डिप्टी या तहसीलदार होने वाला है, वहां ठाकुर

साहब ऐसी ही बातें बनाकर अपने घरवालों से रुपया ऐंठा करते थे। एक बार उन्होंने दस रुपये ब्लाटिंग पेपर खरीदने के लिए लिये थे और एक बार कार्बन पेपर शायद बीस रुपये में खरीदा था। पता नहीं यह क्रम कब तक चलता रहता अगर एक दिन उनके पिता जी से हेडमास्टर साहब ने सारी बातों का पर्दाफाश न कर दिया होता। यह घटना उन दिनों की है जबकि ठाकुर ने घर से दो सौ रुपये यह कहकर मंगवाये थे कि उन्हें एक अदद 'अंध महासागर' खरीदना है। इस घटना के बाद उनके विचार हेडमास्टर के प्रति और भी खराब हो गये।

मैट्रिक के बाद ठाकुर साहब एफ० ए० की पढ़ाई के लिए बाहर नहीं गये, क्योंकि उन दिनों तक हमारा पुराना स्कूल इंटर कालेज हो गया था। इस बात का ठाकुर साहब को जितना अफसोस हुआ वह कहा नहीं जा सकता। उनके विचारों में शिक्षा-प्राप्ति के लिए प्रवास जरूरी था। वे कहा करते थे कि पुराने काल में लोग केवल इस कारण पण्डित होते थे कि वे अध्ययन के लिए काशी तक जाते थे। कपिल, कणाद, चाणक्य, गौतम या मनु में से क्या कोई मुरादाबाद, चंदौसी या नगीना में पढ़ा था ? बिना विदेश-गमन के मनुष्य का चरित्र कभी उज्ज्वल नहीं होता। और तो क्या, यदि राम वनवास न जाते तो उसका नाम भी कोई न जानता। घर में बंधी-बंधी तो मुर्गी भी उड़द या अरहर की दाल हो जाती है और बाहर जाकर तुलसीदास जैसे लापरवाह भी गुसाईं जी कहलाने लगते हैं वगैरह-वगैरह। स्कूल से निकलने के लिए उन्होंने कोशिशें भी काफी कीं। हेडमास्टर साहब की भैंस को कई बार कांजीहाउस में बन्द करवाया, इंग्लिश टीचर के कुत्ते को एक बरसाती नाले में डुबाने की कोशिश की और कालेज की दीवारों पर 'हिदायतनामा खाविंद' के पेज के पेज नकल कर डाले, पर फिर भी कुछ नहीं हुआ। बात यह थी कि कालेज था नया-नया और हेडमास्टर साहब—जो अब बिना वेतन या ज्ञान में वृद्धि हुए सबसे अपने को प्रिंसिपल कहने के लिए सुबह-शाम जिद करते थे—हाथ में आये मुट्ठी-भर लड़कों को निकलने नहीं देना चाहते थे। उन्होंने ठाकुर साहब को कई बार समझाया और एक-दो दफा फाइन भी किया। इससे ज्यादा कभी कुछ नहीं हुआ। और हां, उन्हें चिढ़ाने की गरज से ठाकुर उन्हें सबके सामने अक्सर सिर्फ 'माट् साब', माट् साब' ही कहते कि शायद प्रिंसिपल साहब न कहने पर ही तबादले का हुक्म मिल जाये, मगर यह वार भी खाली ही जाता। हेडमास्टर साहब हमेशा यह कहकर टाल देते कि मेरे पुराने विद्यार्थी तो मुझे किसी भी नाम से पुकार सकते हैं।

इंटरमीडियट की शिक्षा के समय में भी ठाकुर साहब में कोई विशेष परिवर्तन नहीं आये। वे अब भी उतने ही उद्दण्ड और शरारती रहे। कभी-कभी वे मुझे कोई ऐसी नौकरी दिलवाने के लिए लिखते, जिसमें ऊपर की आमदनी काफी हो। एक बार उन्होंने मुझसे इस बात की भी दरखवास्त की थी कि प्रिंसिपल साहब

दीपावली की छुट्टियों के कालेज का फर्नीचर खरीदने जब शहर जाएं तो मैं उनकी कसकर पिटाई करवा दूं। कुछ-कुछ इसी तरह की खतो-किताबत उनकी-मेरी होती रहती थी।

इंटर फाइनल की परीक्षा देने वे शहर आये और मेरे ही पास ठहरे, क्योंकि हमारे कस्बे के कालेज का परीक्षा-केन्द्र पिछले वर्ष ज्यादा पैमाने पर नकल करने के कारण तोड़ दिया गया था। जब वे आए तो एक झोले में मेरे लिए काफी सामान लाये। मेरे ख्याल से उन्होंने सफर फर्स्ट क्लास में किया था और तीन बल्व, बाथरूम का शीशा, ईस्ट इंडियन रेलवे का एक शीशे के फ्रेम वाला कैलेंडर, सीट पर की दो गज रेक्सीन और एक ऐश-ट्रे, जिसके निकालने में बतौर उनके उन्हें सबसे ज्यादा जोखिम झेलनी पड़ी थी—वे बतौर सौगात मेरे लिए आये थे, क्योंकि जैसा कि उन्होंने बताया, खाली हाथ पुराने दोस्तों से मिलना उन्हें कतई पसन्द नहीं था। उनकी इस हरकत पर जब मैंने गुस्सा होना शुरू किया तो वे बड़े इत्मीनान से मुझे समझाने लगे कि धीरज रखो। धीरज का फल मीठा होता है। अब की बार आयेंगे तो पूरा एक स्प्रिंगदार सोफा डिब्बे में से तुम्हारे लिए लायेंगे।

इंटर में भी उनका थर्ड डिवीजन ही आया। हम लोगों को यही अचम्भा रहा कि वे पास कैसे हो गये, क्योंकि पर्चा का हल उन्होंने किस ढंग से किया था, यह हमें मालूम था। सिविक्स के पर्चे में वे जो कुछ लिखकर आये थे वह तो सुनाने काबिल है। नागरिक के अधिकारों का विशद वर्णन करते हुए इन्होंने वोट देने, मर्जी का पेशा अख्तियार करने के अतिरिक्त हर इतवार को कड़वे तेल की मालिश करने, नीम की दातुन करने और हेडमास्टर के पीछे कुत्ते लगाने का भी खूब जिक्र किया था। मेरे ख्याल से और मजमूनों के पर्चों का हाल भी उन्होंने इसी निहायत मौलिक ढंग से किया था।

इसके बाद ठाकुर साहब का पता काफी दिनों तक मुझे नहीं लगा और बाद में एक मुलाकात भी हुई तो इस तरह कि मैं उन्हें पहचान भी न सका। मैं इलाहाबाद में अपने फ्लैट के बरामदे में घूम रहा था कि एक सज्जन बड़ी-बड़ी मूंछों का पीछा करते रिक्शा से उतरे। पहले तो मैं उसे पहचान ही न सका, मगर जब वे रिक्शा वाले को पैसे देकर उसे तंदुरुस्ती का राज समझाने लगे तो मैं समझ गया कि ठाकुर हैं। अगर मैं उन्हें न रोकता तो वे वहीं थानहिल रोड पर दो-चार आसन लगाकर रिक्शा वाले को दिखाते। खैर, मैंने बीच-बचाव किया और श्रीमान् जी भीतर आये। न पुरानी गाढ़े की धोती, न गांव के दर्जी का सिला कलियोंदार कुरता। अब तो हुलिया ही बदल गया था। उन्होंने खाकी पैंट-बुशर्ट पहन रखी थी और माथे पर तिलक लगा था। आंखों पर धूप का एक सस्ता-सा चश्मा था और हाथ में बैग। बातचीत से पता चला कि हजरत यहां सब-इंस्पेक्टरी

के इंटरव्यू में आये हैं। स्टेशन पर से उतरकर संगम गये, स्नान-ध्यान किया, गंगामाता को दस नये पैसे चढ़ाये, दो पंडों से गाली-गलौज हुई और इसके बाद वे सीधे मेरे दौलतखाने पर तशरीफ ला रहे हैं। आने में देर हुई, क्योंकि मकान मिलने में काफी तकलीफ रही।

मुझे यह जानते देर न लगी कि ठाकुर साहब के जीवन का ध्येय थानेदार होना ही है। यह भी मुझे एहसास हुआ कि इस दिशा में वे काफी सीरियस हैं और शायद किसीसे थोड़ी-बहुत ट्रेनिंग भी ले चुके हैं। कपड़े उन्होंने पुलिस के पहनने शुरू कर ही दिये थे और स्टेशन पर सामान भी शायद कुली को बिना पैसे दिये ही उतरवाया था। गाली-गलौज में उन्होंने इधर काफी महारत हासिल कर ली थी और मेरे नौकर के साथ उनकी जितनी बातचीत हुई उसमें से पचास प्रतिशत गाली-गुफ्तार ही थी। मुझसे बात करते हुए गालियों की मात्रा कुछ कम रहती थी, पर इसके लिए उन्हें काफी कष्ट सहना पड़ता था। खड़े होने, घूमने और चलने में अटेंशन, राइट एबाउट टर्न और लेफ्ट-राइट, लेफ्ट-राइट का अंदाज साफ झलकता था। अब तो वे हंसते भी हुक्कामों की ही तरह थे। क्योंकि इण्टरव्यू में अभी दो दिन थे, मुझे उनके सत्संग का काफी अवसर मिला। बीच-बीच में वे मुझसे बतलाते रहे कि पुलिस अफसर को सिर्फ दो चीजें चाहिए—एक मुंह की गाली-गलौज और दूसरी दिल की ईमानदारी। उन्होंने मुझे यह भी धीरे से बताया कि यार, एक दफा बस हो जाने दो थानेदार, उसके बाद उस बुढ़ऊ हेडमास्टर पर दिन-दहाड़े कुत्ते न लगवा दूं तो ठाकुर से नाम बदलकर त्यागी रख देना। ये दो दिन वाकई काफी मजे से गुजरे। बस जरा बाहर निकलने पर मुझे कुछ झेंप रहती थी। ठाकुर साहब चौराहे के हर सिपाही से इस तरह बातें करते थे, जैसे कि थानेदार हो ही गये हों और वे सिपाही उन्हींके चार्ज में हों।

सब-इंस्पेक्टरी का इण्टरव्यू उनका ठीक रहा। शाम को जब वे आये तो बहुत खुश थे। हनुमान मन्दिर पर प्रसाद चढ़ाया और मुझे और मेरे परिवार को सिनेमा दिखाया गया। काफी देर तक रात को मुझसे बातें करते रहे कि शुरू में नियुक्ति के लिए कौन-सा जिला ठीक रहेगा और आई० पी० एस० तक तरक्की होने में कितने साल लगेंगे। मैंने एक-दो बार हलकी जबान में उनका ध्यान इस छोटी-सी बात की ओर आकृष्ट करने का यत्न किया कि इन मामलों पर ज्यादा गौर नतीजा छपने पर ही करना ठीक रहेगा, क्योंकि इण्टरव्यू का कुछ पता नहीं होता। पहले तो ठाकुर इस नाचीज बात की तरफ मुखातिब ही नहीं हुए और फिर हुए भी तो झल्लाहट के साथ। कहने लगे कि मैं उनसे ईर्ष्या करता हू, उन्हें थानेदार देखना नहीं चाहता, वरना जिस ईमानदारी, संजीदगी और बेतकल्लुफी से उन्होंने बोर्ड के सामने गाली-गुफ्तार की है, इसके बाद भी वे थानेदारी में न लिये जाएं तो दुर्भाग्य देश का होगा, न कि उनका।

मैं इसे देश का दुर्भाग्य ही कहूंगा कि ठाकुर साहब सब-इन्स्पेक्टरी के चुनाव में नहीं लिये गये। मगर इस सबका उन्हें कोई खास अफसोस नहीं हुआ, वे तो नतीजा निकलने से पहले से ही ठेकेदारी का धंधा संभाल चुके थे। चूंकि ठेकेदारी का धंधा बेईमानी का होता है, उन्होंने उसे छोड़ दिया और मुर्गियां पालनी शुरू कीं। इसके बाद उन्होंने एक बकरी, भैंस और पाउडर के दूध के दो डिब्बों की मदद से एक डेरी फार्म खोलने की योजना बनायी, जिससे कि कस्बे और आस-पास की बस्तियों को ताजा दूध और मक्खन मिल सके। यह स्कीम तब तक चलती रही जब तक कि उन्हें सब्जी और फलों की खेती-बाड़ी का शौक पैदा नहीं हो गया। अपनी इन सब योजनाओं को ठाकुर साहब पत्रों द्वारा मुझे कभी-कभी बता दिया करते थे और मैंने उन्हें कभी किसी काम में हाथ डालने से नहीं रोका। जहां तक मुझे याद है, मैंने उनके साथ सख्ती का एक बरताव सिर्फ एक वक्त किया था और वह भी तब जबकि वे अपने हिस्से की जमीन बेचकर फिल्मों का धन्धा शुरू करने के लिए बम्बई जा रहे थे।

इसके बाद उन्होंने और भी कई धंधे किये, पर किसीमें भी सफलता न मिलने पर उन्होंने देश-भक्ति का धंधा संभाला। आजकल ठाकुर साहब राज-नीतिक जीवन व्यतीत कर रहे हैं। वेश-भूषा में फिर खद्दर को स्थान मिलने लगा है। हालांकि अब उसे खादी कहा जाता है। दालान की अलमारी में, 'किस्सा साढ़े तीन परी' और 'रतन' के गानों के साथ अब 'हिन्दुस्तान की कहानी', 'पांचसाला योजना', 'आत्मकथा', 'गांव की ओर' इत्यादि पुस्तकें भी दिखाई देती हैं। जब भी शहर जाते हैं तो 'फिल्मी दुनिया' के साथ-साथ एक पर्चा 'जागरण' का भी ले आते हैं, जिसे पंचायतघर पर गांव वालों को सुनाया जाता है। खाने-पीने की कमी कोई है नहीं और इस कारण काफी समय समाज-सेवा और जन-सम्पर्क में व्यतीत हो जाता है। इस जन-सम्पर्क में शादी-विवाह में शामिल होना, मुकदमेबाजी करना और गवाहियां देना, ए० डी० ओ० वगैरह गांवों के हुक्कामों से मिलना भी शामिल है। इधर उनका ध्यान स्त्री-शिक्षा पर विशेष रूप से केंद्रित है और जब से नयी ग्राम-सेविका आयी है, उन्होंने कन्या पाठशाला के लिए अपनी पूरी बैठक ही दे दी है।

पिछले साल से ठाकुर साहब के नये बाग में आम लगने शुरू हो गये हैं। यह वही बाग है, जहां हम बचपन में पिकनिक करने जाया करते थे। रास्ते में एक छोटी-सी नदी पड़ती है, जिसे हम घन्नई पर पार किया करते थे। वे दिन हमें याद हैं, कि हेडमास्टर साहब को भी घन्नई पर बिठाकर नदी के पार ले जाने की योजना को अन्तिम रूप दिया गया था। अन्तरंग रूप से यह निश्चित किया गया था कि घन्नई की रस्सी कमजोर रखी जायेगी ताकि बीच धारा में टूट जाये, जिससे कि हेडमास्टर साहब रामगंगा नदी से इस सरलता से मिल सकें जैसे उसमें

घाघरा और गंडक वगैरह नदियां मिलती हैं। नैतिक चरित्र और आत्मबल के न होने के कारण हमारी यह योजना कार्यान्वित नहीं की जा सकी थी और इस कमजोरी को याद करके ठाकुर साहब का छात्र-मस्तक अभी तक लज्जा से नत हो जाता है। और हां, वे हेडमास्टर साहब अभी हैं। अब तो वे पक्के प्रिंसिपल हो गये हैं। बूढ़े होने पर भी उनकी तेज-तर्रारी में कोई अन्तर नहीं आया। वे अभी भी उतने ही काइयां, खुशामदी और अन्दर से काले हैं, जितने कि हम लोगों के जमाने में थे। यह भी नहीं है कि ठाकुर साहब पुरानी रंजिश भूल गये हैं। अभी पिछले दिनों उनका एक दस्ती खत आमों के पिटारे के साथ आया था। उन्होंने लिखा था कि यह अच्छा ही हुआ कि वे थानेदारी में नहीं आये, नहीं तो इस महान देश की सेवा कैसे करते? अब वे शीघ्र ही किसी विरोधी दल की ओर से असेम्बली का इलेक्शन लड़ने जा रहे हैं और उस दल की सरकार बनाने के 'चांसेस' एकदम 'डार्क' नहीं हैं। उन्होंने यह भी लिखा है कि यदि कभी जनता ने उनके गुणों को पहचान लिया और उन्हें मंत्री बनने के लिए विवश किया तो वे शासन के सुधार के लिए दो काम सबसे पहले करेंगे। एक तो होगा यह कि वे मुझे अपना सेक्रेटरी नियुक्त करेंगे। दूसरा यह कि उस स्कूल की ग्रांट बन्द की जायेगी, जहां वह बुढ़ऊ हेडमास्टर अभी तक देश के लड़कों की जिन्दगानी खराब करता चला आ रहा था।

रोशनलाल सुरीरवाला

भुलक्कड़ भाई साहब

यद्यपि देर हो चुकी थी किन्तु जब हम साहित्य-गोष्ठी में भाग लेने के लिए भाई साहब के घर पहुंचे तो वहां विचित्र स्थिति देखी। छत पर निश्चिन्त मन बन्दर बैठा हुआ और कवि तथा लेखकों का समूह उस बन्दर को फुसलाने-धमकाने में लगा था। किसीके हाथ में लाठी थी तो किसीके हाथ में रोटी और सभी बन्दर की ओर उन्मुख, जैसे चुनाव के अवसर पर विभिन्न दलों के प्रत्याशी मतदाता को बहकाते हैं तथा साम-दाम-दण्ड-भेद का प्रयोग करते हैं। स्वयं भाई साहब भी सपरिवार इसी उद्योग में लगे थे। पता लगा कि बन्दर खाट के नीचे से सरकारी गुप्त फाइल की भांति नया जूता उठा ले गया है और अब उसे मंत्रिपद के समान छोड़ने को तैयार नहीं है। हमने भी कहानी की पाण्डुलिपि अपनी जेब में रखी और मसहरी का एक बांस उठाकर बन्दर की ओर लपके। तभी भाई साहब एक स्टूल पर चढ़कर उचके कि संतुलन बिगड़ गया और लाख संभलने पर भी पीठ के बल फर्श पर आ रहे। उठने से पहले चारों हाथ-पैर आसमान में हिलाते चीख उठे, "फाड़ डाला, फाड़ डाला, हाय मेरा बिल्कुल नया जूता!"

दवा न मिलने पर जो दशा डाक्टरों की होती है, ठीक वही दशा हम लोगों की थी। मरीज की बेचैनी बढ़ रही थी और हम विवश थे। सहसा भाभी जी रो उठीं, "कल ही भैया चालीस रुपये का जूता दिलाकर गया है और आज ही बंदर से फड़वा लिया।"

"हां-हां, खूब विज्ञापन करो, अखबारों में निकलवाओ, प्रभातफेरी निकालो, रेडियो से प्रसारित कराओ। सत्रह साल में साले साहब चालीस रुपल्ली का जूता मार गये। वाह! जैसे हम तो जन्म से नंगे ही चलते रहे हैं। चमार कहीं का!" भाई साहब भी कमर में झटके मारते दहाड़ उठे।

"नहीं-नहीं, आप तो जूते पहनकर ही पैदा हुए थे। भैया को चमार बता रहे हो। कल जूता दिलाकर लाया था तो बड़ी खातिर-खुशामद कर रहे थे।" भाभी जी पुनः सप्तम स्वर में अलाप ले उठीं, "जूते सम्भालकर भी नहीं रखे गये!"

"मैंने तो कहा था कि अपने कमरे में रख लेने दो, नये हैं।"

"तुम्हारे पैर में तो शनीचर है। जाने कहां-कहां घूमकर आये थे और मैं जूतों

को धुले-पुंछे कमरे में रख लेने देती ?"

दोनों कराह रहे थे और झगड़ रहे थे। अचानक हमारी निगाह खाट के नीचे गयी। एक जूता वहां से चुपचाप तमाशा देख रहा था। भाई साहब के पैरों की ओर देखा तो सारा माजरा समझ में आ गया। अब तक या तो किसीने खाट के नीचे देखा था या भाई साहब के पैरों की ओर। दोनों जगह एकसाथ किसीकी नजर न पड़ी थी। अधिकांशतः तो आरोप सुनकर ही बंदर को अपराधी मान बैठे थे। हमने गंभीर मुद्रा में भाई साहब से प्रश्न किया, "बंदर आपके सामने जूता ले गया ?"

"बिलकुल, और फाड़ भी डाला जैसे पेट का आपरेशन कर दिया हो।" भाई साहब ने तुरन्त उत्तर दिया। तभी उनकी और सभी अभियानकर्त्ताओं की दृष्टि खाट के नीचे से हमारे द्वारा बांस से खींचे जा रहे जूते पर पड़ गयी। भाई साहब एक जूता पहनकर कत्थक कर ही रहे थे। भाई साहब और भाभी जी, दोनों ऐसे शरमाये जैसे बच्चों के सामने मजाक करते पकड़ लिये गये हों।

जब एक कमरे में गोष्ठी जम रही थी तो रसोईघर में व्यस्त भाभी जी से हमने जा पूछा, "भाभी जी, यह दशा कब से है भाई साहब की ?"

"भैया, शुरू से ही है।" भाभी जी के स्वर में दुःख भरा हुआ था, "शादी पर हमारी सहेलियों के पूछने पर अठहत्तर में सात का और आठ का बताने के बाद इन्होंने उनहत्तर में सात का और नौ का बताया था।"

"फिर बैंक में खजांची का काम कैसे करते होंगे ?"

"हमें भी यही चिन्ता रहती है। यदि इतना ही होता तो गनीमत थी। चाहे जब सड़क से लगे चबूतरे पर खड़े हो जायेंगे और सोचते-सोचते एकाएक कह उठेंगे, 'बस-बस, रिक्शा रोको, हम यहीं उतरेंगे।' और एक मुआ रिक्शेवाला है कि जैसे इस मौके की ताक में रहता है। इनका कहना खत्म हुआ नहीं कि रिक्शा लेकर आगे आया। 'रक्शे के पैसे, हुजूर !' उसने कहा और इन्होंने उसके हाथ पर पैसे रखे।"

"वाह !"

"अब भैया, बस तुम पड़ोस में आ गये हो तो साथ-साथ रहोगे-सहोगे ही, सब पता लग जायेगा।" भाभी जी जैसे रुआंसी हो उठीं।

हम समझ गये कि खिलाड़ी पाले से काफी दूर कबड्डी दे रहा है।

अच्छे-खासे कद आकार और स्वास्थ्य के धनी पैंतालीस वर्षीय नरेश की शक्ल भोली अवश्य थी किन्तु उसे मूर्ख कदापि नहीं कहा जा सकता। यदि कुछ बोलें नहीं तो उनके नाक-नक्शे से गम्भीरता ही टपकती है। भाभी जी मूर्खता से अति दूर, भोलेपन के समीप, बौद्धिकता के पार्श्व में व्यावहारिक अनुभव की कमी का प्रतीक कोई शब्द चाहती थीं, किन्तु हमें नरेश के भुलक्कड़ स्वभाव के कई

उदाहरण मिले। अतः हम सभी ने नरेश को 'भुलक्कड़ भाई साहब' कहना आरंभ कर दिया। बाज़ार गुड़ लेने जायें तो गोला ले आयें, चीनी के स्थान पर चावल ले आयें, सारा बाजार घूम आयें और घर लौटने पर सामान की बाद आये। कभी-कभी एक लुत्फ और आता। पंसारी से बादाम लेने के बाद लट्ठे का भाव पूछ बैठते, अत्तार से 'साहब बीबी गुलाम' देने को कहते और बजाज से शरबत अड़ूसा की मांग करते। पुस्तक-विक्रेता से जब गुलाब जामुन की फरमाइश करते तो बेचारा हमारी ओर देखता ही रह जाता जैसे आंखों-आंखों में पूछ रहा हो—किसने बेवक्त छोड़ दिया है ?

भाई साहब में एक आदत और थी। 'क्यों, तबीयत कैसी है' की पुकार के साथ हर राहगीर से टकरा जाते जैसे पैसेन्जर गाड़ी छोटे-छोटे स्टेशनों को भी नहीं छोड़ती। एक तो यह आवाज ही लीक से परे है, दूसरे अखाड़े से कुश्ती जीतकर आने वाले से भी यही प्रश्न करना कितना अस्वाभाविक है। और यदि किसीने भूल से भी अपनी अनमनी तबीयत की ओर इशारा कर दिया तो स्वयं वह तो गंतव्य स्थान पर यथासमय पहुंचेगा ही नहीं, भाई साहब के कार्यक्रम का भी क्रिया-कर्म हो जायेगा। क्योंकि इशारा पाते ही भाई साहब का भैषज-ज्ञान जाग्रत् हो जायेगा और आयुर्वेद-यूनानी से लेकर प्राकृतिक चिकित्सा तक की परत खुलने लगेगी। हम खाली हाथ हुए तो उन्हें मलने लगेंगे नहीं तो भाई साहब का सामान थामे कुलीगीरी करने लगेंगे। कभी हम साथ न हुए तो राहगीर के समानान्तर चल देने में भी उन्हें देर नहीं लगती। एक बार मेहमान के लिए पान लेने गए तो किसी के साथ सिनेमा में जा बैठे और मेहमान बेचारा बेवक्त की एक छोटी-सी नींद लेकर विदा हो गया। इसी प्रकार एक बार 'क्यों, तबीयत कैसी है, ललकारते ऐन चौराहे पर एक बराती से उलझ गये। सुलझने में आधे घंटे से अधिक लग गया। बारात खिसक रही थी और भाई साहब थे कि कांटे की तरह जैसे बारात का दामन थामे थे। इस बीच दोनों ने बड़े जोर से ठहाके लगाये, कई बार खीसें निपोरीं, रह-रहकर हाथ मिलाये और मिलाकर हिलाये। आगे चलकर भाई-साहब ने हमसे पूछा, "ये कौन महाशय थे ?"

उस समय तो हद हो गयी जब एक बार आप खाट के पाये पर पैर रखकर पालिश करने लगे। बोले, "बुरुश मेरे पैर में क्यों चुभ रहा है ?"

"इसलिए कि आप पैर पर पालिश कर रहे हैं।" हमने कारण बताया। जूता तो नीचे ही रखा था। भले आदमी पाये पर नंगे पैर को बुरुश से घिसे डाल रहे थे।

कई बार तो भाई साहब ने बिना हवा के तूफान खड़े कर दिये हैं। एक बार आप एस० एम० वी० इण्टर कालेज में अपने पुत्र को कार्यवश लिवाने गये। परेश कक्षा नौ का छात्र था। कक्षा में काने मास्टर ने परेश नाम के तीनों छात्र खड़े कर

दिये किंतु उनका परेश उनमें न था। शायद सेक्शन याद न रहा हो, इसलिए नवीं कक्षा के सभी सेक्शन देख डाले मगर उनके पुत्र का पता न लगा। अब तो भाई साहब बड़ा गर्म हुए और काने चपरासी के साथ जाकर सीधे प्रिंसिपल से भिड़ गये। प्रिंसिपल भी काना था। बेचारा जरूरी काम छोड़कर इनके काम में लगा। काने हेडक्लर्क से उसने सभी रजिस्टर दिखवाये। स्वयं प्रिंसिपल ने नवीं कक्षा के समस्त नामों को कई बार छाना किन्तु भाई साहब का परेश हाथ न लगा। आखिर भाई साहब कालेज से बड़बड़ाते निकले, "लगता है कि इस कालेज में योग्यता का सबसे बड़ा मापदंड काना होना है। जिसे देखो काना। मुझे तुम्हारी भी एक आंख दिखाई दे रही है और शायद मेरी भी एक आंख जवाब दे चुकी है।"

तभी सामने से भुनभुनाता परेश चला आ रहा था, "मैं कब से आपकी प्रतीक्षा कर रहा था।"

"अबे प्रतीक्षा के बच्चे! तू था कहां?" भाई साहब ने मारने को हाथ उठाया।

"अपने डी० ए० वी० इण्टर कालेज में, और कहां?"

"ऐं!" और झेंपते भाई साहब का उठा हाथ जैसे निष्प्राण हो गिर गया।

इस तरह एक बार भाई साहब अखबार पढ़ते-पढ़ते सहसा चीख उठे, जैसे बिच्छू ने डंक मार दिया हो, "अरे, मेरी आंखें गयीं! कुछ नजर नहीं आता, बस, अंधेरा ही अंधेरा!"

सारे घर में हलचल मच गयी। भाभी जी चौके से भागीं, "क्या हो गया?"

"होने को अब रह ही क्या गया है। दीखना बन्द। तुम्हारा चेहरा भी नजर नहीं आ रहा।"

भाभी जी ठस से रह गयीं, "आंखों के अस्पताल चलो, फौरन। मैं कपड़े लाती हूं। हे भगवान! अब क्या होगा?"

और अब भाभी जी ने खूंटी से कमीज उतारकर जेब में हाथ डाला तो माथा ठोककर रह गयीं, "चश्मा तो यह रहा तुम्हारा, चढ़ाये किसका हो?"

"धत्तेरे की!" भाई साहब को याद आया, "मैंने ही वर्मा का चश्मा अपनी जेब में रख लिया था। बेचारे की आंखें बहुत कमजोर हैं। नंगी मेज पर अंधे की तरह चश्मे को टटोल रहा था।"

भाई साहब के इस भुलक्कड़ स्वभाव से सभी साथी परेशान हुए। भाभी जी की तो सीमा ही न थी। हारकर भाभी जी ने स्वयं ही हाट-बाजार करना शुरू कर दिया। किन्तु वे हर समय और हर दशा में नहीं जा सकती थीं। एक बार भाभी जी के पेट में बड़ा दर्द उठा। रात के ग्यारह बजे थे। भाई साहब तुरन्त डाक्टर की दुकान पर भागे। डाक्टर क्लीनिक बन्द कर रहा था। खैर, डाक्टर

ने क्लीनिक खोली और भाई साहब को दवा दे दी। भाई साहब ने चैन की सांस ली और उल्टे पैर घर लौटे।

"दो-दो घण्टे बाद तीन खुराक करके पूरी शीशी लेनी है। एक खुराक अभी ले लो।" कहकर जेब में हाथ डाला तो हाथ में एक ही रंग-आकार की दो शीशियां आ गयीं।

"अरे !"

"क्या हुआ ?"

"शीशी तो एक ही दी थी।"

"फिर दो कैसे ?"

"लगता है काउन्टर पर रखी दूसरी शीशी भी उठा लाया हूं।" भाई साहब बहुत लज्जित हुए। भाभी जी का दर्द कुछ असह्य हो उठा।

नगर से बाहर जाने के कार्य तो भाई साहब को करने ही पड़ते थे। एक बार भाई साहब और हम खुशी-खुशी घर पहुंचे तो भाभी जी फफक-फफककर रो रही थीं। भाई साहब साश्चर्य दुखी और हम भी। आखिर भाभी जी कुछ रुकीं, "आप तो कहते थे कि मां स्वस्थ है।"

"बिलकुल, एक सप्ताह पूर्व तो मैं प्रसन्नचित्त छोड़कर ही आया था।"

"फिर अचानक कैसे मर गई ?"

"मां मर गई ?" और भाई साहब ने भी रोना आरम्भ कर दिया।

दोनों एकसाथ रोने लगे। थोड़ी देर बाद भाई साहब कुछ धीमे हुए और अतीत में खो गये, "हाय ! सात दिन पहले ही मैंने मां को घण्टों ताजमहल घुमाया था।"

"ताजमहल घुमाया था ?" सहसा भाभी जी ने निगाह ऊपर की।

"हां।"

"इसके मायने तो यह हुए कि आप बरेली न जाकर आगरा गये थे !"

"तुमने मां को देखने नहीं भेजा था ?"

"हाय-हाय, मैंने तो अपनी मां को देखने भेजा था और चले गये अपनी मां को देखने। तभी कह दिया था बिलकुल स्वस्थ है।" भाभी जी का रोना पुनः जारी हो गया।

"तो अब किसकी मां मरी ? तुम्हारी या मेरी ?" भाई साहब में कुछ आशा का संचार हुआ और रोना लगभग बन्द हो गया।

"मेरी।" और भाभी जी ने पछाड़ें खाना आरम्भ कर दिया।

सहसा भाई साहब को कुछ ध्यान आया और उनके मुख पर उदासी छा गयी। वे संभालने तथा सांत्वना देने के लिए भाभी जी की ओर अग्रसर हो गये।

विवेकी राय

नालायक

□□

जनवरी में एक दिन जब शीतलहर के चांटे बरस रहे थे और शहर के ऊंचे-ऊंचे भवनों से ऊपर उठे सूरज की किरणें थरथर कर रही थीं, लोगों ने देखा कि शहर में असाधारण भीड़ बढ़ गयी है। यह कैसा कुम्भ पर्व कुछ पहले ही यहां आ गया? अथवा स्वर्गीय जवाहरलाल नेहरू जैसा कोई नेता तो शहर में नहीं आया है? अथवा पाकिस्तान से शरणार्थी आ गये? अथवा आज मिट्टी का तेल बंटने वाला है? ये कैसे देहाती घुसपैठिये नगर की शांत सड़कों को हलचलों में डुबोने लगे? कैसे फटेहाल हैं? चेहरों पर हवाइयां उड़ रही हैं। आंखों में गहरी उदासी और निराशा है। हर उम्र के लोग हैं। नगर के पथरीले फैलाव में छुट्टे मवेशी की तरह घूम रहे हैं। बीच-बीच में कुछ ऊनी कपड़े और एम्बेसेडर जूते वाले लोग भी हैं। ये उन्हें हांकने वाले हैं।

बाद में पता चला कि आज जिला परिषद में प्राइमरी स्कूलों के लिए अनट्रेण्ड अध्यापकों का चुनाव है। तीन सौ अध्यापक चुने जायेंगे। दस हजार उम्मीदवार आये हैं और प्रति उम्मीदवार लगभग ५-६ सिफारिश करने वाले। दर्शक भी काफी हैं और सब मिलाकर एक मेला उतर आया है।

मेरे यहां एक उम्मीदवार और उसके चार सिफारिशी पहुंचे तो मैंने इस तरह की बात की जैसे मैं ही चेयरमैन साहब हूं। मैंने पूछा :

"आपका उम्मीदवार किस डिवीजन में पास है?"

"थर्ड डिवीजन।" उत्तर मिला।

"थर्ड डिवीजन हाई स्कूल पास है? क्या वह हरिजन है? क्या वह स्वतन्त्रता सेनानी का आश्रित है? क्या वह सीमा पर तैनात सैनिक का पुत्र है?"

"नहीं, यह सब तो कुछ नहीं।"

"तब कैसे चले हैं उसे लेकर? थर्ड डिवीजनर के लिए दुनिया में कोई जगह नहीं है।"

"आप ठीक कहते हैं। मगर थर्ड डिवीजनर के लिए दुनिया में कोई जगह हो चाहे न हो, पर स्कूल मास्टर की जगह तो रिजर्व ही समझिये।"

"आप लोग गलत समझते हैं। अब शिक्षा में तरक्की की जायेगी। योग्य लोग

भरती किये जायेंगे। शिक्षा का स्तर गिरा रहा है। उसे अब और नहीं गिरने दिया जायेगा।"

"शिक्षा का स्तर तो आप नहीं गिरने देंगे, परन्तु यह बताइये कि आप क्या चुनाव भी नहीं लड़ेंगे ?"

अब तक तो मैं जैसे चेयरमैन साहब बना बोल रहा था, परन्तु इस प्रश्न के बाद मेरी कुर्सी जैसे खिसक गयी और मैं मास्टर होकर, जमीन पर उतरकर बात करने लगा। बात देर तक हुई। अन्त में मैंने कहा।

"चेयरमैन साहब से मेरा ऐसा परिचय नहीं है कि मैं आपके उम्मीदवार की सिफारिश में चलूं। इसके लिए आप लोग ही काफी हैं। हां, चलिए आपके साथ चल सकता हूं।"

जीवन में पहली बार सिफारिश का यह तरीका जाना। एक कागज पर उम्मीदवार का नाम, ग्राम और शिक्षादि लिखा गया और उसके नीचे सिफारिश करने वालों ने अपने-अपने हस्ताक्षर किये। कागज मेरी तरफ बढ़ाया गया। मैंने भी बकलम खुद कर दिया।

अब संक्षेप में आज का काम था वह कागज चेयरमैन साहब के हाथों में दे देना। चुनाव की कार्रवाई होने में एक घण्टे की देर थी। पता चला कि चेयरमैन साहब जिला परिषद् में हैं। हम लोग पहुंचे।

लेकिन यह क्या ? यहां तो अद्भुत अपार जनसागर पहले से ही उमड़कर जम गया है। प्रवेश-द्वार से लेकर बाहर आंगन, लान, मैदान, चौक, सड़क और लगभग दो-तीन फर्लांग तक ठसमठस आदमी भरे हैं। जिधर देखें उधर मुण्ड ही झुण्ड दिखाई पड़ रहे हैं। किसीको पता नहीं कि क्यों खड़े हैं। बस खड़े हैं। चुनाव हो रहा है। जो पहले आये वे पहले से फाटक की ओर खड़े हैं और जो बाद में आये वे उनके पीछे खड़े होते गये। जो आगे हैं उनका निकलना कठिन है। भीतर परिषद् कार्यालय है जो बन्द है। यही रहस्य है। सब लोग समझते हैं, कुछ हो रहा है। सब लोग जमे हैं कि कहीं बाहर गये और इधर कहीं कुछ हो न जाए।

बड़ी देर तक भीतर जाने का प्रयत्न किया, मगर किसी प्रकार सफलता नहीं मिली तो उसी प्रकार हम लोग भी खड़े हो गये। पान, चाय, चाट, चीनिया बादाम और मिठाई की दुकान का सामान सुबह ही चट हो गया। नया स्टाक लाने के लिए ये शहर की ओर दौड़े। फुटपाथ पर बैठे हाथ देखने वाले ज्योतिषी और शकुन निकालने वाले पण्डितों की चल निकली। सड़क बन्द हो गयी। रिक्शे घूमकर दूसरी ओर से जाने लगे। देश का विकास, शिक्षा की उन्नति, जनता का नवजागरण, पंचवर्षीय योजनाओं की सफलता, बेकारी की रोकथाम और सच्चे स्वराज्य की झांकी सड़कों पर साक्षात् दृष्टिगोचर होने लगी।

इसी समय अत्यन्त गुप्त रूप से ज्ञात हुआ कि चेयरमैन साहब अभी अपने बंगले पर हैं। उम्मीदवार को वहां छोड़कर हम लोग चल पड़े। पता लगा कि अब फतह हुई परन्तु यहां का मोर्चा और कड़ा निकला। जितनी भीड़ जिला परिषद् के कार्यालय पर थी उससे दूनी भीड़ यहां पर थी। मैदान में लोग बिना बाल के ज्वार-बाजरे की ढाठा की तरह खड़े थे। उसी तरह की बातें हो रही थीं जिस प्रकार चुनाव-पर्व पर पोलिंग स्टेशनों पर होती हैं। अधिकांश लोगों के हाथ में बैलेट पेपर की तरह सिफारिशी कागज शोभा दे रहा था। सबकी दृष्टि बंगले के फाटक पर लगी थी, जैसे रोज़े वाले मुसलमान भाई ईद के चांद की ओर टकटकी लगाये हों। सभी लोग आगे जाना चाहते हैं, परन्तु आगे जमे हुए लोगों का जमाव इतना सघन है कि अक्ल काम नहीं कर रही है। यह सभी उसी प्रकार है जैसे पदों पर जमे हुए लोगों की अगली कतारें पीछे वालों की चोंच नहीं डूबने देती हैं।

इसी समय दो गाड़ी पुलिस आ गयी। शायद भीड़ को नियंत्रित करने के लिए फोन किया गया था, और लाउड स्पीकर से सुनायी पड़ा:

"सज्जनो, ज्ञात हुआ है कि आप लोग थर्ड डिवीजनरों के सिफारिशी हैं। आप लोगों को बहुत समझाया गया कि सिफारिश से काम नहीं चलेगा, परन्तु आप लोग मानते ही नहीं हैं। अब स्कूल-मास्टर के लिए थर्ड डिवीजनर्स नहीं लिए जायेंगे। यदि आप लोग बिना उस सिफारिशी कागज को दिये टलने वाले नहीं हैं तो दे दीजिये। पचास व्यक्ति खांची लेकर तैनात किये जाते हैं। इन्हीं खांचियों में डाल दें।"

पुलिस की सहायता से खांचियों में कागज डालने का कार्य सम्पन्न हुआ और देखते ही देखते सब खांचियां भर गयीं। बंगले के सामने भुसहुड़ की तरह कागजों की ढेरी लग गयी। जैसे कागजों का टुकड़ा लूटकर खूब ऊंचा सम्मत बाबा बना दिया गया है।

अब असली किस्सा सुनिये। वहां से हम लोग जिला परिषद् में लौट रहे थे तब तक हम लोगों का वह उम्मीदवार उधर से दौड़ता आता हुआ मिल गया। वह बहुत उत्तेजित था। सुबह का सिकुड़ा वह बालक अब तनकर जवान की तरह लग रहा था। उसका मुंह लाल हो गया था और रोवें फड़क रहे थे। उसने कहा:

'यह देखिये साहब, लोग कहते हैं कि थर्ड डिवीजनर नहीं लिए जायेंगे। क्यों नहीं लिए जायेंगे? जिसका ज्यादा वोट होगा वह लिया जायेगा। हम लोग फर्स्ट और सेकेण्ड डिवीजन वालों के खिलाफ आन्दोलन करेंगे। ये लोग हम लोगों का हक मार रहे हैं, हम लोग मीटिंग करने जा रहे हैं।"

यह कहकर वह भाग गया। जैसे गोबर बारूद हो गया। लड़का है, कहीं

कुछ गलती न कर दे, इसलिए हम लोग भी उधर ही लपके। कुछ दूर आगे बढ़ने पर देखा कि एक भारी भीड़ हूं हां करती पश्चिम की ओर सड़क पकड़कर भागती चली जा रही है। कुछ लोग 'थर्ड डिवीजनर्स जिन्दाबाद' के नारे लगा रहे हैं। कुछ लोग परिषद् के अधिकारियों के विरुद्ध बक-झक रहे हैं।

एक लड़के के द्वारा ज्ञात हुआ कि शहर से बाहर जहां पुलिस और सी० आई०डी० वाले नहीं पहुंच सकें, उन लोगों की कान्फ्रेन्स होगी और उसमें अत्यन्त आवश्यक प्रस्ताव पास किये जायेंगे। ये सब लोग जो जा रहे हैं सभी थर्ड डिवीजनर्स हैं।

लगभग डेढ़ मील दूर नदी के किनारे एक बगीचे में सब लोग एकत्र हुए। एक काली माई का टूटा चबूतरा मंच का कार्य कर रहा था, जिस पर खड़े एक युवक ने कहा :

"दोस्तो, घास पर, पेड़ पर, मेड़ पर, डाल पर, और जमीन पर जिसे जहां जगह मिले बैठ जाइये। आज हम इस थर्ड डिवीजनर्स कान्फ्रेन्स में 'करो या मरो' का नारा लगायेंगे और जीवन का संकल्प लेंगे। अब तक हम लोग मौत का, नरक का जीवन बिताते आ रहे हैं। सारी दुनिया हमें धक्का देती है। हमारे लिए हर जगह दरवाजा बन्द है। जैसे हम आदमी नहीं बैल हैं। हम हरगिज नहीं मानते कि कागज की तीन लकीरों के कारण हम लोग नालायक हैं। हमने फीस दी, हमने स्कूल में समय बिताया, हमने परीक्षा दी। परीक्षा में यदि थर्ड डिवीजन आया तो यह हमारी सरकार का, स्कूल का, स्कूल के अधिकारियों का दोष है। हम उनसे पूछता चाहते हैं कि आखिर हमारा थर्ड डिवीजन क्यों आया? हमारा जो नुकसान हुआ उसका जिम्मेदार कौन है? हम लोग उक्त संस्थानों और लोगों पर मुकदमा कायम करेंगे और हरजाना लेंगे। हम लोग फर्स्ट क्लास के आदमी हैं। हम लोगों को जिन्होंने थर्ड क्लास का बनाया, वे अपराधी हैं, चोर हैं। ये लोग आज 'उल्टा चोर कोतवाल को डांटे' की कहावत चरितार्थ कर रहे हैं। हम लोगों को नौकरी के लिए नाक रगड़नी पड़ती है। दो-दो, चार-चार लोगों को खर्चा-वर्चा देकर साथ लाना पड़ता है। इसपर भी दुत्कार। खिलवाड़ नहीं, यह प्रजातंत्र है। वोट का युग है। तो हो जाए वोटिंग, देखें किसकी संख्या अधिक है। संख्या-बल पर निरक्षर यदि एम० एल० ए० हो सकता है तो क्या हम थर्ड डिवीजनर्स को मुर्दारिसी भी नहीं मिल सकती है? भाइयो, यही मुर्दारिसी तो हम लोगों के लिए शरण थी। सो इसपर भी फर्स्ट-सेकिण्ड डिवीजन वालों ने धावा बोल दिया। यह अधिकार अतिक्रमण है। वे लोग रेल में, विकास में और दूसरी सरकारी नौकरियों में जायें। यह मास्टर की गद्दी छोड़ें। इसके लिए हम लोगों को आन्दोलन करना होगा। इस कान्फ्रेन्स में उसकी रूपरेखा बनेगी। तो, किसी भी सभा के लिए एक सभापति की आवश्यकता होती है, सो मैं पांच वर्ष फेल होकर छठे साल

के हाईस्कूल में थर्ड डिवीजनर भाई श्री रघुपतिराघव का नाम आज की सभा के लिए प्रस्तावित करता हूं।"

मुझे विद्यालय जाने में अत्यधिक विलम्ब हो रहा था, अतः चला आया। आगे क्या हुआ, इसका पता लगा रहा हूं। हां, जब मैं आ रहा था तो 'थर्ड डिवीजनर्स जिन्दाबाद !' के गगनभेदी नारे गूंज रहे थे। एक नारा बहुत देर तक दुहराया गया :

किसको मिले मास्टरी चांस,
थर्ड डिवीजन मैट्रिक पास।

शंकर पुणतांबेकर

अभिनेत्रियां का अलबम

□□

"कहिए नारद जी, कब लौटे मृत्युलोक से ?" इन्द्र ने पूछा।

"बस, सीधा उधर से ही चला आ रहा हूं।" नारद जी ने कहा।

"क्या हालचाल हैं आजकल उधर के ? इस बार लगता है ज्यादा दिन घूमते रहे।"

"ज्यादा कहां, दो हफ्ते ही तो···।"

"दो हफ्ते क्या कम होते हैं ? हमको तो एक दिन के लिए भी कहीं जाने की फुरसत नहीं मिलती।"

"कहां आप, कहां मैं !"

"इस बार झोली जरा मोटी मालूम होती है। क्या-क्या लाये हैं मृत्युलोक से ?"

नारद जी ने जरा झोली को संभालते हुए कहा, "नहीं, ऐसी मोटी तो नहीं है।"

"हमारे लिए कुछ लाये हैं ?"

"आपके लिए—-आपके लिए यह भिखारी क्या ला सकता है और फिर आपके दरबार में किस चीज की कमी है ?"

इन्द्र आज जरा फुरसत में थे। बैठे-बैठे उन्हें नारद जी को छेड़ने की धुन सवार हो आयी। झोली को टटोलते हुए बोले, "जरूर, आप कोई नई चीज लाये हैं।"

नारद जी सोचने लगे, इन्द्र को आज यह क्या हो गया है। आज तक कभी उन्होंने उनकी झोली को छुआ नहीं था। उसके बारे में कभी बात तक न की थी। और दिन होता तो वे अपनी झोली कंधे से उतारकर उनके सामने रख देते और कहते, "लो देख लो। नहीं मानते न।" लेकिन आज वे ऐसा करने से मजबूर थे। क्योंकि···क्योंकि वे उसमें बिस्मिल्ला खां की शहनाई के दो रेकार्ड लाये थे। वे देवताओं के सामने प्लेबैक पद्धति से शहनाई बजाकर दिखाना चाहते थे। वे मुंह में शहनाई पकड़ेंगे। उसके छिद्रों पर उंगलियां फिरायेंगे। उसी समय परदे के पीछे शहनाई के रेकार्ड बजेंगे। देवता लोग समझेंगे, शहनाई उन्होंने बजायी है। ऐसी

मनभावनी शहनाई सुनकर वे दंग रह जायेंगे। फिर कभी नहीं कहेंगे कि तुम्हें तो तंबूरे के तार पर उंगली मारने के सिवाय कुछ नहीं आता।···ओह, इन्द्र झोली देख लेंगे तो वे रेकार्ड निकाल लेंगे और साथ का रेकार्ड-प्लेयर भी। फिर तो सारी योजना टांय-टांय फिस्स हो जायेगी। बस, यही सोचकर उन्होंने झोली को सावधानी से बगल में दबा लिया।

यह देखकर इन्द्र की जिज्ञासा और भी तीव्र हो उठी और एक बालक की तरह हठ करते हुए बोले, "आज तो मैं बस झोली देखूंगा।"

यह वार्तालाप इन्द्र के कक्ष में चल रहा था और उस समय वहां उन दोनों के सिवा और कोई नहीं था। इन्द्राणी भी नहीं। वे होतीं तो नारद जी कहते, 'देखिये तो अपने पति को। इनके इस हठ को देखते हुए कौन कहेगा कि ये देवताओं के राजा हैं।' तब तो देखते-देखते वे कुछ ऐसी बातें छेड़ देते कि इन्द्र और इंद्राणी आपस में ही उलझ जाते और फिर स्वयं चुपके से खिसक जाते वहां से। पति-पत्नी के बीच झगड़ा पैदा कर देना उनके बायें हाथ का खेल था। स्वयं इंद्र-इंद्राणी के बीच कई बार झगड़ा कराया था।

क्या बहाना करें, उन्हें एकदम सूझ नहीं रहा था। तभी इंद्र ने जबरदस्ती उनके कंधे पर से झोली खींच ली!

अब नारद जी की स्थिति उन व्यापारियों जैसी हो गयी जो चोरी से माल इधर से उधर ले जाते हुए कस्टम के अधिकारियों द्वारा पकड़ लिये जाते हैं।

इंद्र ने झोली में हाथ डाला और वह किसी मोटी-सी चीज पर जा पड़ा। क्या है यह···निकालूं इसे।···ओह, यह तो कोई ग्रंथ है। बड़ा अच्छा आवरण है इसका, काला गद्दीदार।

वास्तव में वह कोई ग्रंथ नहीं था—एक अलबम था। जिज्ञासावश इंद्र ने उसे ज्योंही खोला तो बस देखते ही रह गये। क्योंकि उसमें भारत की फिल्म-अभिनेत्रियों के अलग-अलग पोज के फोटो लगे हुए थे।

"यह क्या ले आये धरती पर से नारद जी! किन अप्सराओं के चित्र हैं ये?"

वास्तव में नारद जी स्वयं दंग रह गये उस अलबम को देखकर। कैसे आ गया उनके झोले में? उन्होंने तो इसे कभी नहीं रखा था।

"अपनी झोली क्यों नहीं दिखा रहे थे, अब समझा। चोरी-चोरी सुंदरियों की तस्वीरें देखना कब से शुरू कर दिया है ऐसी गद्दीदार किताब में खोंसकर?"

"मैं···मैं इसके बारे में कुछ भी नहीं जानता। मृत्युलोक में अलबम कहते हैं इसे। लगता है वहां किसीने मेरे साथ दिल्लगी की है।"

"बातें न बनाइये। मैं आपको खूब जानता हूं। अभी भी औरतों का मोह आपसे छूटा नहीं है।"

"सच कहता हूं देवराज, मैं इसके बारे में कुछ नहीं जानता।"

"नहीं जानते तो यह अलबम मेरे पास छोड़ जाइये।"

इस बार इंद्र नहीं उनमें बसा हुआ मोह बोला।

"रख लीजिये, मुझे इससे क्या करना है।"

इतना कह नारद जी फौरन वहां से उठे और दरवाजे की ओर बढ़े। बाहर आने पर उन्होंने मुक्ति की सांस ली।···चलो सस्ते छूटे। रेकार्ड तो इंद्र के हाथ नहीं लगे।

अलबम के बारे में नारद जी ने इंद्र से जो कहा वह झूठ नहीं था। वे नहीं जानते थे उनकी झोली में वह कैसे आया। वास्तव में उसके साथ मजाक ही हुआ था। बात यह हुई कि···

इसके लिए नारदजी की मृत्युलोक की यात्रा का पूरा विवरण ही सुन लीजिये।

इस बार नारद जी जब पृथ्वी पर आये तो एक दिन ट्रेन में यात्रा करते हुए उनकी भेंट अचानक जीवन साहब से हो गयी। जीवन साहब फिल्मों के जाने-माने एक्टर थे और मद्रास की एक पिक्चर में काम करने के बाद अपने घर बंबई लौट रहे थे। उन्होंने अब तक कितनी ही धार्मिक फिल्मों में नारद जी का काम किया था। जब उन्होंने नारद जी को देखा तो उन्हें लगा जैसे नारद का भेस धारण करके वे खुद को ही आइने में देख रहे हैं।

उन्होंने पूछा, "जोगी जी, आपका परिचय?"

"जोगी का कोई परिचय होता है बेटे! परिचय चाहते ही हो तो सुनो—मैं नारद हूं।"

"नारद!" एकबारगी जीवन साहब को लगा वे सपने में तो नहीं हैं। फिर संभालते हुए बोले, "अजी, क्या मजाक करते हैं। नारद आप नहीं, वह बंबई में हैं।"

"बंबई में?" नारद जी ने आश्चर्य से पूछा।

"हां, चलिए मेरे साथ बंबई। मैं वहां आपको सच्चा नारद दिखाऊं।"

नारद जी कौतूहलवश जीवन साहब के साथ बंबई चले गये।

इन दिनों जीवन साहब बंबई में एक फिल्म में नारद का काम कर ही रहे थे। शूटिंग के समय वह नारद जी को स्टूडियो में अपने साथ ले गये।

मेकअप रूम में से नारद का मेकअप करके जीवन साहब जब कमरे के सामने आये तो नारद जी उनकी ओर देखते ही रह गये।

"सच, आप तो हू-ब-हू नारद लगते हैं।" नारद जी ने शूटिंग के बाद कहा।

"लगता नहीं हूं। मैं नारद ही हूं। जीवन तो मेरा नकली रूप है।" जीवन साहब ने कहा।

बंबई में नारद जी जीवन साहब के घर ही ठहरे हुए थे। उन्होंने उनके साथ रहकर केवल फिल्मी नारद ही नहीं देखा बल्कि बंबई की पूरी फिल्मी दुनिया को भी देख डाला, बिलकुल नजदीक से। उनके लिए यह बिलकुल नयी दुनिया थी। फिल्मीकरण से लेकर स्टारों की निजी जिंदगी तक, अनेक बातें उन्होंने बड़े कौतूहल और जिज्ञासा से देखीं।

एक दिन जब जीवन साहब शूटिंग पर गये हुए थे नारद जी के हाथ एक अलबम लग गया। इसमें विभिन्न फिल्म-अभिनेत्रियों के अलग-अलग पोज के चित्र थे। उनके लिए यह चीज बिलकुल नयी थी। अतः एक-एक चित्र को वे बड़े ध्यान से देख रहे थे।

"क्या देख रहे हैं जोगी जी ?" जीवन साहब की पत्नी कमला जी ने आकर पूछा।

नारद जी सकुचा गये और अलबम बंद करके रख दिया।

"क्या ये चित्र आपको पसंद हैं ?" कमला जी ने पूछा।

"छिः, कैसी बात करती हैं आप।"

"आप तो उन्हें बड़ी तल्लीनता से देख रहे थे।"

"बस यों ही देख रहा था समय काटने के लिए।"

जिस दिन नारद जी चलने को हुए जीवन साहब ने उनसे पूछा, "वे भेंटस्वरूप क्या लेना पसंद करेंगे। पहले तो उन्होंने कुछ लेने से मना किया किन्तु जब वह नहीं माने तो उन्होंने उनसे बिस्मिल्ला खां के शहनाई के दो रिकार्डों की फरमाइश की।

इसपर कमला जी ने कहा, "और कुछ नहीं चाहिए आपको ?"

"कुछ नहीं।"

"फिर भी मैं अपनी ओर से एक चीज भेंट करूंगी आपकी ही पसंद की।"

कमला जी बड़ी दिल्लगीबाज थीं। उन्होंने नारद जी के विदा होने से पहले उनकी झोली में चुपके से अभिनेत्रियों का वह अलबम रख दिया।

नारद जी वहां से निकले तो सीधे स्वर्ग को चले आये।

यह है इतिहास नारद जी की यात्रा का और अलबम के उनकी झोली में पहुंचने का।

किसने की होगी यह दिल्लगी मेरे साथ ? इंद्र के यहां से लौटते हुए रास्ते में नारद जी सोचने लगे। तभी उनके दिमाग में आया—कमला जी ने उन्हें कोई चीज भेंट करने की बात कही थी। बस उन्हीं की हरकत है। ओह, कैसी हैं यह कमला जी।

नारद जी के जाने के बाद इंद्र अलबम का एक-एक पृष्ठ उलटकर उनके चित्रों को बड़े चाव से देखने लगे। तभी एकाएक वहां इंद्राणी आ गयीं।

"क्या कर रहे हो यहां बैठे-बैठे ? क्या भोजन नहीं करना है ?"

इंद्राणी को सामने देखते ही इंद्र ने अलबम एकदम बंद कर दिया और उसे एक तरफ रखते हुए बोले, "हां, हां, चलो।"

"यह क्या है ?"

"कुछ नहीं। दरबार की फाइल है। जरा देख रहा था।"

"दरबार की फाइल इस तरह की होती है ?···अच्छा चलो। उधर दासी ने भोजन परोस दिया है।"

उस रात इंद्राणी अपने पति को शयनगृह में ले जाने के लिए जब उनके कक्ष में पहुंचीं तो देखा इंद्र सुबह वाली फाइल देखने में फिर से मग्न हैं। ओह, कैसी है यह फाइल ! क्या कोई उलझा हुआ मामला है ? कहीं कोई असुर-समूह प्रबल तो नहीं हो रहा है ? किसी ऋषि ने इनका आसन लेने के लिए तपस्या तो नहीं आरम्भ कर दी है ?

तभी इंद्र ने उनके आने की आहट पायी। अलबम उन्होंने एकदम बंद कर दिया और बोले, "क्या शयनगृह में जाने का समय हो गया ?"

"तुम्हें तो अपनी फाइलों से फुरसत नहीं हैं शयन के लिए।"

"नहीं, नहीं, चलो।" और वे चलने के लिए उठ खड़े हुए।

उस रात इंद्राणी देर तक जागती रहीं। उन्होंने मन ही मन यह निश्चय किया कि उस फाइल को देखकर रहेंगी जिसे इंद्र अपने कमरे में छोड़ आये हैं। जरूर कोई गूढ़ मामला है। नहीं तो इतने क्यों डूब जाते हैं उस फाइल में ! शायद मुझसे छिपाना चाहते हैं मामले को। मुझे देखे बिना चैन न पड़ेगा।···जब देखा इंद्र गहरी नींद में हैं वे उठीं और चुपके से उनके कमरे की ओर बढ़ गयीं।

ओह, तो ऐसी है यह फाइल। अब बूढ़े होने को आये तब भी औरतों का मोह नहीं छूटता। छिः-छिः, कैसी हैं ये तस्वीरें। कहां की हैं, किसकी हैं ? इनके बदन पर ये कितने झीने कपड़े हैं। इस तस्वीर में देखो, कपड़े कहां जा रहे हैं और शरीर कहां।···ओह, यह तो लगती है जैसे नग्न ही हो।···छिः-छिः, इन्हें मिली कहां से यह फाइल निर्लज्ज औरतों से भरी हुई !···'पूज्य नारद जी कमला की ओर से'। तो नारद जी की है। कौन है यह कमला ? मृत्युलोक की कोई शिष्या मालूम पड़ती है। यह नारद जोगी है या भोगी ? मैं नारद जी को बुलाऊंगी।

इंद्राणी वे अलबम अपने कमरे में ले गयीं और उसे अपनी पेटी में बन्द करके रख दिया।

दूसरे दिन इंद्र को अपने कक्ष में जब वह अलबम नहीं दिखायी दिया तो उन्होंने दास-दासियों से पूछा। उनसे पता न चला तो वे समझ गये, जरूर इंद्राणी ने उसे अपने पास रख लिया है।

"तुमने मेरी वह फाइल देखी जो मैं रात पढ़ रहा था ?"

"नहीं, मैंने नहीं देखी।" इंद्राणी ने कहा।

"तुमने देखी है, जरूर देखी है। तुम्हारे सिवा मेरे कागजों को कौन हाथ लगा सकता है ?"

"ठीक है तो सुन लो।" इंद्राणी ने दृढ़तापूर्वक कहा, "वह फाइल मेरे पास है।"

"तो मुझे वापस कर दो।"

"नहीं करूंगी। मुझसे झूठ बोलते हो। क्या वह फाइल है ?"

इंद्र जिस बात से डरते थे वही हो गयी। कुछ जवाब न दे पाये।

"अकेले में बैठकर मायावी तस्वीरों को देखना क्या अच्छी बात है ? अब इस उमर में ऐसी बातें तुम्हें शोभा नहीं देतीं।"

इंद्र को अब क्रोध आ गया। बोले, "तुम जल उठीं न, उन तस्वीरों को देखकर। नारी, तेरा नाम ईर्ष्या !"

"रहने दो। मर्द की पिपासा कभी बुझी है ? तस्वीरों पर इतने लट्टू हो। उन औरतों को देखोगे तो न जाने क्या हालत हो जायेगी।"

"मेरी नीयत पर संदेह न करो। मैं तस्वीरों की आर्ट पर लट्टू हूं।"

"रहने दो। आर्ट के नाम पर अपनी बदनीयती को न छिपाओ।"

झगड़ा काफी बढ़ गया। इंद्र ने अलबम बार-बार वापस मांगा। लेकिन इंद्राणी ने उसे नहीं लौटाया। इंद्र इससे इतने नाराज हो गये कि उस दिन उन्होंने खाना नहीं खाया और काम न होते हुए भी दरबार चले गये।

इधर इंद्राणी ने नारद जी को बुलवाया।

"नारद जी, आपकी मति पर फिर पत्थर पड़ गये क्या ?"

नारद जी कुछ समझे नहीं।

इंद्राणी ने अलबम दिखाते हुए कहा, "लगता है आप यह फाइल धरती से लाये हैं। साधु-संन्यासी कहलाते हो और अपने पास ऐसी चीजें रखते हो।"

नारद जी ने बतलाने की कोशिश की कि वे उसे जानबूझकर नहीं लाये।

"ठीक है, नहीं लाये। लेकिन इसे आपने मेरे पति को क्यों दिया ! वह इसकी तस्वीरों पर इतने लट्टू हो गये हैं कि जैसे तीनों लोकों की सारी सुंदर औरतें इसी में आ समायी हों।"

"हां, समायी तो हैं।" हठात् नारद जी के मुंह से निकल गया।

"आप भी पागल मालूम पड़ते हैं इनके पीछे।...ओह, मृत्युलोक में कैसी गंदी-गंदी चीजें तैयार होने लगी हैं। और मेरे पति कहते हैं ये आर्ट हैं।"

"आर्ट तो हैं। आप जरा कलापारखी की निगाह से देखें।" नारद जी ने कहा।

"मुझे नहीं देखनी।"

इंद्राणी इतनी गुस्सा हो उठीं कि उन्होंने वह अलबम उठाया और खिड़की से बाहर फेंक दिया।

जिस कक्ष में बात हो रही थी वह इंद्रमहल की तीसरी मंजिल पर था। वहां से फेंका हुआ वह अलबम दूर सौदामिनी नामक एक नृत्यांगना के महल की छत पर जा गिरा। सौदामिनी उस समय नहा-धोकर छत पर अपने बाल सुखा रही थी। अलबम के गिरने से धप्प की आवाज हुई। सौदामिनी ने उधर देखा। ओह, यह क्या चीज है।···अलबम को उठाकर वह नीचे ले गयी।

ओह, कितनी सुन्दर औरतें हैं ये। कैसे अलग-अलग ढंग के कपड़े पहने हैं। कहीं ये बैठी हैं, कहीं खड़ी हैं, कहीं लेटी हैं—सभी तस्वीरों में इनकी भंगिमाएं बड़ी सलोनी लगती हैं।···अरे, मर्दों के साथ भी हैं। प्रणय करने का ढंग भी कैसा निराला है इनका!···ओह, इसमें यह अपने प्रिय का इंतजार कर रही है।···इसमें लगता है, इसका प्रिय इसके सामने आकर खड़ा है इसलिए लज्जा से कैसी गड़ी जा रही है!···अरे, इसमें यह उदास क्यों है? इसका प्रिय इसे छोड़कर चला गया लगता है।···यहां यह नाच रही है।···यह यहां अभी-अभी नहाकर बाहर निकली है। ओह, कैसा सलौना शरीर है। इसके अंगों के उभार मर्दों को पागल बना देते होंगे।···कैसे आ गया तस्वीरों का यह ढेर मेरी छत पर?···अरे, नारद जी का है यह। भेंट में मिला है यह उन्हें। नारद जी तो बड़े छुपे रुस्तम हैं।···

सौदामिनी इंद्र के दरबार में नाचने जाती थी। उसके मन में आया वह इन नारियों के वेश और अंगभंगिमाओं को अपने नृत्य में समाविष्ट करेगी। इंद्र नये ढंग के नृत्य और वेश को देखेंगे तो उसपर विशेष प्रसन्न हो उठेंगे।

यही सोचकर वह अब प्रतिदिन अलबम की एक-एक तस्वीर के अनुसार वेश धारण करने और उसकी भंगिमाओं की नकल उतारने का अभ्यास करने लगी।

एक दिन वह इसी तरह अभ्यास में व्यस्त थी कि गुणक नामक इंद्र का एक दरबारी उसके यहां आया। गुणक सौदामिनी से प्यार करता था और प्रायः उसके यहां आया करता था। सौदामिनी को वैसी चेष्टाएं करते हुए देखकर गुणक को लगा, कैसी पागलों जैसी हरकतें कर रही है यह। उसने कहा भी, "कहीं तुम पागल तो नहीं हो गयी सौदामिनी?"

"पागल तो नहीं हुई हूं। हां, औरों को जरूर पागल करके छोड़ूंगी एक दिन।"

उसने अलबम बन्द कर दिया।

"क्या है यह ?" गुणक ने पूछा।

"ऐसी अनुपम चीज जो आज तक तुमने कभी देखी नहीं होगी।"

गुणक ने जब अलबम की तस्वीरों को देखा तो वह भी देखता ही रह गया। सचमुच अनुपम हैं। जब वह जाने को उठा तो बोला, "मैं ले जाता हूं इसे। कल लौटा दूंगा।"

"नहीं, मैं इसे किसीको नहीं दूंगी। मैं इसपर से नृत्य का अभ्यास कर रही हूं।"

"मैं इसे अभ्यास से पहले लौटा दूंगा।"

सौदामिनी मना करती रही, फिर भी गुणक उसे ले ही गया।

और गुणक वह अलबम सौदामिनी को दूसरे दिन लौटा नहीं सका। दूसरे दिन क्या तीसरे दिन भी नहीं···कभी नहीं।

बात यह हुई कि गुणक की अनुपस्थिति में उसकी पत्नी ने उसे देखा। उसने उसे अपने पड़ोस में रहने वाली सहेली अतुल्या को दिखाया। अतुल्या उसे अपने यहां ले गयी।

अतुल्या तस्वीरों पर इतनी रीझ गयी कि उन अभिनेत्रियों की तरह अपने-आपको बनाने की बात उसके मन में उठी। इधर कुछ दिनों से उसका पति उसकी उपेक्षा करता था। जरूर वह इनकी तरह के विविध वेश और हाव-भाव से अपने पति के मन को फिर से जीत लेगी···। तो नारद जी का है यह ? क्यों न नारद जी से अपने लिए एक ऐसा नग मंगवा लें। उसने नारद जी को बुला भेजा।

"ये तस्वीरें आपकी हैं, नारद जी ?" अतुल्या ने अलबम के बारे में पता किया।

"ओह, यह अलबम तुम्हारे पास कैसे आया ?" नारद जी ने बड़े आश्चर्य से पूछा।

"मुझे भी एक ऐसा अलबम चाहिए। मैं इन औरतों जैसी बनना चाहती हूं।"

"यह मृत्युलोक की चीज है। ऐसी साधारण नहीं है जो स्वर्ग में मिल जाये।"

"मुझे मृत्युलोक से मंगवा दीजिए। मैं आपकी बड़ी कृतज्ञ होऊंगी।" अतुल्या ने अनुनयपूर्वक कहा।

नारद जी के दिमाग में तब तक कोई और बात दौड़ गयी, बोले, "ठीक है, मंगवा दूंगा। लेकिन अलबम तभी मिल सकेगा जब तुम इसे मेरे पास दे दो। क्योंकि इसे दिखाकर ही नया मिल सकेगा। जब वह आ जायेगा, इसे लौटा दूंगा।"

अतुल्या ने नारद जी को वह अलबम दे दिया।

नारद जी इस तरह बहाना बनाकर अतुल्या से जब अलबम ले गये तो भला वह सौदामिनी के पास कैसे पहुंचता। इधर सौदामिनी ने गुणक की खूब खबर ली और फटकार दिया कि आगे कभी भूलकर भी वह उसके महल में कदम न रखे।

धीरे-धीरे पूरी इंद्रपुरी में अलबम की बात फैल गयी। देवताओं, देवांगनाओं, अप्सराओं—सभी में वह एक चर्चा का विषय बन गया।···कहते हैं जो उस अलबम की तस्वीरों को देखता है तो उसे छोड़ता ही नहीं। इंद्र तक उसकी तस्वीरों से मोहित हो उठे थे।···क्या मृत्युलोक की सुंदरियां अब यहां की अप्सराओं से भी बढ़कर हैं? कहते हैं, कभी वह सौदामिनी के पास थी। अब तो वह और किसी के पास नहीं खुद नारद जी के पास है। उन्हें वह मृत्युलोक में किसीने भेंट किया है।···अरे हमारे भाग्य में कहां जो उसे देख पायें।···

एक दिन मेनका नामक अप्सरा ने नगर की सारी अप्सराओं को अपने यहां दावत के लिए बुलाया था। दावत के बाद ज्योंही वे जाने को हुईं 'नारायण, नारायण' कहते हुए महल के दरवाजे पर नारद जी आ खड़े हुए।

"ओह, नारद जी!" एक अप्सरा बोल उठी।

"उन्हें अंदर बुलाओ। उनके पास अलबम होगी तो हम देखेंगी।" दूसरी ने कहा।

मेनका आगे बढ़ी और नारद जी से बोली, "आइए नारद जी, आपका स्वागत है। ये सारी अप्सराएं भी आपको आमंत्रित करती हैं।"

"अप्सराएं? कौन अप्सरा? तुम जिन्हें अप्सराएं कह रही हो, क्या वास्तव में वे अप्सराएं हैं? अप्सराएं तुम्हें देखनी हों तो कभी चलना मेरे साथ मृत्युलोक में।"

"आइये मुनि जी, अंदर आइये। हम आपके मृत्युलोक की यात्रा के अनुभव सुनना चाहती हैं।" किसी अप्सरा ने कहा।

"अनुभव, मेरे पास इतने अनुभव हैं कि तुम्हें एक लंबा व्याख्यान सुनना पड़ेगा।" नारद जी अंदर प्रविष्ट होते हुए बोले।

"हम तैयार हैं।" मेनका ने कहा।

मेनका नारद जी को महल के एक बड़े हाल में ले गयी। वहां एक मंच था। मंच के एक आसन पर उन्हें बिठाया गया।

उनके पीछे-पीछे अप्सराएं आ पहुंचीं और मंच के सामने फर्शी गद्दों पर बैठ गयीं।

"हम आपके पास का अलबम भी देखना चाहतीं हैं।" एक अप्सरा ने उठकर कहा।

"न देखो। देखोगी तो तुम लोगों को अपनी वेशभूषा और रूप-रंग पर हीन भाव की अनुभूति होने लगेगी।"

"फिर भी हम देखना चाहेंगे, मुनि जी।"

"ठीक है, देखना चाहती हो तो यह लो।" अपनी झोली में से अलबम निकालते हुए नारद जी ने कहा।

इधर नारद जी अलबम हमेशा अपने पास रखते थे। उन्हें इसका करिश्मा मालूम हो गया था। उसकी वजह से इन दिनों उनका इंद्रपुरी में बड़ा स्वागत होता था।

अप्सराओं ने अलबम लिया और एक-एक कर सभी देखने लगीं।

जब वे सब देख चुकीं तो नारद जी बोले, "देखा तुमने उन तस्वीरों को? मृत्युलोक की अप्सराएं हैं वे। कैसी जमाने के साथ आगे-आगे बढ़ती गयी हैं। इधर तुम हो कि कील की तरह एक स्थान पर गड़ गयी हो। तुम्हारी वेश-भूषा, तुम्हारा रहन-सहन और श्रृंगार का तरीका वही सदियों पुराना है। हो सकता है, वे रूप में तुमसे बढ़-चढ़कर न हों लेकिन रूप ही तो सब कुछ नहीं है। तुमने तस्वीरों में देखा होगा कि किस प्रकार साज-सिंगार, वेश-भूषा और अंग-भंगिमाओं ने उन अप्सराओं के रूप को चार चांद लगा दिये हैं। तभी तो तुम अप्सराओं के बीच रहने वाला इंद्र तक उनके रूप पर मोहित हो उठा। स्पष्ट है, तुम्हारे चार चांद आज बहुत पुराने पड़ गये हैं। मृत्युलोक में अप्सराओं के चांद रोज-रोज बदलते रहते हैं। एक ही रूप के अलग-अलग रूप देख सकती हो तुम वहां। मैंने देखे हैं, प्रत्यक्ष देखे हैं। फिल्मी दुनिया में कोई दो हफ्ते विचरण किया है मैंने। ये अप्सराएं जिस दुनिया में रहती हैं उसे फिल्मी दुनिया कहते हैं। यहां मैंने उनका रहन-सहन, खान-पान सब कुछ देखा है। उनके रहन-सहन के मुकाबले से तुम्हारा रहन-सहन भी बहुत पुराना पड़ गया है। तुम जिन रथों में इधर-उधर जाती हो वे बस रथ ही हैं। वही पुराणकालीन। उधर वे चमचमाती कारों में दौड़ती हैं। कारें भी नये से नये माडल की। तुम रथों में गर्मी से बचने के लिए पंखा झलती हो। उधर उनकी कारें एयरकंडीशण्ड होती हैं—गर्मियों में शीतल और जाड़ों में उष्ण। जो बात रथों की है वही महलों की! उनके बंगलों को देखोगी तो अपने महलों को महल कहना छोड़ दोगी। ये बंगले भी एयरकंडीशण्ड होते हैं। कपड़े तो देख लिये तुमने, कैसे-कैसे फैशन और कट के हैं। वहां के जैसे दर्जी—आउटफिटर कहते हैं इन्हें—स्वर्ग में ढूंढ़े से नहीं मिलेंगे। फिर नायलान, डेक्रान जैसा कपड़ा भी स्वर्ग में कहां बनता है! इसी तरह यहां वहां-जैसा न साज-सिंगार का सामान मिलेगा और न ही मेकअप की कला।"

नारद जी कुछ रुके, एक आह-सी भरकर फिर बोले:

"माधवी, तुम इंद्रपुरी की गायिका हो। क्या गाती हो तुम। बस वे ही राग अलापती रहती हो, जो गंधर्व ने तुम्हें सिखा दिये हैं। गंधर्व भी यहां के इने-गिने रागों के सिवा कुछ नहीं जानते। वहां के गंधर्व रोज नयी-नयी धुनें खोज निकालते

हैं। तुम्हारा गाना कितने लोग सुनते हैं यहां ? बस, इंद्र और उसके दरबारी। मृत्युलोक में तुम जैसी बल्कि तुमसे भी बढ़कर गायिका का नाम है लता मंगेशकर। लता रोज की नयी-नयी धुनों में गाती है। उसके गीत रेकार्डों में भर लिये जाते हैं और रेडियो से सारी दुनिया को सुनाये जाते हैं। हैं यहां रेकार्ड और रेडियो जैसे साधन ? लता की वहां बड़ी कद्र है। तुम्हारी है यहां कोई कद्र ?

"जो बात संगीत की है वही नृत्य की भी। तुममें से एक-एक सभी नर्तकी हैं। लेकिन संगीत की तरह तुम्हारे नाचने के ढंग में भी कोई परिवर्तन नहीं। वहां की अभिनेत्रियां राक-एन रोल, कैबरे और न जाने कितने नये-नये प्रकार के डांस करती हैं। लोग उन्हें देखकर बिना नशे के ही झूम उठते हैं। यहां तुम्हारे नृत्यों को देखकर झूमने के लिए इंद्र और उसके दरबारियों को मद्यपान करना पड़ता है। वहां अभिनेत्रियों के डांसों की फिल्में ली जाती हैं। इन डांसों के साथ फिल्मों में गाने और कोई चलती हुई कथा भर दी जाती है। ये फिल्में फिर सप्ताहों तक जगह-जगह के थियेटर में दिखायी जाती हैं। लोग झूम-झूमकर इन्हें देखते हैं। फिल्में लोगों के जीवन का एक अंग बन गयी हैं, ऐसा अंग कि जिसे काटकर अलग कर दिया जाये तो लोगों का दिमाग काम न कर सके। अभिनेत्रियों के लाखों-करोड़ों चहेते होते हैं। कई लोग तो सुबह उठकर पहले इनके दर्शन करते हैं। इनके बारे में कई पत्र-पत्रिकाएं छपती हैं, जिन्हें पढ़कर लोग इनके बारे में छोटी से छोटी बात की भी जानकारी रखते हैं। इनके सामने बड़े-बड़े महापुरुष भी फीके पड़ गये हैं।

"इसके विपरीत तुम लोगों की स्थिति है यहां। क्या तुम सर्वसाधारण के जीवन का अंग बन सकती हो ? कितने लोग तुम्हारी कद्र करते हैं। तुम्हारी कला का यहां न तो विकास हुआ है न विस्तार ही ! तुम कह सकती हो यहां हमारी कद्र सरकार के दरबार में है। पर यह कद्र तो उनकी भी है। जानती हो, उन्हें समय-समय पर सम्माननीय उपाधियों से विभूषित किया जाता है। तुममें से किसीको मिली है अभी तक कोई उपाधि इंद्र से ?

"तुम सभी इंद्र के दरबार से बंधी हुई हो। धरती की अप्सराएं किसीसे बंधी नहीं रहतीं। एक ही समय में बीस-बीस फिल्मों के नाच और अभिनय के ठेके ले सकती हैं। लाखों रुपये एक ठेके के मिलते हैं। इसी तरह वे किसीसे भी विवाह कर सकती हैं। विवाह करके पति को छोड़ सकती हैं। फिर विवाह कर सकती हैं। इस तरह वे हर मायने में स्वतन्त्र हैं।"

नारद जी का यह भाषण सुनकर सारी अप्सराएं जैसे स्तम्भित हो गयीं।··· जिसे मृत्युलोक कहते हैं वहां कलाएं, रहन-सहन, अधिकार सब कुछ कितना आगे बढ़ गया है !···

माधवी बोली, "मैं मृत्युलोक में जाऊंगी। लता बनूंगी।" किसीने कहा, "मैं वैजयंतीमाला बनूंगी।" किसी ने कहा, "मैं माला सिनहा जैसी दिखती हूं, मैं वही बनूंगी।" किसीने शर्मिला टैंगोर और किसीने आशा पारिख का नाम लिया। हर अप्सरा ने अपने अनुरूप किसी न किसी अभिनेत्री का नाम लेकर उसकी तरह बनना चाहा।

इन अभिनेत्रियों के नाम वे इसलिए ले सकीं क्योंकि अलबम में तस्वीरों के नीचे वे नाम लिखे हुए थे।

लेकिन तभी किसीने कहा, "हम मृत्युलोक में जा कैसे सकती हैं ? इंद्र हमें छोड़ेंगे कैसे ?"

"हां, बात तो तुम ठीक कहती हो।" नारद जी बोले, "लेकिन धरती पर अप्सराओं को तो छोड़ो साधारण से साधारण आदमी भी अपने अधिकारों के लिए संघर्ष कर सकता है। कोई उसे गुलाम बनाकर नहीं रख सकता। एक बार जब मैं मृत्युलोक में गया था तो देखा था, छोटे-छोटे मजदूरों तक की यूनियनें हैं। मालिक यदि उनकी मांगों को नहीं मानते तो इन यूनियनों के बल पर वे सामूहिक रूप से आंदोलन करते हैं और मालिकों से मोरचा लेते हैं। और मालिकों को झुकना ही पड़ता है।"

"हम भी यूनियन बनायेंगी। और इंद्र ने यदि हमें मृत्युलोक में जाने से रोका तो हम भी संघटित रूप में मोर्चा निकालेंगी। नारद जी, हमें विस्तार के साथ इन यूनियनों के बारे में बताइये।"

नारद जी ने यूनियनों के स्वरूप और उनकी कार्यपद्धतियों पर प्रकाश डाला। जब यह हो गया तो वे जानने के लिए उठे। मेनका ने उन्हें विदा करने से पूर्व उनकी खूब खातिरदारी की।

लड़ाई-झगड़ा कराने में माहिर नारद जी अब अपनी कुटिया की ओर जा रहे थे तो मन ही मन बड़े खुश थे। इंद्र के खिलाफ अप्सराओं को भड़काने का काम कैसे अनजाने ही हो गया।...इस विचार के साथ ही उन्होंने अलबम को टटोला अपनी झोली में, जिसे वह मेनका के यहां से चलते समय याद से लेते आये थे।

नारद जी के जाने के बाद उसी बैठक में अप्सराओं ने अपनी यूनियन बना ली। उसके रजिस्टर्ड करा लेने का यहां स्वर्ग में कोई सवाल नहीं था। अतः अगली कार्यवाही आरम्भ हो गयी। मेनका को अध्यक्ष चुना गया। अन्य अधिकारियों का भी चुनाव कर लिया गया। फिर यूनियन ने इंद्र के नाम एक नोटिस तैयार किया, जिसमें अप्सराओं ने आजाद होकर मृत्युलोक में जाने और वहां की अप्सराओं के रूप में बसने की मांग की।

इंद्र के सामने जब यह नोटिस पहुंचा तो उन्होंने मेनका को बुलाया और कहा,

"यह तुम लोगों को कौन-सा भूत सवार हो गया है ? स्वर्गलोक छोड़कर मृत्यु-लोक में जाना क्या पागलपन नहीं है ?"

"बिलकुल नहीं। हम वहां जाकर एक नया जीवन आरम्भ करना चाहती हैं। हमको नारद जी ने बतलाया है कि वहां की अप्सराएं हमसे बढ़-चढ़कर जीवन बिता रही हैं। उनकी कलाओं ने भी काफी विकास किया है। यह सही भी है क्योंकि हमने उनके पास का अलबम देखा है।" मेनका ने कहा।

अच्छा तो यह नारद जी की शरारत है ?

इंद्र ने कहा, "वह सब ठीक है, लेकिन तुम अप्सराओं को मृत्युलोक में जाने का कोई अधिकार नहीं है। मृत्युलोक में सिर्फ देवता जाते हैं।"

अप्सराओं के और भी डेपुटेशन इंद्र से मिले। और जब उन्होंने देखा कि इंद्र किसी भी तरह मानने को तैयार नहीं हैं तो उन्होंने अपनी मांगों को स्वीकार कराने के लिए इंद्रपुरी के एक छोर से इंद्रमहल के दरवाजे तक एक जबरदस्त जुलूस निकालने का फैसला किया। उन्होंने तय किया कि इससे भी काम न चलेगा तो अगला कदम होगा—अनशन।

इंद्र तक यह सूचना पहुंचा दी गयी। जिस समय यह उनके पास पहुंची, संयोगवश दरबार में नारद जी भी बैठे हुए थे। इंद्र बोले, "नारद जी, यह सारी आग तुम्हारी लगायी हुई है।"

"नहीं, यह आग मेरी लगायी हुई नहीं है, देवराज ! ऐसी आग तब लगती है जब कोई राजा किसी भिखारी या साधु-संन्यासी की झोली में हाथ डालता है !" नारद जी ने कहा।

इन दिनों इंद्र बड़े पसोपेश में हैं। उन्हें चिंता इस बात की है कि यदि अप्सराएं मृत्युलोक में चली जाएंगी तो उनका दरबार हमेशा-हमेशा के लिए सूना हो जायेगा। कौन जाने कि वहां अपनी छोटी-सी जिंदगी जीकर वे पुनः स्वर्ग में ही लौट सकेंगी।

शरद जोशी

अतृप्त आत्माओं की रेल-यात्रा

कम्बल-ढकी पहाड़ियां, तीखी तेज हवा और लदी-लदी रेल चली आ रही थी। आत्माओं ने कांच की खिड़कियां बन्द कर दीं। कभी झांककर देखते तो मठों की आबादियां, आवारा प्रेतों के भटकते झुण्ड, यज्ञ-हवन की बुझी हुई आग नजर आ जाती। तारे ठिठुरे हुए थे और दिशा अनजानी। सब जा रहे थे, अज्ञात रास्ते को। बूढ़े पवन के घर आज फिर कोई औलाद हुई है कि मस्ता रहा है, झूम रहा है। डिब्बे भी गीले थे। कल मृत्युलोक के दरवाजे पर इन्हें किसी पवित्र जल से धोया गया था, वह अभी सूखा नहीं। यह सब चर्चा की बातें थीं, परन्तु वे सब अवसादों से लदे थे, यादें बंधी हुई थीं और इसी कारण आपस में नहीं बोल रहे थे। सबको लग रहा कि अब सूरज, जिन्हें इस ओर भगवान भास्कर कहते हैं, उग जाना चाहिए। कुछ गर्मी आये वातावरण में, ठिठुरती आत्माओं में।

हरदयाल जी सोच रहे थे, भाई घर आ गया होगा। तार समय से मिल गया हो, तो नौ बजे वाली पठानकोट से पहुंचा समझो। जाने लाश उठी हो या नहीं। बउआ बड़ी रो रही होगी। वे स्वयं यह सोच उदास हो गये। पड़ोस में एक साधु बैठा बार-बार ईश्वर का नाम ले रहा था। किसी गांव की विधवा को भगाकर, चेली बनाकर ले गया था। एक दिन पकड़ा गया, तो बहुत पिटाई हुई। उसीमें मर गया। रेल में बैठा बड़बड़ा रहा था, "सब सालों को फांसी लगेगी। साधु-संतन के प्राण लेना खेल नहीं है। इस साल फसल चौपट हो जायेगी, हैजा-प्लेग फैलेगा।" थोड़ी-थोड़ी देर में ईश्वर का नाम लेता। सामने एक नौजवान लड़का सिर लटकाए बैठा था। आत्महत्या करके आया था—बेकारी के कारण। कुछ समझ नहीं पा रहा था। मृत्यु-पर्व का तनाव और उलझन अभी तक भी बनी हुई थी। वह मुक्त अनुभव करना चाहता था, पर हुआ नहीं।

"कै साल की उमर में चले आना पड़ा भाई?" साधु ने पूछा। युवक ने आचार्य की ओर देखा और धीरे से बोला, "इक्कीस साल में।" "तभी इतने उदास हो रहे हो। जीवन के सुख नहीं भोगे, नारी के साथ रति नहीं की, पकवान नहीं चखे, यत्र-तत्र प्रवास नहीं किया, बम्बई नहीं देखी। उदास होना स्वाभाविक है।"

इधर बम्बई के बूढ़े सेठ पूरी उमर जीकर आये थे। साधु से पूछने लगे, "आपका क्या बम्बई से आना हुआ महाराज?"

"नहीं, हम तो हिमालयवासी हैं। पंद्रह वर्ष तप किया। गृहस्थाश्रम में थे तब बम्बई गये थे।"

"एक्टर बनने?" कहीं से आवाज आयी।

साधु ने इधर-उधर देखा, "छिः, हम तो बालपन से ही जोगी जैसे रहे। भरथरी जी के माफिक घर छोड़ दिया। बम्बई वर्ष-भर रहना हुआ। कई सुन्दरियों ने हमें खींचना चाहा, पर हम सदैव दूर रहे। जीवन-मृत्यु के रहस्य से वाफिक थे। हमारे गुरु जी की एक पुस्तिका मथुरा से छपी, आपने पढ़ी होगी, 'जन्म-मृत्यु' रहस्य।"

सब ओर चुप्पी थी।

"बड़ी सुन्दर है। अब तो उस लोक में स्वयं गुरु जी के दर्शन होंगे, उनके मुख से सुनियेगा। बड़ा मधुर बोलते हैं, साथ में हरमुनिया पर गाते भी हैं। आप श्रीमान, कहां से आये हैं?" साधु ने सेठ से पूछा।

"बम्बई से।"

"व्यापार-वाणिज्य में लगे रहे जीवन-भर?"

"हां, हमारे तीन मिलें थीं। इधर इंदौर तक हमारा काटन का बिजनेस चलता था।"

साधु घृणा से हंसा, "लक्ष्मी, तू बड़ी ठगनी है! माया है।"

सेठ को क्रोध आने लगा, "इसी लक्ष्मी से बहुत साधुओं को चटाया-खिलाया है, हमने। दरवाजों पर घंटों पड़े रहते थे। देश-भर के बड़े मंदिरों को दान-खाते से रकम भेजी जाती थी।"

"धन्य है, धन्य है।" साधु यह सुनकर विभोर हो गया, "यही सच्चा मानव-जीवन है। कीचड़ में कमल के माफक।"

पटरी पर बैठे प्रेतों के एक झुण्ड को भगाने के लिए रेल ने लम्बी सीटी दी और गति तेज कर दी। इधर सूरज का उजाला फैलने लगा। किसीने कहा, "भगवान भास्कर उदित हुए।" सब उस उजाले की ओर उन्मुख हो गये। खिड़कियां खुलने लगीं और आत्माओं ने बाहर झांकना शुरू किया। आह, "कैसा सुन्दर दृश्य है!" एक कवि की आत्मा ने कहा, "यदि पहले दिखा होता तो हमने कोई कविता गा दी होती।" फिर सोचेने लगा, "बहुत लिखकर आये हैं, मित्रों को चाहिए कि अंतिम कविताओं का संकलन प्रकाशित करवाएं और सारी रायल्टी सुधा को दिलवा दें। स्मृति में अंक भी निकलना चाहिए। वातावरण बन गया तो साहित्य के इतिहास में नाम आया करेगा, नहीं सारी कृति अकारथ रह गयी।"

कुछ देर बाद पास बैठी बुढ़िया से कवि ने पूछा, "कहां से आ रही हो ?"

"आगरा से।"

"पागलखाने में थीं ?"

"तु होगा पागलखाने में। मेरा भरा हुआ घर है। सुहाग भरी हूं। तीन बेटे जूते की दुकान करते हैं। यहां होते, तेरा मुंह तोड़ देते।"

कवि-आत्मा यह सुन चुप हो गयी।

"उन्हें काहे को यहां बुला रही है बुढ़िया !" किसी ने कहा।

"याद आती है सब लोगों की।" वह सुबकने लगी।

"तू किया कर याद। वे तेरे बदन को फूंककर ठंडी सांस लेंगे।"

हलवाई सुन्दरलाल ने, जिनकी गाजियाबाद में बड़ी दुकान थी, कहा :

"दुनिया से बड़े नाराज हो भाई !"

सुन्दरलाल को उसके भतीजे ने जहर दिया था, जायदाद हड़पने के लिए। एक ही बात कही, "सब कमीने हैं। भाई हो या भतीजा।" और मुंह फेरकर बैठ गये।

कुछ देर बाद रेल रुकी। कोई बड़ा जंक्शन था। सवेरा हो गया था। रेल के दरवाजे खुले। आत्माएं चहलकदमी के लिए जिज्ञासाएं लेकर उतरीं। बड़ी भीड़ थी।

"स्वर्ग आ गया क्या ?"

"आहा, बड़ा पुण्य-अर्जन किया है न जीवन-भर ?" मरे अभी समय नहीं हुआ और लगे चिल्लाने—स्वर्ग आ गया ?" प्लेटफार्म पर खड़ी किसी वालंटियर-आत्मा ने चिढ़ाते हुए कहा।

दस मिनट में सबको पता लग गया कि गाड़ी यहां काफी समय तक पड़ी रहेगी। इस जंकशन से शिशु-आत्माएं पृथ्वी पर जाने के लिए लदती हैं और आये हुए उतरकर नयी गाड़ी में चढ़ते हैं। इस बीच रजिस्ट्रेशन होता है। सबके नाम-पते नोट किये जाते हैं।

बीना-इटारसी लाइन के किसी स्टेशन के एक सहायक स्टेशन मास्टर की आत्मा से घंटों इस तरह रेल का पड़ा रहना सहन नहीं हुआ। वहां के कर्मचारी को रोककर वह बहस में उलझ गया।

प्लेटफार्म पर उतरते ही आत्माओं ने छोटे-छोटे समूह बनाना प्रारम्भ कर दिया। कुछ आवारा, उदास एक ओर से दूसरी ओर भटकते रहे। कुछ परिचित एक-दूसरे से मिले।

"आ गये भाई !"

"आ गये।"

"सब छूट गया, अपना-पराया !"

"क्या बतायें ! घर में इस समय कुहराम मचा होगा। छोटे-छोटे बच्चे हैं। क्या होगा उनका !"

"सब अपने जी लेंगे मित्र।"

"शायद सरकार कुछ करे।"

"जीते-जी नहीं किया, मर गये तो क्या करेगी ! अब मेरा ही मामला लीजिए। तुम जानते हो, पर साल मेरा सुपरिंटेण्डेण्ट बनने का चांस था, पर नहीं होने दिया गया। जिंदगी-भर भूखा रहकर सरकार के रुपये गिनता रहा, हिसाब मिलता रहा, अब याद कर रहे होंगे ?"

"छोड़ो भी चिंता।" तीसरी आत्मा बोली।

एक बाबू-आत्मा को दफ्तर का चपरासी नजर आ गया, जिसे उन्होंने बीमारी के लिए तीन माह की छुट्टी दिलायी थी। वह भी अहसान में झुका हुआ कह रहा था, "आपकी कृपा रही साहब !" बेटे ने मेरा बड़ा इलाज कराया, पर हुजूर, होनी को कौन रोक सकता है !" फिर नम्रता से पूछने लगा, "आपका कैसे आना हुआ साहब ?"

"जीप की टक्कर हो गयी। ड्राइवर बदमाश बच गया और मुझे जान खोनी पड़ी।"

"ओह, बड़ी तेज चलाते हैं, खासकर वह जमनालाल···"

"उसी से टक्कर हुई।"

"मैंने एक बार उसकी शिकायत भी बड़े साहब से की थी, पर कुछ नहीं, हुआ।" फिर वे दोनों बड़े साहब की बुराइयां करने लगे।

"बड़े साहब ने ही उसे सिर चढ़ा रखा है। और चढ़ावेंगे क्यों नहीं, सारी गड़बड़ी से, जो साहब करते हैं, वह वाकिफ है। एक-दूसरे की मदद करते हैं। सालों ने दफ्तर को बनिये की दुकान बना रखा है।"

इधर एक इंजीनियर, जिसका कहना था कि उसके यहां आ जाने से दक्खिन का सबसे बड़ा बांध बहुत अधूरा रह जायेगा, आसपास खड़े लोगों से डाक्टरों की बुराइयां कर रहा था, सौ रुपये रोज, फीस और दवाई में उड़ गये। आखिरी दिनों में तो तीन-तीन डाक्टर आये पर उनका डायग्नोसिस ही गलत था। नौ बजे वह कमीना मुझे बोलकर गया कि घबराइये नहीं, आप कल स्वस्थ हो जायेंगे। एक बजे मुझे हिचकी आयी···।"

"और टा-टा।" सब हंस पड़े।

एक होमियोपैथ ने जमे मजमे को देखकर कहा, "एलोपैथी पर जिसने विश्वास किया उसने जिंदगी चार साल पहले छोड़ दी है। रोग का समूल निदान डाक्टरों के लिए असम्भव है। यह तो होमियोपैथी की ही करामात है कि···"

"अब रहने दीजिये। डाक्टर-वैद्य तो वे घाट के पंडे हैं, जो मौत की नदी

के किनारे बैठ मरने वालों से कमाई कर लेते हैं। मरने वाला मरता ही है।"

"अब मरते को कौन रोक सकता है? हम अपने बाप को नहीं रोक सके, तो हमारे बेटे क्या हमें रोक पाते?"

एक चुप्पी-सी छा गयी। काशी के एक मठाधीश स्वामी महाराज ने, जो अभी तक चुप थे, मुंह खोला, "जो अतीत है उसपर सोचना तो मूर्खों का काम है। जो भावी है, आगामी है उसपर विचारो। हम अपने प्रवचनों में सदा कहते आये हैं, जीवन क्षणिक है।"

"काहे को क्षणिक। अस्सी साल जूते घिसे हैं, बदन तोड़ा है। हमारी हम जानते हैं।"

"वह सत्य है, पर इस अनन्तकाल में अस्सी साल क्या हैं। मैं तो डेढ़ सौ वर्ष संसार में रहा हूं।" सब चौंके "...गजब है।"

"अजी जिंदगी तो रबड़ जैसी है, स्वामी जी ज्यादा खींच गये। मजबूत रबड़ होगा।"

"साधना और तपस्या से सब हो जाता है।"

"खाना-पीना भी अच्छा मिले तब बात है, स्वामी जी माल उड़ाते होंगे।"

"नहीं-नहीं, सदा फलाहार किया। अन्न को नहीं छुआ।"

तभी पास से एक नारी-आत्मा गुजर गयी। रेल के डिब्बों में झांकती। स्वामी जी से नजर हटा सब उसे देखने लगे।

"बड़ी सुन्दर है।"

"शक्ल तो फिल्मी एक्ट्रेस रत्ना सरीखी लगती है।"

"वही तो नहीं है?"

"आओ देखें तो यार, है कौन?"

स्वामी जी अकेले रह गये।

रत्ना जैसी लगने वाली के आसपास मंडराने वालों की संख्या काफी थी। एक ने साहस कर पूछा, "कौन हैं आप?"

"आपको मतलब?"

वह सकपका गया, "मेरा मतलब यह कि क्या आप ही अभिनेत्री रत्ना हैं।"

"रत्ना, रत्ना! वह भी यही कहता था। गयी रत्ना भाड़ में।"

वह पगली-सी ठठाकर हंसी, "मुझसे कहता था, अगर शादी नहीं हो सकी, ...तो प्राण दे देंगे। मैं तो मर भी गयी, पर वह अभी तक नहीं आया। उसे ही खोज रही हूं डिब्बों में।"

"और किसे खोजेंगी, माशूक तलाशेगी आशिक का डिब्बा। कहिये खंजर

मारकर मरी थीं या हीरे की कनी चाटकर ?"

"दुखी आत्मा के साथ मजाक न करें, भाई साहब !"

"तुम्हें क्यों तकलीफ़ हो रही है ?"

"उस अकेली जान को परेशान कर रहे हैं। शरम नहीं आती।" आवाजें बढ़ने लगीं। गालियों के फव्वारे छूटे और फिर गुत्थमगुत्था हुई, जो जल्दी ही छुड़ा दी गयी।

स्वामी जी, जो अब वहां आ गये थे, कहने लगे, "देवी, शरीर से ऐसा प्रेम तो धोखा ही है। उस युवक से प्रेम किया, बजाय इसके ईश्वर से प्रेम किया होता···।"

"तो आपके आश्रम में पड़ी रहती, और क्या ?" किसीने टोका।

"दो व्यक्ति जब बातें करें तब बीच में···"

"चेली बना रहा है बिचारी को।"

स्वामी जी पैर पटकते आगे बढ़ गये, "इसीलिए हमने जीवन-भर कभी स्त्री को उपदेश नहीं दिया। समाज अपने चश्मे से देखता है।"

रत्ना की आत्मा ने चारों ओर देखा, लोग टुकुर-टुकुर उसे ताक रहे थे। वह मुंह ढककर बैठ गयी।

एकाएक आकाशवाणी हुई, "आप लोग मुख्य कार्यालय की खिड़की से लाइन लगाइये और अपना नाम-पता रजिस्टर करवा लीजिये।"

(फिर मराठी में, बंगला में, पंजाबी में, इस तरह चौदह भारतीय भाषाओं में यही सूचना मिली।) तब तक लाइन लग गयी थी। करनाल के प्रसिद्ध हिंदी-प्रचारक विरहानन्द काव्यालंकार ने सबसे पहले हिंदी में अपना नाम लिखा। आयु, ठिकाना आदि सब लिखने के बाद विशेष जानकारी में लिखा, "हिंदी-प्रचार में शहीद हुए।" इसपर रजिस्टर के पास बैठी अधिकारी-आत्मा ने कहा, "क्या वास्तव में ?"

"जी हां। जब जीवन-भर असत्य नहीं बोला, तो अब मृत्यु पर भी नहीं बोलेंगे।"

"जीवन-भर असत्य नहीं बोला, तो प्रचारक कैसे हो गये ?" अधिकारी ने चुटकी ली।

सब हंस पड़े।

"शायद इसी कारण शहीद होना पड़ा।"

सब फिर हंसे, न जाने क्यों ?

काव्यालंकार जी अपना नाम लिखने के बाद वहीं खड़े हो गये। चार-छः आत्माओं के बाद जब आत्महत्या से मरकर आये युवक ने कलम ली और अंग्रेजी में एम० एल० श्रीवास्तव लिखने लगा, तो काव्यालंकार ने टोक दिया, "आंग्ल-

भाषा अभी तक सिर पर लाद रखी है। राष्ट्रभाषा में नहीं लिख सकते क्या ? आपको शर्म आनी चाहिए, आप भारतीय हैं।"

युवक ने उन्हें क्रोध से देखा और फिर काटकर हिंदी में लिख दिया। काव्यालंकार जी की बाछें खिल गयीं।

"वास्तव में आप सच्चे हिंदी-प्रचारक हैं।" किसीने कहा।

वे मुस्करा दिये।

"शहादत कैसे मिली पंडित जी ?"

"क्या बताऊं। चार वर्ष से हम प्रचार-सभा के अध्यक्ष थे। इस वर्ष हमपर अविश्वास का प्रस्ताव रख दिया और दूसरे को चुन लिया। हमसे यह पीड़ा सही नहीं गयी और हमने देह त्याग दिया।"

"महापुरुषों के साथ अक्सर बुढ़ापे में जनता ऐसा मजाक कर बैठती है।"

काव्यालंकार जी आकाश की ओर देखने लगे।

प्लेटफार्म पर धूप बिखर आयी थी। एक दरवाजे से बच्चों के समूह आने लगे और बेंचों पर बैठने लगे।

"ये वे शिशु हैं बेचारे, जो जन्मते ही मर गये।"

"जी नहीं; ये अब पैदा होते दुनिया में जा रहे हैं।" एक वालंटियर ने बताया।

"ओ हो, कितने सुकोमल, जैसे फूलों के गुच्छे !"

"बढ़कर बूढ़े हो जायेंगे और खीसें निपोरेंगे।"

एक भीषण लट्ठबाजी के बाद दो महीने अस्पताल में रहकर मरे कालू उस्ताद आत्माओं की भीड़ चीरते आगे आये और बच्चों से पूछने लगे, "क्यों बे छोकरो ! दुनिया में कहां-कहां जाओगे ?"

"अपने मोहल्ले का बच्चा खोज रहे हो उस्ताद !"

"अभी से गुरुमंत्र दे दो।"

बच्चे चुप बैठे रहे, एक-दूसरे का मुंह देखते।

"अरे बोलो, गूंगे हो क्या ?"

"अभी भाषण-ज्ञान नहीं हुआ होगा।" काव्यालंकार जी ने कहा।

"दुनिया में जायेंगे।" एक बच्चा बोला।

"कौन-सी दुनिया ? गरीबों की दुनिया कि अमीरों की दुनिया ? दिल वालों की दुनिया कि मिल वालों की दुनिया ?"

सब कालू उस्ताद की आत्मा द्वारा रचित इस बेढब तुकबन्दी पर हंस पड़े, "कालू उस्ताद, शायर रहे हो क्या ?"

"भई, क्या शायरी हुई, न इसमें रचना-कौशल है, न बिम्ब, न सम्प्रेषणीयता,

निरी तुकबन्दी है।" कवि ने धीरे से काव्यालंकार जी से कहा।

काव्यालंकार जी की आत्मा ने इस साहित्यिक शब्दावली को सुन उनसे पूछा, "आप साहित्यिक रहे हैं शायद पृथ्वी पर।"

"अभी भी हूं। मैंने देह त्यागा है, अपना कवि-स्वभाव तो नहीं त्यागा। मेरा नाम है विनय वर्मा 'रसिकेश', सुना होगा। मेरा संकलन 'सयाना चांद और नीम की डाली' की कभी बड़ी चर्चा रही। गत माह की 'अमरावती' के प्रथम पृष्ठ पर मेरी कविता···।"

"हां, हां, सुना है। आपकी पुस्तक हमारे पास समालोचनार्थ आयी थी। बुरा नहीं मानें, हमें सारी कविताएं घटिया लगीं, सो हमने उसे लौटा दिया।"

"आप शायद समझ नहीं पाये।" कवि ने मुंह टेढ़ा कर कहा।

"जी हां, साहित्य पढ़ते और हिंदी का प्रचार करते हमारे बाल सफेद हो गये और आपकी कविता हमें समझ नहीं आयी।" वे जोर से हंसे।

"मैं आपसे इस विषय में बहस करना चाहूंगा।" कवि ने जोर देकर कहा।

"अवश्य कीजिये, यहां इस लोक में साहित्य-चर्चा के लिए बड़ा समय मिलेगा। हम लोग कभी बैठेंगे।" और काव्यालंकार जी की आत्मा मुंह फेर उन शिशु आत्माओं की ओर देखने लगी, जिनके साथ कालू उस्ताद का पहलवान प्रेत हंसी-मजाक कर रहा था।

"अच्छा बच्चों, तुम यह बतला दो कि तुममें से बिना बाप का बच्चा कौन होने वाला है?"

"क्या मतलब आपका?" एक ने डांटा।

"यानी कुंवारी लड़की और विधवा औरत के बच्चे कौन-कौन हैं, हाथ उठाओ।"

"छिः-छिः, आप इन नन्ही आत्माओं से मजाक करते हैं।" साधु की आत्मा नाराज हुई।

"और ऐसे बच्चे जन्म लेते हैं, तब आप जैसे साधु-संत थू-थू करते हैं—तब!"

"साधु पाप का समर्थन नहीं कर सकता। अनैतिकता का विरोध उनका धर्म है। हमने सदैव विरोध किया है—पाप का।" साधु की आत्मा ने भाषण देते हुए कहा, "विधवा स्त्री से शारीरिक सम्बन्ध घोर पाप है और ऐसे पापी को दण्ड मिलना ही चाहिए, और ऐसी संतानों को समाज में स्थान नहीं दिया जाता है।"

तभी शिशु-आत्माओं के समूह में से किसीने कहा, "मैं इन साधु जी का बच्चा हूं।"

सब चौंक पड़े और फिर हंसने लगे।

कालू उस्ताद की आत्मा ने साधु की आत्मा का गला पकड़ते हुए कहा, "क्यों बे ढोंगी, यह बच्चा क्या कहता है?"

"अखिल विश्व के बालक हमारे बालक हैं। हम साधु हैं न।"

"क्यों बच्चे, यह साधु तेरा बाप कैसे हुआ?"

"इसने एक विधवा स्त्री को चेली बनाकर रखा था। मेरा जन्म उसीसे हुआ है।"

"क्यों बे बदमाश?"

"झूठ है, असत्य है, हमने कभी चेली नहीं रखी। नारी नरक की खान मानते रहे। इस विषय पर हम प्रवचन दे सकते हैं। सुनिये!"

पर तब तक सारी आत्माएं साधु पर टूट चुकी थीं और उसे पीट रही थीं। साधु हाथ जोड़ रहा था स्वामी जी के, "आप रक्षा कीजिये।"

पर वे हंसते रहे और बोले, "हम इन जटाधारियों के सम्प्रदाय से परिचित हैं। सब पापी होते हैं, ये लोग। पिछले कुम्भ में, हमारे अखाड़े वालों ने इन जटाधारियों की पिटाई की थी।"

जमीन पर गिरे हुए साधु ने हाथ-पैर मारते हुए कहा, "यह स्वामी बदमाश है। इसका गुरु विधवाश्रम चलाता है, अनाचारी है। यदि पीटना है, तो इसे भी पीटें।"

कालू उस्ताद इस प्रश्न पर भी विचार करते, पर तब तक वालंटियरों ने साधु को छुड़ाया और भीड़ को छांट दिया। कालू उस्ताद और साधु की आत्माओं को पकड़कर वालंटियर एक ओर ले गये।

फिर चुप्पी छा गयी। एक रेल आयी, जिसमें सारी शिशु-आत्माएं चढ़ गयीं।

"जा रहे हैं—पृथ्वी के दुःख भोगने के लिए।"

"काहे का दुःख? बड़े होकर यही मर्द-औरत बनकर ऐश करेंगे, दारू पीयेंगे और खखारते-खांसते यहां लौट आयेंगे।"

शिशु-आत्माओं की रेल ने प्लेटफार्म छोड़ दिया। खिड़की के पास गिड़गिड़ाती हुई बुढ़िया कहती रह गयी, "मुझे भी ले चल बेटा वापस। मुझे भी ले चल बेटा।"

स्वामी जी की आत्मा हंसी, "और मोह-माया छोड़ डोकरी। सब यहीं आने को है। पुण्य किया होगा तो सारा घर-बार यहीं बन जायेगा।"

"आगरा में हमारे तीन मकान थे। यहां मिलेंगे थोड़े वे, चाहे कितना ही पुण्य किया हो।" बुढ़िया की आत्मा सिसकने लगी।

फिर आकाशवाणी हुई, "सारी आत्माएं रेल में बैठ जायें।" सब डिब्बे में चढ़ गये।

एक भूत ने सीटी बजायी, दूसरे भूत ने झण्डी दिखायी और रेल चलने लगी। स्वामी नहीं बैठे। वे चहलकदमी करते रहे और रेल ने जब स्पीड ली, तब वे उस डिब्बे में चढ़ गये, जहां अभिनेत्री रत्ना के समान रूपवती स्त्री की आत्मा बैठी थी।

पता नहीं अब यह रेल कहां जाकर रुकेगी। सब सोच रहे हैं। पर स्वामी जी, जो जन्म-मृत्यु के रहस्य को समझते हैं, निश्चिन्त भाव से चार उंगलियों से अंगूठा मिलाकर उस सुन्दरी को समझा रहे हैं, "अपने प्रेम-भाव को किसी नश्वर शरीर तक केन्द्रित नहीं करो सुन्दरी ! उसे सृष्टि के कण-कण में बिखरा दो ! उसका दान कर दो और देखो कि कैसे चरम संतोष की उपलब्धि तुम्हें होती है !"

श्रीकांत चौधरी

गाने वाला मोची

[ईसप की नयी कथा]

□□

संक्षेप में ईसप की कथा इस प्रकार है कि एक गरीब मोची था। उसके पड़ोस में एक अमीर रहता था जो मोची की दिन-रात गाने की आदत से बेहद परेशान था। एक दिन वह मोची की दुकान पर पहुंचा और उसने मोची से पूछा कि वह जूते बनाकर दिन-भर में कितना कमा लेता है ? मोची ने बताया कि दिन-भर में लगभग मैं ४-५ रुपये कमा लेता हूं। अमीर ने उसे ५००० रुपये दिये और कहा कि पड़ोसी के नाते ये रुपये मेरी ओर से भेंटस्वरूप हैं, इन्हें स्वीकार कर लो ! मोची साल-भर में भी इतना नहीं कमा पाता था। गद्‌गद होकर उसने रुपये रख लिये। अमीर निश्चिन्त होकर वापस लौट गया। मोची को अब दिन-रात रुपयों की चिन्ता रहने लगी, कहीं चोरी का डर, कहीं गुमने का डर, कभी सोचता, ये रुपये कैसे खर्च करूँ ? कहाँ रखूं ? रुपयों की चिन्ता में मोची गाना भूल गया।

शिक्षा : सच है, धन आदमी को परेशानी में डाल देता है आदि-आदि।

असल कथा अब इस प्रकार है :

एक मोची था। उसकी छोटी-सी दुकान थी, वह चूंकि गरीब था अतः दुकान ही उसका तकान भी थी। वह देर रात तक जूते बनाता और साथ ही खूब तन्मय होकर गाता था। इस तरह उसे रेडियो खरीदने की जरूरत नहीं थी। यहां तक कि एक-दो बाजू-बाजू के पड़ोसियों को भी रेडियो की जरूरत नहीं पड़ी, परन्तु एक पड़ोसी के यहां रेडियो था। वह अमीर था। मोची के गाने से वह बहुत परेशान था। उसका दिन का सोना हराम हो गया था, क्योंकि रात तो अक्सर वह क्लबों और खास अड्डों में गुजारता था। समझ नहीं आता था कि मोची का गाना कैसे बन्द कराये ? अन्ततः उसने एक तरकीब निकाली। उसने मोची से प्रेमभाव पैदा करना शुरू कर दिया। वह उसके यहां से जूते बनवाने लगा और उसके गाने की भी खूब प्रशंसा की। झूठी और अधिक प्रशंसा बड़े-बड़े कलाकारों को गुमराह कर देती है फिर यह तो साधारण गायक था। मोची ने दूने वेग और निष्ठा से गाना शुरू कर दिया। एक दिन की बात है, जब -

गा रहा था तो घर आकर उस अमीर आदमी ने उसकी प्रशंसा की। फलस्वरूप मोची ने ३-४ नये गाने सुनाये। और उस अमीर ने सुखद भविष्य की कल्पना में यह कड़वा वर्तमान बर्दाश्त किया। अमीर ने अत्यन्त गंभीर, स्निग्ध वाणी में मोची से कहा, "भाई मोचीराम, मैं तुम्हारी कला पर बड़ा मुग्ध हूं। तुम एक महान कलाकार होगे, पर तुम्हारी गरीबी देखकर बड़ा दुख होता है (उन दिनों चुनाव नहीं हो रहे थे), भला साल-भर में तुम कितने कमा लेते हो?" मोची जानता था कि अमीर आयकर आफीसर नहीं है। उसने निस्संकोच कहा, "बड़े भाई, सब आपकी दुआ है, साल-भर में अधिक से अधिक दो हजार कमा लेता हूं।" 'यह तो तुम्हारा जेबखर्च भी नहीं।" अमीर का हृदय समाजवादी संवेदना से भरकर कह उठा। मोची मुस्कराया, और मौन रहा। अमीर ने अपनी जेब से पांच हजार रुपयों की एक गड्डी निकाली और मोची से कहा, "मेरे भाई, तुम्हारी कला पर तो जान न्यौछावर है पर उसकी मुझे अभी जरूरत है सो, भेंटस्वरूप ये पांच हजार रुपये तुम्हें दे रहा हूं। इसको स्वीकार करने की कृपा करो"

मोची स्तब्ध रह गया चूंकि छापा पड़ने के समाचार उसने नहीं पढ़े थे और न वह ब्लैकमनी-सिस्टम से परिचित था, अतः वह गद्गद हो गया। उसने इसे कला का मूल्य माना। काफी जोर दिये जाने पर उसने रुपये स्वीकार कर लिये।

अमीर आदमी अपनी योजना की सफलता पर बहुत हर्षित था। वह जानता था कि इतने रुपये मोची को सारी जिन्दगी कमाने पर भी एक साथ न मिलते। अब मोची दिन-रात परेशान रहेगा कि इन रुपयों का क्या करूं, दुनिया-भर की चिंता सतायेगी। अमीर दो दिन बड़े चैन की नींद सोया! उसने पाया कि दिन-रात में कभी भी मोची के गाने की तो क्या, बोलने तक की आवाज नहीं सुनाई दी।

तीसरे दिन अमीर जब सोकर उठा तो उसने खिड़की से झांककर देखा, मोची की दुकान पर नया बोर्ड लगा था, 'कला-संगीत विद्यालय'। अमीर माथा पकड़-कर बैठ गया।

शिक्षा—कला की प्रशंसा और सहायता करने से पहले उसके गंभीर पहलुओं पर भी सोचना चाहिए। "खासकर उन लोगों को जिनका कला से (या कलाकार से) कुछ लेना-देना नहीं है।"

श्रीकान्त चौधरी

जनतंत्र का आधार

□□

शहर का यह हिस्सा प्रकाशमय है। विद्युत की कमी है परन्तु जनता के प्रतिनिधि के लिए प्रकाश की कमी अफसरों ने विशेष प्रयासों से दूर कर दी। वे सच्चे अफसर हैं। आज दैनिक 'अधिकार' ने पच्चीस वर्ष पूरे कर लिये हैं। सम्पादक महोदय ने इन पच्चीस वर्षों में हजार वर्षों लायक कमा लिया है। सफल पत्रकारिता इसीको कहते हैं। अखबार के आमुख पर हमेशा मुद्रित रहता है, 'नगर का एकमात्र निष्पक्ष और निर्भीक दैनिक।' नगर में तीन और दैनिक हैं। उनपर भी यही लिखा रहता है।

सम्पादक महोदय सत्तारूढ़ पार्टी के पदाधिकारी भी हैं। जो मंत्री जी रजत जयंती के उपलक्ष्य में मुख्य अतिथि के रूप में आ रहे हैं। उन्हें इस अखबार ने भगवान से भी अधिक अभिनंदनीय, वंदनीय भाषा में धारावाहिक (सचित्र) छापा है। ऐसे अखबार ही सरकारी नीतियों को सफल करते हैं। यह उनका ख्याल है। इस बीच शहर में पुलिस-अत्याचार हुए, दंगे हुए, सूखा-अकाल पड़ा, जुलूस-प्रदर्शन हुए, पर मंत्री जी नहीं आ पाये। अब आ रहे हैं। शुभ कामों के लिए दुर्घटनाएं कौन रोक सकता है?

काफी भीड़ जमा है। शहर की सफाई और आफिसरों और उनसे ज्यादा नेताओं की व्यस्तता देखकर सामान्य नागरिक समझ गये थे कि कोई वी० आई० पी० आ रहा है। सौभाग्य से सिर्फ दो घंटे लेट आ पाये। सम्पादक और सहयोगियों के चेहरे धन्यभाव से दमक रहे थे।

मानवीय मंत्री ने कहा, "देश में विरोधी, जनविरोधी ताकतें सर उठा रही हैं, लोगों की कठिनाइयों का फायदा उठाकर सरकार के दुश्मन जन-आन्दोलन चला रहे हैं···ऐसी परिस्थिति में समस्याओं का सही निदान शांति और अहिंसा से होगा। अखबार जनतंत्र की आधारशिला हैं। जनता और सरकार के सजग प्रहरी हैं, लोकतंत्र के स्वस्थ प्रशिक्षक हैं···मैं 'अधिकार' की रजत जयंती पर हार्दिक मंगल कामनाएं···"

भीड़ काफी थी। सूखे चेहरे, फटे वस्त्र और गहन निराशा से पीड़ित आंखें लिये किसानों का एक समूह मंच की दायीं ओर से बढ़ा। सम्पादक जी तत्परता से उठे। अफसरों ने घेर लिया। "क्या बात है ?" दबी-गुर्राई हुई आवाज में सम्पादक ने पूछा।

"हम मिनिस्टर साहब से मिलना चाहते हैं, एक निवेदन करना है।" एक ने सहमकर जवाब दिया।

"ठीक है, क्यों नहीं ? पर भाई थोड़ा धीरज रखो। कार्यक्रम खत्म हो जाये, फिर मिल लेना।" एस० पी० बोले।

कार्यक्रम खत्म होते ही मंत्री जी कार की ओर लपके। अफसरों, नेताओं की परिधि से बंधे दो-तीन किसान फिर भी घुस गये।

"सरकार, माई-बाप, हमारी फसल चौपट हो गयी—खाने को एक दाना भी नहीं है—न कोई सहायता मिल रही है, न कोई राहत कार्य···"

"ठीक है, ठीक है ! कलेक्टर साहब, इन लोगों की सुनो। क्या प्राबलम है···" कार सरकने लगी। किसानों की आस की डोर पर मंत्री का वाक्य किसी तेज धारदार हथियार की तरह फिरा। लुप्त हो गया।

"आप लोग कल आफिस में आयें।" कलेक्टर साहब भी रवाना हुए। संपादक जी ने कृतज्ञतापूर्वक हाथ जोड़े। किसान जा चुके थे।

"सालों के मारे मंत्री जी ढंग से बात भी नहीं कर पाये···घृणा से संपादक जी कह रहे थे। सामने विशेषांक रखा था। ताजा रजत जयन्ती के समाचार-भाषण और फोटुओं से भरपूर। किसानों से संबंधित कोई खबर न थी।

श्रीकांत मित्तल

इंस्पेक्शन

□□

आखिर नये बॉस तशरीफ लाये। उन्हें देख विश्वास ही नहीं हुआ कि यही हमारे नये बॉस हैं। श्रीलाल शुक्ल के 'रागदरबारी' के अनुसार वे सूरत, शक्ल, पहनावे से चपरासीनुमा लगते थे और उनका चपरासी अफसरनुमा होने का प्रदर्शन कर रहा था। वे मामूली-सी पैंट, बुश्शर्ट और चप्पल पहने थे। गंदुमी रंग था, बदन दुबला-पतला। वे कहीं से भी इतने बड़े अफसर लगते ही नहीं थे। उनके साथ जूनियर अफसरों की एक फौज थी, जो उन्हें 'सर, 'सर' कहकर यह घोषणा कर रही थी कि 'ओ दफ्तर के बेवकूफ लोगो! कहीं सूरत देखकर मेरी तरह गलती मत कर बैठना। जिन्हें तुम डाइरेक्टर नहीं समझ रहे, वही डाइरेक्टर हैं।'

पूरे दफ्तर में पिन ड्राप साइलेंस थी। सभी धड़कते दिलों से बैठे थे कि शेर कहीं उन्हीं पर न झपट पड़े। उनके आने से पहले ही उनका बड़ा शोर था। उनके मुंह मे निकले हर शब्द को असिस्टेंट डायरेक्टर यों ग्रहण कर रहे थे, जैसे ब्रह्मा से उन्होंने आप्त वचन सुना हो, और उसका प्रसारण जगत्-कल्याण के लिए बहुत आवश्यक है।

पूरा दफ्तर दुल्हन की तरह सजा था। दफ्तर के कमरे ड्राइंग रूम हो रहे थे। रोज दफ्तर में जहां कागज-कार्बन के टुकड़े और चाट के पत्ते उड़ते रहते थे, जहां कहीं खुर्दबीन से ढूंढ़ने पर भी कचरा मिल नहीं सकता था। जमादार ने चार-चार बार सफाई की थी। पूर्व मुआइने में असिस्टेंट डाइरेक्टर ने कागज की चिंदिया बटोर कर अपने जूनियर्स को फटकारा था।

'दफ्तर की सफाई चलाओ अभियान' में चार-पांच सौ मकड़े और मकड़ियां खेत रही थीं। दस बीस लाख दीमकें मारी गयी थीं। बीस-तीस चूहे शहीद हुए थे। और मच्छरों का होलसोल में सफाया किया गया था। जिन फाइलों का उद्धार होना संभव नहीं था, उन्हें एक कमरे में भरकर उसपर स्ट्रौंग ताला जड़ दिया गया था। और उस कमरे को दफ्तर के बाहर का कमरा घोषित कर दिया गया था। सभी बाबुओं ने अपनी-अपनी पेंडेंसी के कागजात इसी यज्ञकुंड में झोंक दिये थे। दफ्तर के बरामदों और कमरों में महापुरुषों के आप्त वचन लगे थे। 'रिश्वत लेना और देना दोनों पाप हैं।' यह पोस्टर हर कमरे के ऊपर टंगा

था। पर देने वाला और लेने वाला ही इसे पाप नहीं समझते थे, बाकी सभी लोगों के लिए यह सचमुच पाप था।

अनुशासन, प्रगति जैसे धक्कमपेल शब्द भी सूत्रों के रूप में लगाये गये थे, जो चीख-चीखकर कह रहे थे कि हमें बलात्कार से बचाओ। अनुशासन के नाम पर चपरासी से लेकर अफसर तक एक आदर्श नमूने थे। चपरासी घंटी सिर्फ वही सुनता था, जिसे वह सुनना चाहता था। या जिसे सुनने और पालन करने से उसका व्यक्तिगत लाभ होता था। मसलन किसी कोटा-लाइसेंस-परमिट वाले को बुलाने की बात होती थी तो बिना घंटी बजे भी वह अंदर हाजिर हो जाता था और कार्ड थमाकर आदेश की प्रतीक्षा करने लगता था। जो घंटी वह नहीं सुन पाता था उसके लिए वह मजबूर था। उसने कानों में हियरिंग एड लगा रखी थी और कम सुनने का उपयोग वह उसी तरह अपनी सेफ्टी में किया करता था। चाय लाने या पानी लाने वाली घंटी उसे अक्सर नहीं सुनाई देती थी।

बाबू लोग दिन-भर चाय पीते थे और सिगरेटें धौंकते थे। चाय और सिगरेट की स्फूर्ति उन्हें नोट लगाने या चिट्ठी तैयार करने में प्रेरित करनी थी। आज वह सिगरेटों के टोटे कागज में लपेटकर जेब में रखे हुए थे। चाय की तलब आज उन्हें बहुत सता रही थी। सुबह से खाली जेब बड़े साहब के मुआइने को गाली दे रही थी। वे एक सांस में अपने ओवर वर्क और जिंदगी की घुटन के दर्दनाक किस्से सुनाते थे। किसने किस तरह बड़े साहब के हुक्म की धज्जियां उड़ाकर अनुशासन की किस तरह लाज रखी, यह किस्से दफ्तर के पूरे वातावरण में व्याप्त थे। अर्जी पर बिना वजन रखे दफ्तर में कोई काम होता ही नहीं था। और आज चूंकि कहीं कोई वजन नहीं था इसलिए सुबह से कोई काम हो ही नहीं रहा था। पर सभी लगते ऐसे थे जैसे काम में बहुत व्यस्त हों। सभी ने अपने सामने एक-एक फाइल खोल रखी थी और वे इस प्रतीक्षा में थे कि कब डायरेक्टर साहब दफ्तर तशरीफ लायें और कब वे अपने नाजुक कलम से अपना ऐतिहासिक नोट लिखना शुरू करें, जिसे मुआइने के बाद फाड़कर वे रद्दी की टोकरी में झोंक दें और अर्जी को खोया और गुम बताकर, वजन के साथ फिर नयी अर्जी प्राप्त करें और नया नोट लगायें।

डाइरेक्टर साहब ने पूरे दफ्तर का राउंड लिया। उन्होंने बहुत कोशिश की कि कहीं उन्हें कोई जाला या धूल लगी फाइल मिल जाय और वे फटकार का अवसर निकाल सकें पर उन्हें निराशा ही हाथ लगी। उनकी मुद्रा देखकर इंडस्ट्रीज आफिसर सोच रहा था कि असिस्टेंट डाइरेक्टर साहब हुक्म करते तो वह एक-आध जाला छोड़ देते ताकि डाइरेक्टर साहब के अहं की तुष्टि हो सकती।

आखिर डाइरेक्टर साहब खिजलाकर बोले, "आप लोग सफाई अच्छी रखते है, पर सफाई ही होती है, कि यहां पर कुछ काम भी होता है?"

काम की गवाही में असिस्टेंट डाइरेक्टर स्टेटमेंट्स और कारगुजारियों का पुलन्दा थामे हुए थे। काम का बखान उन्होंने शुरू कर दिया। पर डायरेक्टर साहब ने उसे सुना-अनसुना कर दिया और दूसरे कमरे की ओर बढ़े। दूसरे कमरे में फाइलों के बंडल में से एक फाइल निकालकर वे बोले, "इस फाइल में इंडेक्सिग नहीं है। इसका कवर फट रहा है। इसका अब तक डिस्पोजल क्यों नहीं किया गया?"

इंडस्ट्रीज आफीसर उसका कोई माकूल उत्तर देने लगे। पर डीलिंग क्लर्क मन ही मन जवाब दे रहा था कि 'श्रीमान् जी, इंडेक्सिग इसलिए नहीं है ताकि मैं जिस कागज को चाहूं हटा दूं और जिस कागज को चाहूं लगा दूं और अगर मैंने इंडेक्सिग कर भी दी तो क्या मैं फाइल कवर नहीं बदल सकता? और जहां तक फाइल के कवर फटे होने का प्रश्न है···फाइल क्या पूरा दफ्तर फटा-चिथा है। फटा खुद मेरा मन है। डबल एम० ए० हूं और क्लर्की घिस रहा हूं। साहब सिंगल एम० ए० हैं और हुक्म झाड़ते हैं। और जहां तक डिस्पोजल न होने का प्रश्न है···इस फाइलरूपी दुल्हिन का खरीदार ही अब तक हाजिर नहीं हुआ। उसका कद्रदां जिस दिन आ गया, डिस्पोजल भी हो जायेगा।'

पर अनुशासन के बोर्ड ने और नौकरी की मजबूरी ने उसके मुंह पर ताला जड़ रखा था। वह खामोश रहा और प्रतीक्षा करता रहा कि जहां इंडस्ट्रीज अफसर अटकें वह उनकी सहायता के लिए कूद पड़े। डी० आई० साहब को संतुष्ट करने के लिए इंडस्ट्रीज आफिसर शर्मा जी अपनी सफाई दे रहे थे।

"श्रीमान् बीसियों इंडेंट भेज चुका, सुपरिंटेंडेंट स्टेशनरी फाइल कवर ही नहीं भेजते। स्टेशनरी नहीं देते। दफ्तर में दफ्तरी नहीं है। उसकी पोस्ट की सैंक्शन गवर्नमेंट ने अब तक नहीं दी। स्टाफ बड़ा ओवर बर्डन है। चार आदमियों के काम को आफिस टाइम बाद भी लोग रुक-रुककर निपटा रहे हैं। पर जब तक फाइल ऐक्शन के लिए मेरे पास आयेगी, उसपर इंडेक्सिग हो जायेगी।"

आखिर बाबू से चुप नहीं रहा गया। साहब टू दी प्वाइंट होकर भी प्वाइंट से कुछ दूर थे। बोला, "श्रीमान् जी, यह फाइल इंडेक्सिग करने के लिए ही मैंने निकालकर रखी है।"

अपनी ऐतिहासिक सफाई देकर वह मन ही मन बड़ा खुश हो रहा था, जैसे बहुत बड़ा मोर्चा जीत लिया हो। असिस्टेंट डाइरेक्टर ने उसे घूरकर देखा पर इंडस्ट्रीज अफसर प्रसन्न था कि चलो, ऐसा फूलप्रूफ जवाब दिया है जिसके आगे और कोई सवाल खड़ा ही नहीं हो सकता।

खड़े अधिक देर तक डाइरेक्टर साहब भी नहीं रहे। तुरंत दूसरे कमरे की ओर बढ़ गये। इंडस्ट्रीज अफसर के कमरे में दरबार जमा। स्टेटमेंट का पारायण प्रारम्भ हुआ। हालांकि स्टेटमेंट्स की गड्डी गत्ते की फाइल में दबी, चीख-चीख-

कर कह रही थी कि मेरे साथ बहुत बलात्कार हो चुका है, कृपया मेरा उद्धार कीजिये।

डाइरेक्टर साहब स्टेटमेंट में पढ़कर कुछ सोचने लगे। फिर सभीकी ओर घूमकर बोले, "आपके यहां कितने इंडस्ट्रियल यूनिट हैं ?" इंडस्ट्रीज आफिसर ने अपनी हथेली पर स्याही से लिखी 'फिगर' पढ़ते हुए बंदूक की गोली की तरह उत्तर दिया, "दो सौ तीस पर, टू हण्ड्रेड एंड थर्टी सर।"

जैसे उसे शायद संदेह था कि डाइरेक्टर साहब हिन्दी नहीं समझते। यों हथेली पर फिगर लिखने का अभ्यास उसने पिछले दस वर्षों से डाला हुआ था। दस वर्ष पहले एक बार मुआइने में वह फिगर के सिलसिले में आउट हो चुका था। और अनाप-शनाप फिगर बता जाने की बदौलत उसे बहुत डांट-फटकार सहनी पड़ी थी। तब से बुजुर्गों की नसीहत के अनुसार उसने मुआइने के वक्त हथेली पर स्याही से इम्पोर्टेंट फिगर्स लिखने का अभ्यास डाला हुआ था। यह बड़ा कारगर सिद्ध होता है। बगैर स्टेटमेंट देखे सही फिगर बता देने के कारण उसकी याददाश्त पर अक्सर मिनिस्टर उसे आश्चर्य से देखते रह जाते थे। यों याददाश्त उसकी बहुत कच्ची थी। उसे अपना फोन नंबर तक याद नहीं होता था। अपने दफ्तर के कर्मचारियों की संख्या तक वह भूल जाता था। पर बॉस की जन्मतिथि, बॉस के घर-दफ्तर का फोन नम्बर उसे हिफ्ज याद रहते थे। दफ्तर के आंकड़े उसे कभी याद नहीं रहते थे।

पर उसकी आशा के प्रतिकूल डाइरेक्टर साहब चुरुट पीते बोले :

"तो मिस्टर शर्मा, यह फिगर तो मैं स्टेटमेंट में भी पढ़ रहा हूं। आई मीन रनिंग यूनिट कितने हैं ?"

"सभी रनिंग यूनिट हैं सर।" शर्मा एक सांस में कह गया। पर फिर भी जाड़ों में उसे पसीने आ गये। यह प्रश्न डिपार्टमेंट की दुखती नस था। जो यूनिट विभाग से कोटा-परमिट ले रहे थे वे सभी रनिंग यूनिट थे। अगर वे यूनिट नहीं चल रहे तो उन्हें कोटा-परमिट का माल देने का प्रश्न ही नहीं उठता था। पिछली बार असिस्टेंट डाइरेक्टर मि० गुहा बहुत सख्त आये थे। उन्होंने खुद इंस्पेक्टर के साथ मौका मुआइना किया था। एक चौथाई यूनिट बंद पाये गये थे। बड़ा तूफान उठा था विभाग में। बोगस फर्मों को बोगस कोटा दिये जाने के आरोप में एक इंस्पेक्टर सस्पेंड हो गया था। शायद सर्वे के निर्देश दिये गये थे। यह खोज बिक्रीकर विभाग से खोज रिपोर्ट मिलने पर मिस्टर गुहा ने शुरू की थी। कच्चे माल की सूचना मिलने पर बिक्रीकर विभाग ने टैक्स लगाया था पर तमाम नोटिसों की तामील नहीं हुई थी। सर्वे के वक्त मशीनें जंग लगी पायी गयी थीं या कई यूनिटों में मशीनें नदारद थीं और परिवार बसे हुए पाये गये थे।

पर ये वे लोग थे जो संरक्षित थे। कोटा-परमिट और लाइसेंस उन्हें मिला

ही इसलिए था ताकि वे अपनी गुजर-बसर कर सकें। कारखाने में मशीन चलाना उनके स्वभाव के विरुद्ध था। वे चुनाव लड़ सकते थे, फर्जी वोट पकड़वा सकते थे। बिरादरी में शराब बंटवाकर फतवा दे सकते थे, पर कारखाने नहीं चला सकते थे। सीधी तौर पर कोटे का माल ब्लैक में बेचकर वे मासिक पेंशनें प्राप्त कर रहे थे। उन्होंने देश की आजादी में महत्त्वपूर्ण योगदान दिया था। उन्होंने विदेशी कपड़े की दुकान में लूट की थी, आग लगायी थी, जेल में विद्रोह और भूख हड़ताल की थी। वे सदियों से सताये हुए लोग थे। उनकी जाति का प्रारम्भ से ही शोषण किया गया था। अब वे अपने स्वास्थ्य का सुधार कर रहे थे। गुहा साहब ने उन्हें छेड़कर काले नागों को छेड़ दिया था। गुहा साहब का ट्रांसफर हो गया। इंस्पेक्टर बहाल हो गया। दुबारा सर्वे करने के बाद पता चला कि कोई भी यूनिट बंद नहीं था। उनके मालिक तबियत खराब होने के कारण इलाज कराने भुवाली चले गये थे। बिक्रीकर अधिकारियों ने झूठ-मूठ परेशान करने को टेबिल पर बैठकर झूठी रिपोर्ट लिख दी थी। वे लोग केस रद्द कराने के लिए रिश्वत में दो-दो हजार मांग रहे थे। रुपया न देने पर ऊटपटांग रिपोर्ट दे दी गयी थी। दुबारा मुआइना करने पर सब यूनिट चलते पाये गये और सारे यूनिट वास्तव में चल रहे थे। मुआइने के वक्त किराये की मशीनरी फिट कर दी जाती थी या मुआइना करने वाले की मुट्ठी गर्म कर दी जाती थी।

"आर यू श्योर ?" डाइरेक्टर ने फिर एक चोट की। सांस रोककर इंडस्ट्रीज आफीसर ने उत्तर दिया, "यश सर।" डाइरेक्टर से भी ऊपर जो शक्तिवान बैठे हुए थे उनसे जब टक्कर गुहा साहब नहीं ले सके तो इंडस्ट्रीज आफिसर बेचारे की क्या बिसात थी। असिस्टेंट डाइरेक्टर की ओर घूमकर डी० आई० बोले, "आप फिर चैक करा लीजिये। बड़ी शिकायतें आ रही हैं। फाइल बहुत मोटी हो गयी है। कहा जाता है लोग सिर्फ कोटा लेने के लिए ही लाइसेंस लिये हुए हैं। मौके पर मशीनरी है ही नहीं।"

जवाब असिस्टेंट डाइरेक्टर ने दिया, "सर ! एक मछली तालाब गंदा कर देती है। दो-चार यूनिट ऐसे पाये गये थे। उनके लाइसेंस कैंसिल कर दिये गये हैं। हम लोग काफी विजिलेंट हैं सर।"

"यस बी विजिलेंट ! इसीकी जरूरत है।" डी० आई० भाषण के मूड में आ गये, "आप लोगों की ड्यूटी है कि हर वक्त मुस्तैद रहें। जो समाज-विरोधी तत्त्व हैं उनके खिलाफ हमें हर वक्त चौकन्ना रहना है। कण्ट्री की प्रोग्रेस हम लोगों के ही हाथों में है। हम लोगों की जिम्मेदारी काफी बढ़ जाती है। जरूरत है कि मिलिट्री के डिसऐबिल परसन्स को, पोलिटिकल सफरर्स को, हरिजन और पिछड़ी जातियों को या अनएम्प्लायड इंजीनियर्स को प्रिफरेंस दी जाये।"

आई० जी० का मन हो रहा था कि टोक दें और कहें कि सर, इन 'प्रिफरेंस'

वालों ने ही सारा तमाशा खड़ा किया है। सारे कोटे और लाइसेंस ये लोग ही जमाई बनकर चाटे जा रहे हैं। इनके खिलाफ लड़ाई में गुहा साहब तो खेत रहे, आपकी हिम्मत है तो जूझ देखिये : मैं तो सरेण्डर कर चुका हूँ। पर असिस्टेंट डाइरेक्टर के सामने खामोश रहा।

स्टेटमेंट उलट-पुलटकर डी० आई० साहब बोले, "मैं पूरी प्रोग्रेस की वीकली रिपोर्ट चाहता हूं। जो पहले से प्रेसक्राइब्ड स्टेटमेंट हैं इनसे चेक और वाच नहीं रहता। मैं फील्ड वर्कर्स के लिए एक टाइमटेबिल बना रहा हूं। उसके मुताबिक मैं फोर्ट नाइटली प्रोग्रेस चाहता हूं।"

आई० ओ० खामोशी से फरमान सुन रहा था। स्टेटमेंट्स जंगल में दो जंगी स्टेटमेंट और बढ़ गये थे। दफ्तर की तीन चौथाई एनर्जी स्टेटमेंट ले जाते हैं। आंकड़े तैयार करो। चेक करो। टाइप कराओ।

हर नया बॉस दो-चार स्टेटमेंट और बढ़ा देता है। पुराने स्टेटमेंट के कैंसिल होते नहीं। डी० आई० के कार्यालय में सारे स्टेटमेंट की रद्दी ही इकट्ठी होती रहती है। पर इसी रद्दी के बूते पर हेडक्वार्टर के बाबू सिर पर सवार रहते हैं। फलाना स्टेटमेंट नहीं आया, ढिकाना स्टेटमेंट लेट हो गया। इन स्टेटमेंट की बदौलत ही खिंचाई होती रहती है। करेक्टर रोल बनते-बिगड़ते रहते हैं। पूरे देश में आंकड़ों की खेती की जा रही हैं। स्टेटमेंट्स और ग्राफ पेपर्स पर प्रगति ऊंची और ऊंची होती जा रही है।

शर्मा जी ने काफी और नाश्ता मंगा रखा था। असिस्टेंट डाइरेक्टर के कानों में फुसफुसाया, "सर, काफी मंगवा लूं ?"

डी० आई० ने सुन लिया। मुंह सिकोड़कर बोले, "नो मिस्टर शर्मा ! आफिस इज़ आफिस। आफिस में मैं कभी चाय-काफी नहीं लेता। मैं लंच के बाद सर्किट हाउस पहुंचूंगा। शाम चार बजे स्टेटमेंट लेकर आप वहां आइयेगा।"

शर्मा झेंप गया। जैसे काफी-चाय के लिए पूछकर उसने कोई जुर्म कर दिया हो और अगर वह न पूछता तो बदतमीज कहा जाता। पर जूनियर है, तो हर बात उसे सुननी है।

डी० आई० और असिस्टेंट डाइरेइटर उठ खड़े हुए। शहर में सबसे बड़े उद्योगपति मि० खोसला के यहां लंच है। वहां स्कॉच पियेंगे···साली चाय-काफी पीकर क्या करेंगे ?

डी० आई० महोदय तशरीफ ले गये। दफ्तर की सामान्य सांसें फिर शुरू हुईं। चपरासी दफ्तर के लिए चाय-समोसे लाने में व्यस्त हो गये। इंडस्ट्रीज आफिसर ने अपने कमरे की मेज पर डी० आई० के लिए मंगाया नाश्ता ही मंगा लिया। एक कुर्सी तोड़ अंगड़ाई लेकर उन्होंने मन ही मन एक वजनदार गाली डी० आई० को उछाली, "साले ! चले आते हैं इंस्पेक्शन के लिए। नये-नये

फरमान निकाले जा रहे हैं। नये-नये स्टेटमेंट प्रेसक्राइब्ड कर रहे हैं। हम लोगों की चाय-काफी में छूत थी। अब उस साले ब्लैक मार्केटियर खोसला के यहां शराब पीयेंगे। ढोंगी कहीं के।"

बड़े बाबू खीसें निपोरकर बोले, "हुजूर, मुआइना तो अच्छा हो गया। कहीं कोई कसर तो नहीं रह गयी?"

"जब इंस्पेक्शन नोट आ जाये तब पता चलेगा। पर देखना बड़े बाबू, डी० आई० साहब के चपरासी, ड्राइवर किसी की खातिरदारी में कमी न रह जाये। शाम पिक्चर में भी बिठला देना। ये साले जरा-सी कसर रह जाने पर दो की चार जड़ते हैं।"

फिर इंस्पेक्टर की ओर घूमकर बोले, "क्यों रावत, यहां की इंडस्ट्रीज के नमूने तो मंगा लिये होंगे?"

"क्या सर्किट हाउस पहुंचा दूं सर?"

"असिस्टेंट डाइरेक्टर साहब से पूछना होगा। शायद वे ट्रेड के प्रेसिडेंट की ओर से उपहार दिलवाना चाहें। पर फिर उन्हें पता होगा···और-और रेंज में क्या हुआ? पर जैसे भी हो···अपना इंतजाम पक्का होना चाहिए। जब सब नमूने मंगा लिये हैं तो वे कहीं न कहीं तो जायेंगे ही। डी० आई० साहब न ले गये तो असिस्टेंट डाइरेक्टर साहब ले जायेंगे।"

इंडस्ट्रीज आफिसर ने एक और अंगड़ाई लेकर जम्हाई ली। सुबह सात बजे से कवायद हो गयी। कमर अकड़ गयी। सिर दर्द करने लगा। दफ्तर को टिपटाप कराने में सौ का पत्ता पास से खर्च हो गया। यह खर्च तो तब है जब पुताई-सफाई, लेबर···उन्होंने एक नये लाइसेंस लेने वाले मुर्गे को सौंप दी थी। पर सौ खर्च हुए हैं तो हजार निकाल लूंगा। पैसा हाथ-पैरों का मैल है। बॉस पर एक इम्प्रेशन पड़ जाये तो आगे का रास्ता साफ। फर्स्ट इम्प्रेशन इज द लास्ट इम्प्रेशन।

इंस्पेक्टर खुशामद पर उतर आया, "आपने भी जनाब, वह टिपटाप इंतजाम किया कि डी० आई० साहब को एक जाला, एक धूल का निशान तक नहीं मिला और-और दफ्तरों में, सुना है कि बॉस जाला बांस मंगाकर खुद साफ करने लगे। रूमाल लेकर फाइलों से धूल खुद पोंछने लगे। और मान गये साहब, आपने किस कान्फिडेंस से रनिंग यूनिट की बात की पुष्टि की। डी० आई० साहब उगलवाना चाहते थे, जैसे खुद कुछ जानते ही नहीं।"

आफिसर ने आदत के मुताबिक मेज पर पैर फैलाकर सिगरेट सुलगा ली। बाहर चपरासी बीड़ी पी रहा था। बाबू नये मुर्गे फिट करने में व्यस्त हो गये। कागज-कार्बन फिर इधर-उधर उड़ने लगे थे। जैसे सारा रुटीन एक शिकंजे में कैद था और अब वह मुक्त होकर धीमे-धीमे अपने स्वाभाविक रूप में आता जा रहा था।

श्रीकांत मित्तल

दहेज रहित शादी

□□

सुबह से ही रिकार्डिंग चल रही थी, जो मुहल्ले-भर में यह घोषणा कर रही थी कि 'ऐ मुहल्ले वालो ! आज मेरे यहां रीता की शादी हो रही है। जिन्हें नहीं मालूम है वे भी यह बात नोट कर लें।'

एक-एक रिकार्ड दो-दो बार बज चुका था। रिकार्ड वाला पेशाब के लिए बाहर गया कि उसके द्वारा छांटकर न बजाने वाले रिकार्डों में से एक रिकार्ड किसी मनचले ने लगा दिया, "हम आज अपनी मौत का सामान ले चले।"

रीता को यह रिकार्ड बड़ा अच्छा लगा। वह अपनी मौत का सामान लेकर ही ससुराल जा रही थी। उसका प्यार अनिल से था। पर अनिल गरीब अध्यापक था। गरीब से शादी कर जिंदगी-भर की बरबादी सहना रीता के बूते की बात नहीं थी। फिर वह भी इस सिद्धान्त में विश्वास रखती थी कि जिससे प्यार करो उससे शादी मत करो और जिससे शादी करो, उससे प्यार हो ही नहीं सकता। शादी उसके लिए एक आर्थिक समझौता-भर थी। जिससे शादी हो रही थी वह काटन किंग का बेटा था। उसके चार मोटरें और दो रखैलें थीं। पहले राजा-महाराजा अपने रनिवास की चर्चा गर्व-गौरव से किया करते थे। अब माडर्न राजा कारखानेदार हैं। ऐश वे भी करते हैं पर नेशनल वेस्टेज नहीं करते। रखैलें एक या दो रखते हैं। पर साल-भर में केंचुली बदलने की तरह रखैलें बदल लेते हैं। जवानी को इससे टाप गियर लग जाता है और उम्र की पहाड़ी पर गाड़ी तेजी मे चल पड़ती है।

रीता को मालूम था कि जब श्वसुर साहब इतने रंगीन हैं तो उनके साहबजादे भी कम रंगीन नहीं होंगे। असल में वह रंगीन परिवार से आयी थी और वैसे ही रंगीन परिवार में ब्याह कर जा रही थी। वहां का हर सदस्य रंगीन था। उसकी सास के बारे में मशहूर था कि वह ड्राइवर पर बहुत दयावान है। मालिक, लड़के नौकरानियों और आयाओं पर बहुत मेहरबान थे। मेहरबानी और दया की उनके परिवार में नदी बह रही थी। रीता ने इतनी तारीफ सुनकर मां-बाप की आशा के विपरीत भी तुरन्त सहमति दे दी थी। वह अनिल को म्यूजिक मास्टर के रूप में रखने का प्लान पहले ही बना चुकी थी।

शाम होते ही बिजली की झालरों से कोठी दुलहिन की तरह जगमगा उठी। रिकार्डिंग बन्द हुआ तो बैंड बज उठा। बैंड बन्द हुआ तो शहनाई बजने लगी। हर वक्त किसी न किसी रूप में कुछ बज रहा था जो मुहल्ले वालों को बता रहा था कि भाइयो ! सुन लो। शादी वह होती है, जिसमें हर वक्त कुछ न कुछ बजता रहे।

पूरी कोठी परिस्तान बनी हुई थी। औरतें जेवरों और साड़ियों की नुमाइश कर रही थीं।

पूरी स्थिति सेंट्रल एक्साइज और आयकर अधिकारी के लिए बड़ी अनुकूल थी कि वे महिलाओं के हीरे के जेवरों से उनके स्टेटस का अनुमान लगा सकें। पर वे इस समय ड्रिंक्स में मग्न थे। ड्रिंक्स भी उन्हें साकी सर्व कर रही थी। रीता के पिता ने ड्रिंक्स का व्यापक प्रबन्ध किया था। हर कमरे में एक बोतल सप्लाई कर दी गयी थी। पियो और जियो। अपने स्पेशल मेहमानों को वे स्पेशल तरीके से एण्टरटेन कर रहे थे। उनमें सिटी मजिस्ट्रेट और डी० एस० पी० भी थे। पर क्लास वन और क्लास टू आफिसर्स का प्रबन्ध अलग-अलग था। आई० टी० ओ० के साथ एस० पी० और डी० एम० चुस्की ले रहे थे।

रीता के पिता ने बारात को दरवाजे पर कोल्ड ड्रिंक्स की जगह ह्विस्की, बीयर और जिन सर्व करने का प्रबन्ध किया था। कानून के रक्षक रक्षा के लिए मुस्तैद थे। किसी भी इमरजेंसी से निपटने के लिए कांस्टेबिल से लेकर थानेदार तक सब रंग में मस्त थे। कामिनी देवी की कव्वाली चल रही थी।

पूरे माहौल को देखकर यह आभास अच्छी तरह होता था कि गांधी के देश में आजादी के बाद उनके सिद्धान्तों का प्रचार-प्रसार किस तेजी से हुआ है !

यह एक दहेज रहित शादी थी। निमंत्रण-पत्र में स्पष्ट छपवाया गया था कि इस शादी में दहेज नहीं दिया जा रहा है और दहेज सचमुच नहीं दिया जा रहा था। कन्या का पिता सिर्फ कन्यादान कर रहा था। उसके चाचा, मामा, ताऊ, कजिन, मित्र, सहेलियां उसे केवल प्रेजेण्ट दे रहे थे। प्रेजेण्ट्स स्टेटस के अनुरूप थीं। इन प्रेजेण्ट्स में हीरों के सेट, टेलीविजन, कार, टेपरिकार्डर, चेंजर, मेकअप बाक्स वगैरह-वगैरह विभिन्न सामग्रियां थीं। साड़ियों का शुमार नहीं था। यह सारी प्रेजेण्ट्स इस बात का द्योतक थीं कि रीता को सब कितना प्यार करते हैं। रीता थी भी बड़ी प्यारी लड़की। काटन किंग को रीता देखते ही भा गयी थी। उसे देखते ही उन्हें लोकगीत की एक पंक्ति याद आ गयी थी।

उसकी सूरत ऐसी, जैसे दमके बिजली
अंधेरे में बिठा दो तो बिजली का क्या काम है ?

इसके साथ रीता के श्वसुर को आभास था कि उनके समधी का उद्योग मंत्री से गहरा ताल्लुक है। नयी इण्डस्ट्री के लिए फ्री लाइसेंस मिलने का आश्वासन दे

पहले ही पा चुके थे।

एकाएक बड़ा शोर होने लगा। लगा जैसे शायद बारात दरवाजे पर आ गयी। पर बारात नहीं मंत्री जी की सवारी आई थी। लोगों ने स्वागत में आंखें बिछा दीं। सबकी सूरतों पर इतनी घिघियाहट बरस रही थी जैसे मंत्री जी ने आकर बहुत भारी कृपा की हो। दूल्हे के गले में डालने वाली वरमाला दो एक्स्ट्रा बनवायी गयी थीं। इनमें से एक मंत्री जी के गले में रीता के पिता जी ने डाल दी। इसके बाद बीसियों मालाएं उनके गले में पैबस्त हो गयीं। फोटोग्राफर ने लपदप चित्र ले लिये। उन्हें चित्र खींचने के लिए ही बुलाया गया था।

मंत्री जी को अंदर ले जाया गया। उन्होंने सजी-संवरी रीता को खादी की साड़ी भेंट में दी। रीता को आशीर्वाद देते उनके पोज फिर कैमरे में कैद किये गये ताकि आगे आने वाले दिनों में वे याद दिला सकें कि इस शादी को मंत्री जी का आशीर्वाद प्राप्त था। उन्होंने भेंट में आयी नुमाइश को उपेक्षा से देखा। अधिकांश पिये हुए थे। तलब उन्हें भी लग रही थी। पर मजबूर थे। महान उत्तरदायित्व उन्हें विवश किये था। सेठ ने उन्हें इम्पोर्टेड जिन दी। ठीक पानी जैसी लगती थी। वे बड़ी थकावट महसूस कर रहे थे। वे सेठ से खुले हुए भी थे। सेठ उनके इलेक्शन में बराबर खर्च करता था। वे इसीलिए शादी में आने के लिए नैतिक रूप से अपना कर्त्तव्य समझते थे। उन्होंने गिलास एक सांस में खाली कर दिया।

सेठ जी बोले, "श्रीमान् जी, भीड़-भाड़ में गर्मी कितनी हो जाती है। आप आज्ञा दें तो एक गिलास ठंडा पानी और पेश करूं।"

मंत्री जी मौन रहे। मौन स्वीकृतिलक्षणम्।

एक गिलास और आ गया। फिर तीसरा उन्होंने मंगाकर पिया। इसके बाद खस्ता कचौड़ियां उदरस्थ कीं। उनके सामने पूरी-मिठाई की दुकान सजा दी गयी थी। उन्होंने हर चीज चखकर बड़ी प्रशंसा की। सेठ जी बताने लगे, "श्रीमान् जी, मैंने आगरे और फिरोजाबाद से खास तौर से हलवाई बुलाये हैं। आपकी पसन्द की मिठाई बनारसी हलवाई से बनवायी है। माता जी नहीं आ पायीं, उनके लिए मैंने खाना घर भिजवा दिया है।"

इसके बाद डकार लेकर मंत्री जी मंच पर पधारे। उनके पधारने पर कामिनीदेवी कव्वाल नीचे आकर बैठ गयीं। तब तक कमरों, केबिनों में बन्द अफसर लोग भी गुटरगूं करने और सम्मान प्रदर्शन करने मंच पर आ गये। मंत्री जी ने नमस्कार कर दूर से ही सबका डिस्पोजल कर दिया।

तभी बारात आने का शोर हुआ। बैंड जोर-जोर से बजने लगा। आतिश-बाजियां छूटने लगीं। बारात में अच्छे कुशल नर्तक थे, जो बैंड की धुन पर ट्विस्ट कर रहे थे। उनके सिरों पर न्यौछावर कर-करके दस-पांच के नोट बरस रहे थे। रीना के पिता जी ने सौ का नोट मंत्री जी पर न्यौछावर कर बैण्ड मास्टर

को दिया।

वरमाला की रस्म हुई। मंत्री जी ने वर-वधू को आशीर्वाद दिया। सभी लोग पीछे पड़ गये—"आप कृपया आशीर्वादस्वरूप माइक पर आकर दो शब्द कहें।" मंत्री जी सबकी भावना का ध्यान रखकर माइक पर आ गये। माइक सामने आते ही वे भाषण देने लगे :

"आज बड़ी खुशी का दिन है कि मैं एक दहेज रहित शादी में भाग ले रहा हूं। मैं आम तौर से किसी शादी में जाता ही नहीं। मुझे समय ही नहीं मिलता। पर सेठ रामनाथ जी पुराने स्वतंत्रता-सेनानी हैं। इन्होंने ब्रिटिश राज्य में भी बहादुरी से कांग्रेस को चन्दा ही नहीं दिया वरन् खादी भी ग्रहण कर ली थी। इनकी मिलों में मैं देखता आया कि शुरू से ही समाजवादी व्यवस्था है। मैं इसीलिए इनका प्रशंसक हूं। यह अधिक उत्पादन कर शेर की सेवा कर रहे हैं। मैं उनके समधी साहब की प्रशंसा करूंगा। जिन्होंने रूढ़ियां तोड़कर बिना दहेज शादी स्वीकार की। शादी में दिखावा और शान-शौकत के मैं सख्त खिलाफ हूं। इससे बड़ा अपव्यय होता है। पर जब सेठ जी ने बताया कि उससे गरीब आतिश-बाज और बैण्डवालों का पेट पलता है, देश के छोटे उद्योग-धन्धों को प्रोत्साहन मिलता है तो यह इतना बुरा भी नहीं लगता। पर फिर भी फिज़ूलखर्ची से बचना चाहिए। जितना कुछ हो रहा है, बस इससे अधिक नहीं होना चाहिए पर आज परिवार-नियोजन की देश को बड़ी जरूरत है। रीता बेटी की शादी चौबीस वर्ष में हो रही है। यह बड़ी प्रेरणादायक बात है। यदि हम अपनी शादी ही देर से करें तो बच्चे भी देर से पैदा होंगे। अब अधिक मैं क्या कहूं ? कहने वाले और भी हैं। बस, मैं वर-वधू को हार्दिक आशीर्वाद देता हूं।"

उनके भाषण में एक-दो बार नहीं, कई बार तालियां पीटी गयीं। इसके बाद डिनर शुरू हो गया। उल्टी करने वाले बाथरूम और बेडरूम में पहुंचा दिये गये। डाक्टरों ने उनके गले में दो-एक डोज जबरदस्ती डाल दीं। सारा प्रबन्ध पहले से पक्का था।

अब अखबार वालों की खातिरदारी हो रही थी। मंत्री जी के जाने के बाद कामिनी देवी फिर कव्वाली सुनाने लगी थीं। पंडित जी अपना पोथी-पत्रा संभाले भांवरों की तैयारी करा रहे थे। और रीता अपनी मौत का सामान लेकर ससुराल जा रही थी।

सन्तोषनारायण नौटियाल

जब नवाब साहब ने पतंग उड़ाई

□□

हस्ब मामूल मीर साहब उस दिन भी अपने जिगरी दोस्त नवाब लल्लन, चौक लखनऊ वाले के, यहां तशरीफ ले गये। ड्योढ़ी पर पहुंचते ही हांक लगायी, "अमां नवाब भाई।"

नवाब साहब का नौकर कल्लू आया और बाइज्जत मीर साहब को अन्दर ले गया और दीवानखाने में तशरीफ रखने को कहा और बोला, "हुजूर, नवाब तो हैं नहीं।"

"हैं नहीं ? क्या मतलब ?" मीर साहब ने पूछा।

"हुजूर, नवाब साहब कहीं बाहर तशरीफ ले गये हैं।"

मीर साहब को आश्चर्य हुआ क्योंकि नवाब साहब कोई आजकल के लौंडे तो थे नहीं कि अभी यहां और एक बार पलक झपककर खोलो तो मालूम हुआ कि साहबजादे किसी लड़कियों के कालेज के फाटक के सामने चहलकदमी कर रहे हैं। वास्तव से नवाब साहब को दीवानखाने से बाहर जाने से सख्त नफरत थी और वे बाहर तभी जाते थे जब जाना बहुत ही जरूरी होता था। मसलन तीतर, बटेर या मुर्गों की लड़ाई हो या किसी अंग्रेज अफसर से मिलने जाना हो। उस दिन नवाब साहब के बाहर जाने का कोई मौका नहीं था क्योंकि अंग्रेजों की अफसरी तो खत्म हो चुकी थी और तीतर, मुर्गे, बटेर की किसी होने वाली लड़ाई की खबर मीर साहब को नहीं थी। इसको दूसरे शब्दों में यों कहिये कि ऐसा कोई दंगल नहीं होने वाला था क्योंकि यदि होता तो यह असम्भव था कि मीर साहब को उसकी खबर न होती। चुनांचे कुछ देर तक अपनी दाढ़ी के बाल (जिन्हें नोच-नोचकर उन्होंने आधा कर दिया था क्योंकि जरा-से भी विचार या परेशानी के पड़ते ही मीर साहब अपनी दाढ़ी के बाल खींचने लगते थे) टटोलने के बाद मीर साहब ने पूछा, "लेकिन नवाब साहब गये कहां हैं ?"

"मुझे तो मालूम ही नहीं हुजूर, शायद सुरैया बीबी को मालूम हो।" कल्लू ने कहा।

चुनांचे नवाब साहब की पोती सुरैया आयी, मीर साहब को आदाब अर्ज की और मीर साहब ने उससे भी नवाब साहब के बारे में पूछा।

"मीर साहब, दादा जान तो डाक्टर साहब के वहां गये हैं।"

"या खुदा खैर।" मीर साहब बोले। उनके तो हाथ के तोते उड़ लिये। नवाब लल्लन जैसा मनुष्य किसी डाक्टर के यहां सिर्फ मौसम का हाल बताने और पूछने नहीं जाता। मीर साहब ने मन ही मन पीर-पैगम्बरों को याद किया और सुरैया से अपने विचार की पुष्टि चाही, "डाक्टर मुन्ने के वहां गये होंगे?"

"जी हां।" सुरैया ने उत्तर दिया।

"आखिर वजह क्या थी? नवाब साहब के दुश्मनों की तबीयत…"

"यह तो कुछ मालूम नहीं मीर साहब। यों देखने में तो कोई बात मालूम नहीं हुई और न उन्होंने ही किसी तकलीफ की शिकायत की। मैं तो छत पर खड़ी पतंगों के पेंच देख रही थी। नवाब साहब भी वहीं आ गये। दो पतंगें बहुत लम्बी बढ़ी हुई थीं। मैंने कहा, 'वाह क्या पेंच पड़े हैं?' नवाब साहब ने कुछ देर पतंगों की तरफ देखा और बिना कुछ बोले बाहर जाने लगे। मैंने पूछा तो कहा कि जरा डाक्टर मुन्ने के यहां जा रहा हूं। वजह कुछ भी नहीं बतायी। तब से मैं खुद परेशान हूं कि एकाएक उनके दुश्मनों को क्या हो गया।"

"तुम घबराओ मत बेटी," मीर साहब ने सान्त्वना देते हुए कहा, "मैं अभी डाक्टर मुन्ने के मतब जा रहा हूं। इंशा अल्ला, नवाब साहब का बाल बांका नहीं होगा। फिर भी एहतियातन तुम उनका बिस्तर यहीं दीवानखाने में लगवा देना। खुदा जाने कैसी तबियत हो, कितने लोग उनकी मिजाजपुर्सी के लिए आवें…।"

"हाय मैं मर गयी!" सुरैया ने कहा, "आप क्या फर्मा रहे हैं मीर साहब?"

"घबराओ मत बेटी," मीर साहब ने कहा, "खुदा ने चाहा तो नवाब भाई बछेरे की तरह कुलांचें मारते घर आएंगे लेकिन एहतियातन इन्तजाम कर लेना, चाहिए। आखिर डाक्टर के यहां गये हैं, कोई मजाक थोड़े ही है। अच्छा मैं चला। तुम घबराना मत। और हां, जरा कल्लू से थोड़ा पानी गर्म करवा लेना शायद जरूरत पड़े।" मीर साहब 'या अली' रटते हुए डाक्टर मुन्ने के मतब की तरफ लपक चले।

डाक्टर मुन्ने के मतब (दवाखाना) में भीड़ का क्या कहना। यही समझ लीजिये कि उनके मतब की बदौलत एक कुल्हड़ में चाय बेचने वाला एक अच्छे रेस्ट्रां का मालिक बन बैठा और एक पान-बीड़ी बेचने वाला सिगरेट मर्चेण्ट हो गया। मरीज और मरीज दिखाने वाले कुल मिलाकर कई सौ आदमी सुबह-शाम मतब पर आते हैं। डाक्टर साहब को दिखाने के लिए मरीजों की क्यू (लाइन) लगती है और लोग अपने-अपने नम्बर पर उठकर जाते हैं। डाक्टर साहब तब तक आए नहीं थे। उनकी प्रतीक्षा में मरीज गम और तीमारदार चाय-टोस्ट खा रहे थे। नवाब साहब बेचारे एक बेंच पर बैठे ऊंघ रहे थे। मीर साहब ने पास पहुंचकर बड़े घबराये स्वर में पूछा, "मैंने कहा नवाब भाई, कैसी तबियत है?"

"कुछ उदास है।" नवाब साहब चौंककर बोले फिर मीर साहब को देखकर बोले, "अरे, मीर साहब, आप यहां ? किसकी तबियत अलील है ?"

"क्या फर्मा रहे हैं नवाब साहब ? मैं तो आपको ही देखने आया हूं।"

"मुझे देखने ? क्या हुआ है मुझे ?" नवाब साहब ने पूछा।

मीर साहब दिल ही दिल रो दिये। जी में सोचा कि इतने अजीज दोस्त को इस जईफी (बुढ़ापा) में आगरे भेजना पड़ेगा ? ऊपर से बोले, "यही तो हम भी जानना चाहते हैं। आखिर डाक्टर मुन्ने के यहां कैसे तशरीफ लाये ?"

नवाब साहब उत्तर देने ही वाले थे कि डाक्टर मुन्ने (नाम तो उनका कुछ और था लेकिन बुजुर्गों और घर वालों की देखा-देखी वे इसी घरेलू नाम के प्रसिद्ध थे)आ गये। डाक्टर मुन्ने क्या आये, मतब में तूफान आ गया। सब मरीज एक-साथ अपना हाल सुनाने लगे और उस शोर के बीच डाक्टर साहब क्या कह रहे थे यह किसी की समझ में नहीं आया। यों मरीजों को जल्दी-जल्दी देखने की मजबूरी की वजह से डाक्टर साहब को जल्दी ही कुछ ऐसी आदत पड़ गई थी कि उनकी दो बातें तो मुश्किल से ही समझ में आती थीं। एक तो बोलते इतनी जल्दी थे कि दो-चार बार दोहराये बिना कुछ समझ में नहीं आता था। दूसरे लिखते ऐसा थे कि वे अपना लिखा हुआ, दो मिनट बाद खुद भी नहीं पढ़ सकते थे। लेकिन इस सब जल्दी और हंगामे के बावजूद उनकी नजर नवाब साहब पर पड़ ही गयी और वे चलते-चलते ठिठक गये। उन्होंने आश्चर्य से पूछा, नवाब साहब, आप यहां कैसे ?"

"जरा तुमसे मशविरा लेना है।"

"तो आपने खबर क्यों नहीं करा दी, मैं हाजिर हो जाता।"

"बर्खुरदार, हमें उल्लू न बनाओ," नवाब साहब बोले, "तुम्हारा हाल मैं बखूबी जानता हूं।" आज सवेरे बुलाते तो अगले दिन सवेरे तक नम्बर आता। इसीलिए यहीं चला आया।"

"तो मैं फौरन आपको देखता हूं।"

"अब हमें यूं न बहलाओ, साहबजादे। देखोगे तभी जब हमारा नम्बर पुकारा जायगा। माशा अल्लाह, अब काम शुरू कीजिये तो हमें भी छुट्टी मिले।" नवाब साहब ने कहा।

डाक्टर साहब तो अपने कमरे में जाकर मरीजों को देखने लगे और मीर साहब ने नवाब साहब से फिर कहा, "किबला कुछ तो बोलिये कि आखिर आज ऐसी क्या जरूरत आन पड़ी है कि आप किसी से कहे-सुने बिना डाक्टर के पास चले आए। खुदा चाहेगा तो आपके दुश्मनों का बाल भी बांका नहीं होगा···"

"घबराइये नहीं मीर साहब। ऐसी कोई बात नहीं है···"

"सुनकर दिल को तस्कीन हुई, लेकिन कुछ तो बात होगी जो आपको यहां

खींच लायी।"

"बात यह है मीर साहब, कि आज सवेरे छत पर पहुंचा तो मैंने महसूस किया कि अब दूर की पतंग नजर नहीं आती। भला आप ही बताइये कि अब जिन्दगी में रह ही क्या गया है।"

"बात तो वाकई परेशानी की है लेकिन मुमकिन है कि ऐसा आंखों की खराबी से न हुआ हो बल्कि बहुत सबेरे उठने से हुआ हो।"

"क्या मतलब ?"

"मतलब यह कि बिस्तर से उठते ही अगर आप दूर की चीज देखने की कोशिश करें तो निगाह जल्दी जमती नहीं, कुछ देर में चीज नजर आती है।"

"जी नहीं, मैं इतने सबेरे छत पर नहीं पहुंचा था, बाकायदा मुंह-हाथ और आंखें ठंडे पानी से धोकर पहुंचा था। उधर लखनऊ और दिल्ली के बीच पतंग का बदान (मैच) होने वाला है और यहां आंखों का यह हाल है।"

"क्या फर्माया आपने ? पतंग का मैच होने वाला है ?"

"जी हां।"

"दिल्ली और लखनऊ के बीच ?"

"जी, लखनऊ और दिल्ली में।"

"तब तो बड़ा शानदार मैच रहेगा, बड़ा मजा आयेगा।"

"अजी खाक मजा आयेगा। अब तो सिर्फ लकीर पीटी जायेगी।"

"मैं आपका मतलब नहीं समझा।" मीर साहब ने कहा।

"मीर साहब, अब न वह पतंग रही न वैसे उड़ाने वाले रहे।"

"यह तो आपका फर्माना बजा है, फिर भी···"

"फिर भी क्या ? आप ही कहिये अब पहले जैसी पतंग या डोर मिलती है ! जिस जमाने में हम पतंग उडाया करते थे तब क्या-क्या तैयारियां होती थीं। जब कभी कोई बदान होने की खबर होती थी तो महीनों पहले वह सरगर्मी शुरू हो जाती थी कि क्या बयान करें। खास तौर पर सद्दी, रील और मंजा तैयार करने वाले बुलाये जाते थे। सद्दी में सेरों तो मक्खन लगाया जाता था। तब सद्दी दरिया की तरह चिकनी चलती थी। मंजा बनाने के लिए मोती, जमर्रुद और विलायती कांच पीसकर लुगदी के साथ पिलाया जाता था। उससे जब मंजा सूता जाता था तो ऐसा निकलता था कि एक डुब्की देकर गद्दा दिया और जो खींचा तो ऐसा मालूम हुआ जैसे बिजली कौंध गयी हो। और अब क्या है कि लौंडे बैठे हुए बाजारू कांच पीसकर मंजा बना लेते हैं।"

मीर साहब भी स्मृति में खो गये। बोले, "जी हां, उस जमाने में क्या बड़े-बड़े पौंतावे और तावे बनते थे। चांदी की झुलझुल लटकती होती थी। इस नाप-जोख से पतंग बनती थी और कन्ने बांधे जाते थे कि पतंग आप-ब-आप हवा पर तैरती

जाती थी। अब तो जब लौंडे पतंग उड़ाते हैं तो मालूम होता है गोया वर्जिश कर रहे हों। ठुमकी और झटके दिये जा रहे हैं लेकिन पतंग बढ़ने का नाम ही नहीं लेती।"

"मेरा तो ख्याल है मीर साहब, कि इस जमाने में हवा भी कुछ बदल गई है। अब पहले जैसी हवा भी नहीं बहती। इसमें कुछ अटम बम और हइन बम का हाथ मालूम देता है।"

"अय हय, कुर्बान जाऊं नवाब साहब, क्या पते की बात कही है! इस जमाने में जो उथल-पुथल हो रही है उसमें इस बदमाश हइन बम की ही शरारत है। अब तो न गर्मी का ठिकाना है न बरसात का। कहीं सैलाब (बाढ़) आ रहा है तो कहीं सूखा पड़ रहा है। घर-बार बह गये, लोग डूब गये, जानवर भूखे मर गये, हवा का रुख पलट गया और पतंग उड़ाने का मजा ही किरकिरा हो गया।"

"और अब वैसे पतंग उड़ाने वाले भी कहां रहे मीर साहब।"

"क्यों अब भी लोग पतंग तो उड़ाते हैं।"

"पतंग नहीं, खाक उड़ाते हैं। आजकल लोगों के पास न पैसा है न फुर्सत और सबसे बड़ी बात यह है कि शौक और दिल नहीं है। पढ़ा-पढ़ाकर बच्चों की आंखें खराब कर डालते हैं। खेल के नाम पर सिर्फ गेंद-बल्ला—वह भला-सा अंग्रेजी नाम है उसका, अय हय, जुबान से उतरा हुआ है इस वक्त…"

"किरकेट तो नहीं?" मीर साहब ने पूछा।

"सुभान अल्ला मीर साहब, वाकई आपकी याददाश्त काबिले-तारीफ है। जी हां, अब तो सिर्फ किरकेट, फुटबाल और हाकी खिलाई जाती है। आपको अपने बचपन का एक वाकया सुनाऊं मीर साहब।"

"इर्शाद।"

"एक बार मैं अलस्सुबह घर से निकल पड़ा। आससान की तरफ जो नजर डाली तो मालूम हुआ जैसे रंग-बिरंगे बादल छाये हुए हों लेकिन बादलों के कुछ अजीबो गरीब रंग देखकर दिल में कुछ शुबहा हुआ। फिर गौर से देखा तो मालूम हुआ कि आसमान पर बादल नहीं, पतंगें छायी हुई थीं। अब जनाब मेरे पैरों को तो पर लग गये। जा पहुंचा बेली गारद (रेजिडेन्सी) के मैदान में। जमीन पर तरह-तरह की पतंगों—मांगियल, तौकिया, चप, सुलेमानी चप, नालदार, लट्ठूदार पट्टीदार, लहरिया, खरबूजियल, तौकिया-मांगदार, चांद-तारा, तिरंगा, दमर-चुल्ली पौन तावा, पट्टी-कम-तावा, तावा, ढप्पाल वगैरह; सद्दी, रील, मंजा वगैरह के अम्बार लगे हुए थे। सड़ासड़ पेंच लड़ रहे थे, पतंगें लूटी जा रही थीं, बाजियां लग रही थीं—एक समां बंधा हुआ था। मालूम होता था गोया कोई मेला लगा हो। इस माहौल में मैं भी खो गया। वक्त कब गुजरा, कब दोपहरी से दिन ढला और शाम हुई, कुछ पता ही नहीं चला। उधर घर में खलबली मच

गयी। अब्बाजान मरहूम ने नौकर-चाकर दौड़ा दिये, पुलिस में रपट लिखा दी। शाम को किसीने उन्हें बताया कि मैं पतंग उड़ा रहा था। उन्होंने आव देखा न न ताव, एक दरख्त से छांटकर एक खूबसूरत और लचकदार कमची तुड़वाई और बेली गारद के फाटक पर पहुंच गये और ज्योंही मैं उनके पास पहुंचा बस सड़ा-सड़ बरसाने लगे और कड़ककर बोले, "कमबख्त ! तुझे पतंग उड़ाने के लिए और कोई जगह नहीं मिली थी ?' "

"क्यों न हो नवाब साहब, बड़ों की बड़ी बात होती है। खुदा कसम, क्या प्यारा जुमला कहा है।" मीर साहब प्रशंसा करते रहे।

"तो जनाब, उस जमाने में इस तरह पतंग उड़ाई जाती थी और इसी चीज का यह नतीजा था कि चोरी और दीगर जुर्म बहुत कम होते थे।" नवाब साहब ने कहा।

"यह बात कुछ समझ में नहीं आयी, नवाब साहब।" मीर साहब ने कहा।

"बात तो बिल्कुल सीधी है मीर साहब। जरा गौर फर्माइये। पतंग, चांदी का तार, चांदी की झुलझुल, डोर, मंजा बनाने से ही कितने लोगों की रोजी चलती थी। जब पतंगें बनती थीं तो कुछ लोग उड़ाते थे और कुछ तमाशा देखते थे। मंशा कहने का यह है कि सब लोग अपने-अपने काम से लगे रहते थे, कोई खाली नहीं बैठता था। अब लोगों के पास कुछ काम ही नहीं, चोरी न करें तो क्या करें। वह कहावत है न कि खाली दिमाग शैतान का घर होता है।···क्या सोच रहे हैं मीर साहब ?"

मीर साहब चौंककर बोले, "मैं यह सोच रहा हूं नवाब साहब, कि आपको इस मुल्क का लीडर होना चाहिए था। आप अगर लीडर होते तो मुल्क की यह हालत नहीं होती और न इतनी बेकारी रहती।"

"इसके अलावा आप यह सोचिए कि पतंग उड़ाने और पतंग लूटने के लिए भागना-दौड़ना वगैरह सब काम खुली हवा में होते हैं। उससे कितनी वर्जिश हो जाती है। पतंग उड़ाने वाले की आंखें ऐसी तेज होती हैं कि अंधेरे में भी सुई ढूंढ़ भी ले और यों तन्दुरुस्ती ठीक रहती है। लेकिन यह सब कोई नहीं सोचता।··· मीर साहब, जरा मालूम कीजिये, कितनी देर में हमारा नम्बर आयेगा।"

मीर साहब लौटकर बोले, "बस थोड़े-से मरीज और हैं आपसे पहले। अब नम्बर आया ही चाहता है।···हां, यह तो बताइये नवाब साहब, कि लखनऊ और दिल्ली के मैच की क्या-क्या तैयारियां हो रही हैं।"

"अजी अब तैयारियों के जमाने कहां रहे ! अब वैसे बदान नहीं हो सकते। आपको एक बदान का किस्सा सुनाऊं। उस जमाने में हम पतंग उड़ाया करते थे। एक बार लखनऊ और दिल्ली के बीच बदान पड़ा। दिल्ली से एक पतंग उड़ाने वाला आया, बड़ी शोहरत थी उसकी। उसके पास मंजा बनाने का ऐसा

नुस्खा था कि किसीकी पतंग उसके सामने ठहरती ही नहीं थी। इधर हमने भी उस्तादों की जूतियों में बैठकर बहुत कुछ सीखा था। बदान की शर्त यह थी कि लखनऊ और दिल्ली की पार्टियां अपनी-अपनी पतंगें बढ़ायें और जो पार्टी नौशेरा[1] उतार दे वही जीती हुई समझी जाय। बदान था भूसा बाग में। भीड़ का क्या कहना। कंधे से कंधा छिल रहा था। यह समझ लीजिये कि महाबीरन के मेले से कम भीड़ न थी। बढ़-बढ़कर बाजियां लग रही थीं। पहले तो जिसके जी में आया उसीने पतंग बढ़ाई और पेंच पड़ते रहे। आसमान में पतंगों के अलावा और कुछ नजर ही नहीं आता था। थोड़ी देर में ये सब कट-कटाकर बराबर हुईं फिर असली बदान की बारी आयी। दोनों तरफ से पतंगें बढ़ीं, हवा अच्छी चल रही थी, बात की बात में पतंगें लखनऊ में गोमती के ऊपर पहुंच गयीं। शुरू में मैंने पतंग नहीं बढ़ायी क्योंकि मैं जरा दुश्मनों के दांव-पेच परखना चाहता था।

"दिल्ली वालों का जो मुखिया था उसका नाम था तलवार खां। कमबख्त तलवार की तरह तेज था और पतंगों का तो जादूगर था। उसने एक पौन तावा इन्द्रधनुष छांटा और एक हल्की-सी उछाली लेकर उड़ाया और बढ़ाते-बढ़ाते ही लखनऊ की दो-चार पतंगों का सफाया कर दिया। तालियों के दौंगड़े बरस पड़े। तलवार खां पर रुपये बरसने लगे। मुझे भी उसके कमाल की तारीफ करनी पड़ी। क्या सधा हुआ हाथ था। उसकी पतंग बढ़ती जाती थी और लखनऊ वालों की छाती डर से धड़क रही थी। लखनऊ की नाक का सवाल था। इतने ही में लखनऊ की एक और पतंग सर्र से गयी। तलवार खां पांच पतंग काट चुका था। सब हमारी तरफ देखने लगे लेकिन हम अभी चुप थे। हम गौर कर रहे थे कि हालांकि तलवार खां ऐसा जाहिर कर रहा था कि वह खींचकर पतंग काट रहा था लेकिन दरअसल उसका मंजा था ढील का। होता क्या था कि पेंच पड़ने के कुछ सेकिंड पहले वह जोर-जोर से खींच देता था और पेंच पड़ते ही एक सेकिंड के लिए ढील दे देता था और उसी सेकिंड में तलवार खां की पतंग दूसरे की पतंग काट लेती थी लेकिन तलवार खां के हाथ में सफाई कुछ ऐसी थी कि कोई उस एक सेकिंड की ढील को ताड़ नहीं पाया।

"इतने में ही उसने लखनऊ की दो पतंगें और काट दीं और उसकी हो गयीं सात। लखनऊ वालों के चेहरे स्याह पड़ गये। मेला उखड़ने लगा। कुछ लोग हमें कहने लगे कि डर गये इसीलिए नहीं उड़ा रहे हैं। हमने भी सोचा कि अब ज्यादा देर लोगों को शशोपंज में रखना ठीक नहीं चुनांचे हमने एलान किया कि जब तलवार खां आठवीं पतंग काट चुकेगा तब हम पतंग बढ़ायेंगे और उसका नवां पेंच हमसे रहेगा।

---

१. नौशेरा : वह पतंग जो नौ पतंगों को काट दे।

"इतना एलान होना था कि जाते पैर लौट गये। मेले में फिर रौनक आ गयी और लोग 'नवाब लल्लन जिन्दाबाद' के नारे लगाने लगे। यह सब देखकर हमारे दिल में खयाल आया कि खुदा न करे कहीं हमारी पतंग कट गयी तो फिर लखनऊ में मुंह दिखाने लायक नहीं रहेंगे। फिर भी हमने दिल ही दिल या अली कहकर खुदा पर भरोसा किया और एक डेढ़ तावा-टोपियल छांटा। पतंग क्या थी मीर साहब, नयी दुल्हन थी। चांदी की झुलझुल, बीच-बीच में गंगा-जमनी तार, जमरुँद पिसे मंजे के कन्ने, मेरे अपने हाथ का सुता मंजा, मक्खन लगी डोर··· बस, देखते ही बनता था।

"हम उड़ाने ही वाले थे कि एक बड़ा प्यारा-सा बच्चा बोल उठा, 'नवाब साहब, हम उछाली दें?' बच्चा इतना प्यारा था कि हम उसकी दरखास्त नामंजूर नहीं कर सके। चुनांचे बच्चा पतंग पकड़कर कुछ दूर गया। उस वक्त हवा जरा तेज हो गयी थी। बच्चा दोनों हाथ में पतंग पकड़ हमारी तरफ मुंह करके खड़ा हो गया। हमने कहा, 'हां बेटे', और डोर को एक हल्का-सा झटका दिया। पतंग सर्र से ऊपर उठी और गजब खुदा का, पतंग के साथ बच्चा भी उड़ गया!"

मीर साहब बेंच से नीचे गिर पड़े। लोगों ने पकड़कर उन्हें उठाया। नवाब साहब उन्हें झाड़ते हुए बोले, "क्या हुआ मीर साहब, दुश्मनों के कहीं चोट तो नहीं आयी?"

"क्या फरमाया आपने, बच्चा पतंग के साथ उड़ गया?"

"जी हां, उस दिन मेले में यह अजीबोगरीब वाकया देखकर बहुत-से लोगों की यही हालत हुई थी जो इस वक्त आपकी हुई है।"

"जल्दी बताइये, फिर क्या हुआ।" मीर साहब ने पूछा।

"मेरे तो हाथों के तोते उड़ गये। भीड़ में तहलका मच गया। 'बच्चा उड़ गया, बच्चा उड़ गया' का शोर आसमान में गूंजने लगा। मेरी हालत तो सांप-छछूंदर जैसी हो गयी। पतंग उतारता हूं तो लखनऊ की नाक कटती है और अगर बढ़ाता हूं तो बच्चे की जान का खतरा। कहीं पतंग कट गयी तो फिर पता नहीं कहां गिरे। खुदा न खास्ता गोमती में गिर पड़े तो फिर कहीं के न रहें।

"यों मैं पतंग उतार भी देता, आखिर एक जान का सवाल था, लेकिन दिल्ली वालों की, खास तौर तलवार खां की, बाछें खिली देखकर मेरे जिस्म में आग लग गयी। मैंने खुदा का नाम लेकर पतंग बढ़ा दी।

"लोग खबर लेकर लखनऊ पहुंचे। अखबारनवीसों, फोटू-गिराफरों, दमकलों के दस्ते पतंगों के पीछे-पीछे जाने लगे। भीड़ का जोश इतना बढ़ गया कि पुलिस से काम न चला और फौज का एक दस्ता इन्तजाम के लिए बुलाया गया। उधर दोनों पतंगें पेंगें लेती हुई लोहे के पुल पर जा पहुंचीं।"

डाक्टर मुन्ने के कम्पाउण्डर ने नवाब साहब को पुकारा लेकिन वहां कौन सुनता था। मरीज अपना मर्ज भूलकर किस्सा सुन रहे थे। लोग मंत्रमुग्ध होकर बैठे थे। एक कमजोर आदमी इस खिंचाव को सहन नहीं कर सका और बेहोश होकर लुढ़क पड़ा लेकिन लोगों को उसकी तरफ भी ध्यान देने की फुर्सत नहीं थी। सबकी जुबान पर यही बात थी, "नवाब साहब, आगे क्या हुआ ?"

"अब मैंने सोचा," नवाब साहब ने कहना शुरू किया "कि लोगों को ज्यादा देर शशोपंज में रखना ठीक नहीं। चुनांचे मैंने दो हाथ खींचे और पतंग तलवार खां की पतंग के पास थी। उसने भी खींचा और पतंग में पेंच पड़ गया। जैसे ही पेंच पड़े मैंने डोर एकाएक हाथ से छोड़कर कहा, 'कट गयी !' मेरी डोर एकदम ढीली पड़ गयी। दिल्ली वालों ने 'तलवार खां जिन्दाबाद' का नारा लगाया। तलवार खां ने सर्र-सर्र अपनी पतंग खींची और उसी वक्त मैंने अपनी डोर थाम ली। तलवार खां का पतंग खींचना था कि उसका इन्द्रधनुष कट गया और उसकी डोर हवा में जरा लटककर जमीन पर लोटने लगी। तलवार खां का चेहरा स्याह हो गया। आखिर उसकी पतंग नौशेरा नहीं बन सकी। मैंने इत्मीनान से पतंग नीचे उतारी। बच्चा बुरी तरह डरा हुआ तो जरूर था लेकिन उसका बाल भी बांका नहीं हुआ था।

"उसके बाद क्या हुआ यह मुझे कुछ याद नहीं। लोगों ने कंधों पर बिठाकर मेरा जुलूस निकाला। रुपये बरस पड़े। इंगलिस्तान तक के अखबारों में मेरा फोटू छपा···तो मीर साहब, वह जमाने थे पतंग उड़ाने के···जरा देखिये तो सही, हमारा नम्बर आया कि नहीं।"

"डाक्टर साहब तो बड़ी देर से आपका इन्तजार कर रहे हैं।" कम्पाउण्डर ने कहा और नवाब साहब को अन्दर ले गया।

डा० संसारचन्द्र

जिंजर की बोतल

आज जब कालेज से घर लौटा तो नित्यप्रति की अपेक्षा बहुत थका हुआ और परेशान था। आते ही सोफे पर दराज हो गया और आंखें बन्द कर लीं।

अचानक घर्र-घर्र की आवाज से चौंक उठा। यह अंगीठी पर रखे हुए रेडियो की आवाज थी, जो किसी पुरानी फिल्म का यह गीत उगल रहा था :

पंछी जा, पीछे रहा है बचपन मेरा
उसको जाके ला।

कोई किस हसरत से पंछी को बचपन वापस लाने के लिए कह रहा था ! परंतु उसे कौन कहे कि गुजरा हुआ समय और धनुष से छूटा हुआ तीर कभी वापस नहीं आता।

गीत की ये पंक्तियां धीरे-धीरे मेरे हृदय-पटल पर अंकित होने लगीं और मुझे अपने बचपन का जमाना याद आने लगा। जीवन का यह भाग कितना मधुर एवं निश्चिंत होता है। न भोजन की चिंता, न वस्त्र की। पिता पुकार रहा है कि बेटा स्कूल जाने का समय हो गया, माता चीख रही है कि खाना ठंडा हो रहा है, परंतु हम हैं कि दोस्तों के साथ गोलियां खेल रहे हैं। वस्तुतः संसार की कोई भी शक्ति बचपन का एक क्षण भी वापस नहीं ला सकती। इसकी हल्की-सी स्मृति हृदय में वसंत की वायु की नाईं उल्लास भर देती है। इसमें संदेह नहीं कि बचपन की सभी घटनाएं मीठी नहीं, परंतु उनकी स्मृति में एक विचित्र आकर्षण अवश्य छिपा रहता है, जिसका लोभ संवरण करना कठिन होता है।

चित्तवृत्ति इसी तरह विचारों की उधेड़-बुन में व्यस्त हो रही थी। इसकी गति कल्पनातीत थी। मैं बाल-जीवन के अस्तव्यस्त पृष्ठ जोड़ने का उपक्रम करने लगा। क्रमशः अतीत के अनेक चित्र साकार होकर शनैः-शनैः धूमिल होने लगे। ऐसा लगता था कि बचपन के वे दिन रेस के घोड़ों की तरह भाग गये थे और उनकी आवृत्ति के लिए हृदय छटपटा रहा था। संभवतः उन स्मृतियों की अभिव्यक्ति पाठकों के विनोद के लिए कुछ सामग्री प्रस्तुत कर सके।

मेरी आयु लगभग नौ वर्ष की थी कि मुझे संस्कृत पढ़ने के लिए पाठशाला में दाखिल कराया गया। यह पाठशाला जनता के दान पर चलती थी। मेरे साथ

सात-आठ और विद्यार्थी भी पढ़ते थे। एक पंडित जी हमें पढ़ाते थे, जिन्हें पचीस रुपये मासिक वेतन मिलता था। परंतु भाग्य का विधान ! प्रतिवर्ष तरक्की के स्थान पर पंडित जी का वेतन कम कर दिया जाता था। वस्तुतः पाठशाला की आर्थिक अवस्था दिन-प्रतिदिन पतली होती जाती थी, जिसके फलस्वरूप पंडित जी के वेतन पर क्रमशः कुठाराघात होता रहता था। परंतु पंडित जी को इसकी विशेष चिंता न थी। तीन-चार वर्ष के पश्चात् पंडित जी का वेतन केवल पन्द्रह रुपये मासिक रह गया। पंडित जी ने मुस्कराकर इसे भी स्वीकार कर लिया। इसका कारण था कि उन्हें जो कुछ भी मिलता था, उनकी खालिस बचत थी। खर्च के संबंध में पंडित जी फूंक-फूंक कर कदम रखते थे, जो थोड़ा-बहुत अनिवार्य था, वह ऊपर की दान-दक्षिणा से चल जाता था।

पंडित जी केवल कंजूस ही न थे, बल्कि कंजूसी की सीमा का भी अतिक्रमण कर चुके थे। भोजन की उन्हें विशेष चिंता न थी। कभी-कभी सेठ-साहूकारों के निमंत्रणों से ही काम चल जाता था। जिस दिन वे निमंत्रित होते थे, उस दिन प्रायः वे बहुत प्रसन्न होते थे और विद्यार्थियों को बहुत कम पीटते थे और खुश होकर कहा करते थे कि आज अमुक सेठ के यहां धाम है। निमंत्रण को वे 'धाम' कहा करते थे। जब घर पर भोजन बनाना पड़ता तो बहुत सिटपिटाते थे। कई बार तो एक-दो पैसे की पकौड़ियों से दो-चार चपातियां चबाकर संतोष कर लेते थे, ज्यादा छलांग लगाते तो दो पैसे की दाल पका लेते थे। दाल से भी भर गया तो चटनी से काम चला लेते थे। कभी-कभी उनके शांत जीवनरूपी समुद्र में हल्का-सा ज्वार-भाटा भी आ जाता था। उस समय वे दाल और पकौड़ियों से पिंड छुड़ाकर आलू की सब्जी बनाते थे। उस दिन पंडित जी की ईद होती थी। मुसलमानों को ईद के जर्दा-पुलाव और शबेबरात के हलवे में वह रस नहीं मिलता था, जो पंडित जी आलू की सब्जी में लेते थे। बड़े-बड़े स्वादिष्ट से स्वादिष्ट पकवानों को व अपने आलुओं की तुलना में हेय समझते थे। बातचीत में जब कभी आलू का प्रसंग आ जाए तो प्रशंसा के पुल बांध देते थे। उनका विश्वास था कि अंग्रेजों की उन्नति का रहस्य भी उनके आलू खाने में ही छिपा है। यह आलू की ही कृपा का फल है कि संसार का आधा भाग उनकी छत्रछाया में विश्राम करता है और उनके राज्य में सूर्य भी अस्त नहीं होता।

मुझे पाठशाला में पढ़ते हुए अभी लगभग छह मास गुजरे होंगे कि पंडित जी का भतीजा जम्मू से उनके पास आ गया। पता नहीं उसका नाम क्या था, मगर पंडित जी उसे पंडतू कहकर पुकारते थे। उम्र उसकी चौदह वर्ष के लगभग थी और सातवीं कक्षा में पढ़ता था। इकहरे बदन का दुबला-पतला बालक परंतु जीवन की फिसासफी के संबंध में आवश्यकता से अधिक सचेत था। सुख-दुःख के बारे में उसके विचार बड़े विचित्र थे। वह प्रत्येक मुसीबत को हंसकर और यह

कहकर टाल देता था कि इससे बड़ी मुसीबत भी आ सकती है। यदि कोई उसे कहता कि पंडतू, तेरी दायीं आंख दुख रही है तो वह उत्तर देता था कि शुक्र है कि मेरी बायीं आंख तो ठीक है।

एक दिन पंडतू नंगे पांव स्कूल जाने लगा तो मैंने कहा, "क्या तेरे पास जूते नहीं हैं ?" उत्तर मिला कि क्या हुआ जो जूते नहीं, मेरे पांव तो हैं। मैं कई ऐसे व्यक्ति भी दिखा सकता हूं, जिनके पांव ही नहीं हैं। एक दिन एक लड़के ने मजाक में कहा कि पंडतू, तू तो सुई की तरह पतला है। पंडतू मुस्कराकर बोला, "श्रीमान् जी, आप गलती पर हैं, कई सूइयां मुझसे मोटी भी हैं।"

आखिर पंडतू की वार्षिक परीक्षा समाप्त हुई और परिणाम घोषित होने का दिन आ गया। पंडित जी पंडतू के स्कूल से लौटने की बाट जोह रहे थे। जब पंडतू न आया तो पंडित जी पाठशाला से बाहर निकलकर गली में खड़े हो गए और अड़ोस-पड़ोस के लड़कों से पंडतू के बारे में पूछने लगे। लड़कों ने पंडित जी को बताया कि पंडतू फेल हो गया और स्कूल के मैदान में नाच रहा है।

बहुत प्रतीक्षा करने के बाद शाम को पंडतू घर लौटा। पंडित जी क्रोध से लाल हो रहे थे। उन्होंने कड़ककर पूछा, "कमबख्त ! एक तो तू फेल हो गया और ऊपर से नाच रहा था। बता, तू डांस क्यों कर रहा था ?" पंडतू ने बड़ी गंभीरता से उत्तर दिया कि जब बड़े-बड़े योग्य विद्यार्थी फेल हो गये हैं तो मेरी क्या समार्थ्य जो पास होता ! बाकी रहा नाचने का प्रश्न ! तो जब पास होने वाले सब लड़के खुशी से नाच रहे थे तो मैं भी उनके साथ सम्मिलित हो गया कि फेल होने का गम रोने की अपेक्षा नाचकर ही भुला देना चाहिए !

पंडतू की बात सुनकर पंडित जी समझ गये कि फिलासफर भतीजे को राह पर लगाना उनके बस का रोग नहीं। परिणाम यह हुआ कि पंडतू को वापस भेज दिया गया :

दरिया से यह मोती निकला था,
दरिया में जाकर डूब गया।

कुछ दिन के बाद पंडित जी बाजार से एक पाव पहाड़ी आलू ले आये। पहाड़ी आलू को पंडित जी अमृतफल कहते थे। उनका कथन था कि आलू की शेष किस्में यदि गगन में सितारों के समान हैं, तो पहाड़ी आलू उनके मध्य चंद्रमा है। पंडित जी ने आलुओं को झाड़-पोंछकर बड़े प्रेम से छीलना प्रारंभ किया। छोटे-छोटे टुकड़े किये। पंडित जी का एक छात्र संतोषी आग जलाने लगा। पद्मनाभ पतीला साफ करने में जुट गया। मैं और हाकम ऊपर का काम करने लगे। परंतु पंडित जी में आज पहले की तरह उत्साह नहीं था। कुछ खोये-खोये-से प्रतीत होते थे। हमारे पूछने पर पंडित जी ने आह भरकर कहा, "काश, पंडतू आज यहां होता तो इन आलुओं का आनंद वह भी ले लेता।"

पतीले को आग पर चढ़ा दिया गया। पंडित जी ने प्याज को धीमे-धीमे भूनना प्रारंभ कर दिया। परंतु पतीला जंग का शिकार था। पिघलते हुए घी की रंगत देखकर संतोषी से न रहा गया और बोल उठा कि पतीला जंग से भरा है। इसमें पकी हुई आलू की सब्जी खाना स्वास्थ्य के लिए हानिकारक है। पंडित जी ने अपने विद्यार्थी के शब्द सुने-अनसुने कर दिये और तुरंत ही आलुओं को पतीले में डालकर उसके ऊपर ढक्कन रख दिया और संतोषी से बोले कि जंग का यह आतंक केवल तुम्हारा भ्रम ही है। यदि पतीले का जंग आलुओं में घुल भी गया तो कौन-सी आफत आ जायेगी ? जंग अपनी जगह और आलू की सब्जी अपनी जगह है। आलू के सेवन के फलस्वरूप यदि मुझे बीमार भी होना पड़े तो कोई बात नहीं, क्योंकि स्वादिष्ट भोजन की तुलना में शारीरिक कष्ट का कोई महत्त्व नहीं। मेरे पूज्य गुरु जी कहा करते थे : सुखाद्यं दुर्लभं लोके शरीराणि पुनः पुनः।

जब आलू तैयार होकर थाली में परोसे गये तो पंडित जी ने बढ़-बढ़कर हाथ मारे। पहला कौर मुंह में डालते ही उन्होंने बड़ी हसरत से कहा, "पंडतू ! आज तू यहां होता तो तू भी इस महाप्रसाद का आनंद लेता, परंतु भाग्य के बिना ऐसे पदार्थ कहां मिलते हैं ?" पंडित जी प्रत्येक ग्रास के बाद चटखारे ले-लेकर पंडतू को याद करते थे। आखिर वे सारा पतीला चट कर गये।

कुछ समय आराम करने के बाद पंडित जी ने हमें पढ़ाना आरंभ कर दिया। हम चारों की नजरें पुस्तकों पर थीं, परतु हमारे विचार कहीं और ही विचरण कर रहे थे। हम सोच रहे थे कि पंडित जी ने जंग-भरी आलू की सब्जी खायी है, देखें, तो अब क्या गुल खिलता है ? कभी-कभी हम कनखियों से पंडित जी की ओर देखते तो हमें उस अपराधी का ध्यान आता, जिसे जल्लाद फांसी के तख्ते पर घसीटकर ले जा रहा हो अथवा उस भाग्यहीन की याद आ जाती, जिसके सिर पर मौत की तलवार लटक रही हो। सहसा पंडित जी ने अपने पर हाथ रख दिया और उठकर बाहर की तरफ भागे। भयानक आवाज के साथ उन्हें जोर की मतली हुई। हम डरे कि पंडित जी को कहीं हैजे ने न दबोच लिया हो। पंडित जी ने कुल्ली की और मुंह साफ कर फिर चारपाई पर आ बैठे। कुछ देर के बाद फिर मतली हुई। अब जनाब, मतली पर मतली आने लगीं। पंडित जी ने कुछ देर तो इस आफत का सामना किया, अंत में हारकर चारपाई पर लंबे पड़ गये।

पंडित जी की दशा देखकर हम तीनों घबरा गये, परंतु थोड़ी-बहुत सेवा के अतिरिक्त हम कर ही क्या सकते थे ! संतोषी ने पांव दबाते हुए पंडित जी से डाक्टर बुला लाने की अनुमति मांगी। पंडित जी के फीस के बारे में पूछने पर उसने उत्तर दिया कि फीस एक रुपया होगी और दवाई के दाम अलग। पंडित ने यह सुनकर छत की ओर देखना आरंभ कर दिया। पद्मनाभ बोला, "वैद्य की फीस सिर्फ आठ आने है।" पंडित जी माथे पर हाथ रखकर सोच में पड़ गये।

पंडित जी को विचार-सागर में डूबा देखकर हाकम बोला, "क्यों न एक आने की जिंजर की बोतल लायी जावे। वह भी पेट के रोगों के लिए अचूक सिद्ध होती है।" एक आने की आवाज कानों में पड़ते ही पंडित जी चाबी-भरे खिलौने की तरह उछले और आसन लगाकर चारपाई पर बैठ गये और कहने लगे, "वाह बेटे, क्या बात कही ! तेरी सूझ-बूझ की जितनी प्रशंसा की जाये कम है। क्या विचित्र आयुर्वेदिक नुस्खा तुझे याद आ गया ! 'कम खर्च और बालानशीन' मुहावरे का ठीक प्रयोग तेरे बिना कोई अन्य विद्यार्थी नहीं कर सकता। यदि कभी भूल से भारत का शासन मेरे हाथ आ गया, तो अर्थमंत्री तुझे ही बनाऊंगा। यह ले एक आना और भागकर जिंजर की बोतल ले आ।"

हाकम ने आना लिया और सीढ़ियों की तरफ बढ़ा। जब वह पांव में जूता डाल रहा था तो मैं यह सोच रहा था कि पंडतू, यदि आज तू यहां होता तो जहां तुझे पंडित जी के पकाये हुए आलुओं का आनंद मिलता, वहां तुझे जिंजर की बोतल भी पीने को मिल जाती।

डा० संसारचन्द्र

सोने के दांत

अजीब मसखरा है मेरा प्रिय कृष्ण भी। वैसे उसमें अनेक गुण हैं। अच्छी सेहत और लम्बा कद। मित्रों का वफादार, क्रिकेट का मशहूर खिलाड़ी और परले सिरे का हाजिर-जवाब। परन्तु कभी-कभी ऐसी हरकतें करता है, जिससे मुझे संदेह होने लगता है कि कहीं उसका दिमाग ही न चल गया हो। अभी हाल में ही उसने ऊपर तथा नीचे के जबड़ों में सोने के बनावटी दांत लगवाए हैं। यह भी एक करुण कथा है। कृष्ण क्रिकेट का मैच खेल रहा था कि उसके मुंह पर पूरे जोर से गेंद आ पड़ी, जिसने उसके चेहरे को लहूलुहान कर दिया। कई महीने अस्पताल में पड़ा रहा। आदमी सखतजान था, लौट-पीटकर राजी हो गया। जान बच गयी, परन्तु दांतों की कुर्बानी देकर। कृष्ण ने एक अमरीकन डाक्टर से सोने के दांत लगवा लिये।

जब से उसने सोने के दांत लगवाए हैं, उसे प्रायः बार-बार हंसने का रोग-सा लग गया है। बात चाहे अच्छी हो या बुरी, वह जरूर हंसेगा। बुरी बात सुनकर तो वह पूरे जोर से हंसने लगता है। पिछली गर्मियों की बात है कि हम दोनों अमरूद खा रहे थे कि हमारे एक मेहरबान डाक्टर साहब वहां आ निकले और बोले कि शहर में हैजा फूट पड़ा है और आदमी मक्खियों की तरह मर रहे हैं। यह सुनकर मैं तो भयभीत हो गया, परन्तु कृष्ण कहकहे लगाने लगा। मैं हैरान होकर उसके सुनहरे दांत देखता रह गया।

एक दिन साइकिल पर सवार कृष्ण मुझे सड़क पर मिल गया। मैंने कहा कि सुना है, तुम्हारा अफसर तुमपर बहुत नाराज है, कहीं नौकरी से तुम्हारी छुट्टी न कर दे परन्तु कृष्ण उदास होने की अपेक्षा जोर से हंसने लगा। मैंने नाराज होकर कहा, "यदि दफ्तर से जवाब मिल गया तो क्या जहन्नुम में जाओगे ?" वह खिल-खिलाकर हंस पड़ा और साइकिल की घंटी बजाते हुए कहने लगा कि हां जाऊंगा, परन्तु अकेला नहीं, मेरी साइकिल भी मेरे साथ जायेगी।

तंग आकर एक दिन मैंने उससे पूछ लिया कि यार, तुम मेरे अंतरंग मित्र हो, बात-बात पर हंसने के राज से तो पर्दा उठाओ। उसने कहकहा लगाया और कहा कि इसका कारण ये सुनहरे दांत हैं। मैंने पूछा कि ये गुदगुदी पैदा करते

हैं? वह गंभीर होकर बोला, "यह बात नहीं। मेरे मुंह में सोने के दांत हैं। यदि मैं मुंह बन्द रखूं तो भला कौन इन्हें देख सकेगा? जब मैं जोर से हंसता हूं तो मेरे दांतों की नुमाइश हो जाती है और लोग मुझे धनवान समझने लगते हैं। पंडित नेहरू तो केवल मुंह में चांदी का चमचा लेकर पैदा हुए थे, परंतु मेरे मुख में तो पूरे दो तोले सोना रखा हुआ है।" मैंने कहा, "अब समझा, यह सब दिखावा है।" कृष्ण ने झुंझलाकर कहा, "दिखावा संसार में कहां नहीं? तुमने जो सोने की अंगूठी पहन रखी है, क्या तुम इसे चाटते हो? तुम भी तो इससे अपनी अमीरी का ही प्रदर्शन करते हो। शादियों में लोग हजारों रुपया केवल शान दिखाने के लिए फूंक देते हैं। पिछले दिनों जब महारानी एलिजाबेथ भारत पधारी थीं तो नई दिल्ली की साज-सज्जा में लाखों रुपये उठ गये थे। क्यों, यह नुमाइश नहीं थी? नुमाइश के लिए तो कई लोग अपना झोंपड़ा तक फूंक डालते हैं। इस संबंध में तुमने एक मालिन का किस्सा तो सुना होगा?"

मैंने अज्ञानता प्रकट करते हुए सिर हिलाया। कृष्ण बोला, "तो सुन लो। किसी गांव के बाहर एक गरीब मालिन की झोंपड़ी थी। उसे सोने के कंगन पहनने का बहुत चाव था। बीस वर्ष की अथक मेहनत के फलस्वरूप उस बेचारी ने इतना धन इकट्ठा कर लिया, जिससे वह कंगन की जोड़ी बनवाने के योग्य हो गयी। उसकी बरसों की अभिलाषा पूर्ण हुई, परंतु प्रसन्न होने की अपेक्षा उसका दिल बुझा-बुझा-सा रहने लगा। इसमें संदेह नहीं कि वह हर समय कंगन पहने रहती थी, परंतु खेद की बात तो यह थी कि कोई भी उससे कंगन के बारे में नहीं पूछता था। लोग कंगनों पर सरसरी-सी दृष्टि डालते और चुपचाप चल देते थे।

"एक दिन प्रातःकाल मालिन ने आवेश में आकर अपने झोंपड़े में आग लगा दी। गांव के लोगों ने आग के शोलों को देखा तो वे आग बुझाने के लिए सरपट दौड़े। स्त्री-पुरुषों की भारी भीड़ वहां इकट्ठी हो गयी थी। लोगों ने आग लगने का कारण पूछा तो मालिन ने उत्तर देने से पहले कलाइयां ऊपर उठायीं। कंगन चूड़ियों के साथ खनखनाए और सूर्य की किरणों में जगमगा उठे। भीड़ में से एक औरत बोली, 'कैसे सुन्दर कंगन हैं?' दूसरी बोली, 'क्यों री मालिन, ये कब बनवाये थे?' मालिन ने दोनों हाथों से सिर पीट लिया और कहा, 'कमबख्तो! यदि यह पहले पूछ लेतीं तो मैं अपनी झोंपड़ी क्यों जलाती? और यही आग लगाने का कारण है।'" कहानी सुनकर मैंने अपने मित्र का मुंह चूम लिया और कहा, "बेटा! तुम्हारी आयु लम्बी हो, युग-युग हंसते रहो।"

उस वर्ष बला की गर्मी पड़ी। आदमी तो आदमी, जानवर तक बिलबिला उठे। कृष्ण का चचेरा भाई प्रेम शिमला में व्यापार करता था। उसके बुलावे पर कृष्ण शिमला जाने को तैयार हो गया और मुझे भी घसीटकर साथ ले गया। बर्फ से लदी हुई पहाड़ियों, फूलों की सुगन्ध से लिपटी हुई ठंडी हवाओं और लहलहाते

हुए चीड़ के दरख्तों से बस यही समझ लो कि प्रकृति के उदार वैभव से शिमला भरपूर हो रहा था। हम गर्मी के ताप से झुलसे हुए थे, परन्तु एक सप्ताह के अंदर पूरी तरह स्वस्थ होकर नवीन स्फूर्ति का अनुभव करने लगे। मैं अभी कुछ दिन और शिमला रहने की सोच रहा था कि कृष्ण के दिमाग ने पलटा खाया और वह मुझसे कहने लगा कि यहां से एक पैदल रास्ता कांगड़ा जाता है। मैं चाहता हूं कि हम इस पगडंडी-मार्ग द्वारा कांगड़ा के लिए प्रस्थान कर दें। मार्ग में कदम-कदम पर ऐसे मनोहर प्राकृतिक दृश्य देखने को मिलेंगे कि तुम हैरान हो जाओगे।

मैंने शिमला के पहाड़ी प्रदेश की रियासतों के संबंध में अनेक पुस्तकें पढ़ रखी थीं। इनके सामाजिक सस्कारों तथा रहन-सहन के विधि-विधानों को देखकर ऐसा लगता है जैसे ये लोग किसी दूसरी दुनिया के जीव हों। ये लोग देवताओं के आगे नरबलि भी देते हैं। यह सोचकर मैंने कृष्ण को बहुतेरा कहा कि वह इस दुर्गम यात्रा का विचार छोड़ दे और अपनी तथा मेरी जान जोखिम में न डाले। परंतु उसपर न जाने क्या भूत सवार हो रहा था कि उसने एक न मानी और बोला कि तुम मरने से डरते हो। जरा यूरोप वालों को तो देखो, समुद्र के हालात जानने के लिए ये लोग मीलों समुद्र के गर्भ में उतर जाते हैं। चांद तक पहुंचने की धुन में दीवाने हो रहे हैं। एवरेस्ट पर चढ़ने के लिए प्रतिवर्ष यूरोप और अमेरिका से वीरों की टोलियां आती हैं। तुम इस साधारण सफर से घबरा गये? हम प्रेम को भी साथ ले लेंगे। उसके पास दोनाली भी है। कृष्ण से पार पाना कठिन था। हमने चार टट्टू किराये पर निश्चित किये। तीन सवारी के लिए और चौथा सामान के लिए। इनके मालिक चारों के चारों लम्बे-तड़ंगे नौजवान थे। इनमें एक कुछ सूझ-बूझ वाला था, शेष तीनों के तीनों निरे गोबर-गणेश थे। मैंने चौथे किरायाकश से जब रास्ते के बारे में बातचीत की तो मुझे ऐसा लगा जैसे वह जान-बूझकर हालात को छिपा रहा है। मैंने उसे बहुतेरा कुरेदा, परंतु वह बात को पी-सा गया।

अब हमारा सफर आरंभ हो गया: हमने पगडंडी पकड़ ली। यह छोटी-छोटी पहाड़ियों से उतरती हुई, सांप की तरह बल खाती हुई चली जा रही थी। स्थान-स्थान पर पहाड़ी झरने बह रहे थे, जिनका फेनिल जल सूर्य की किरणों में स्वर्णिम आभा बिखेर रहा था। पहाड़ियों की गोद में बसे हुए छोटे-छोटे गांव बड़े भले प्रतीत होते थे। हम जिस गांव से गुजरते थे, पहाड़ी लोग भागकर हमारी ओर आ जाते और कृष्ण के दांतों को टकटकी लगाकर देखने लगते, जो उन लोगों के पास आने से पहले ही मुझसे हंस-हंसकर बातें करने लगता था ताकि उसके दांत अच्छी तरह नजर आ सकें।

कृष्ण तो सोने के दांतों द्वारा अपनी अमीरी का प्रदर्शन करता था, परंतु

मेरी जान हवा हो रही थी। मैं इन पहाड़ी लोगों को संदेह की दृष्टि से देखता था और डरता था कि कृष्ण के दांतों के कारण कहीं हम किसी भयानक विपत्ति के शिकार न हो जाएं। मैं घबराकर उसे प्रायः कहता था कि गांव से गुजरते समय मुंह जरा बंद रखा करो। ऐसा न हो कि सोने के दांतों के लालच में लाकर कोई शैतान हमें डज कर दे। मैं सोचता था कि 'डज' का नाम सुनकर वह डर जायेगा और बार-बार दांत निकालने का साहस नहीं करेगा, परंतु उसने एक कहकहा लगाया, जो इतना लंबा था कि कई मिनट तक उसके सुनहरी दांत नजर आते रहे। मुझे उन किरायाकशों से भी डर लगता था, क्योंकि वे भी बातों-बातों में कृष्ण के दांतों का जिक्र करते थे। ऐसे लोग प्रायः क्रूर एवं नृशंस होते हैं। दो-चार रुपये के लालच में मनुष्य की हत्या तक कर डालते हैं।

इस प्रदेश में लगातार तीन दिन चलने के उपरांत हमें एक ऊंचे पहाड़ की चढ़ाई चढ़नी पड़ी। कई घंटों तक चलने के बाद हमें दूर से एक गांव दिखाई दिया, जिसके सफेद मकान घने वृक्षों और झाड़ियों से घिरे थे। जब हम गांव के समीप पहुंचे तो हमें ढोल की आवाज सुनाई दी। हम जरा ठिठक गये, परंतु किरायाकशों ने बताया कि कोई विशेष बात नहीं है। गांव के सरदार ने हमें देख लिया है और वह गांव वालों को हमारे आगमन की सूचना दे रहा है। मैंने किरायाकशों से पूछा कि ये लोग हमें अपना मित्र समझते हैं या शत्रु? उन्होंने कहा कि इसका निर्णय हमारे व्यवहार पर निर्भर करता है। वैसे यह गांव ठाकुरों का है। मैं कुछ और कहना चाहता था कि हम गांव के बिलकुल निकट आ गये। एक आदमी, जो गांव का चौधरी प्रतीत होता था, हमारी ओर आ रहा था। उसके साथ चार-पांच आदमी और भी थे। भगवान की कृपा थी कि किसी के पास हथियार न था।

चौधरी ने हमें 'राम-राम' कहा। हमने हाथ जोड़कर नमस्कार किया। संक्षिप्त-सी बातचीत के बाद वह हमें अपने घर ले गया। चौधरी का मकान पहाड़ी पत्थरों का बना था। मकान में दो-तीन कोठरियां थीं और उनके आगे खुला दालान था। हमने दालान में एक तरफ अपने टट्टुओं को बंधवा दिया। किरायाकश भी पास ही अपनी लोइयां बिछाकर पड़ रहे।

हम तीनों चौधरी के कमरे में एक चटाई पर बैठ गये। चौधरी के पूछने पर हम अपनी यात्रा का परिचय एवं उद्देश्य बतला ही रहे थे कि चौधरी की सुंदर और जवान लड़की चाय लेकर आ गयी। चाय रखकर वह हमारे पास एक तरफ बैठ गयी और ध्यानपूर्वक कृष्ण के दांतों को देखने लगी। चौधरी भी दांतों को बार-बार ललचायी नजरों से देख रहा था। उसकी आंखों में शरारत झलक रही थी। आखिर चौधरी से न रहा गया और उसने कृष्ण से पूछ ही लिया कि तुम्हारे दांत सोने के कैसे हो गये। कृष्ण ने बताया कि जिन दिनों उसके पिता रोहतक में रहते थे उन दिनों एक बूढ़े महात्मा उनके यहां पधारे थे। उनकी आयु सौ वर्ष के

लगभग थी और मुंह में एक भी दांत न था। मेरे पिता जी ने उनकी बड़ी सेवा की। हलवे और खीर से उनका स्वागत किया। महात्मा बहुत तृप्त हुए। वे महात्मा दीर्घकालीन तपस्या के बाद हिमालय से आये थे और पहुंचे हुए महापुरुष थे। उन्होंने प्रसन्न होकर पिता जी को वरदान दिया कि तुम्हारे वंश में जो भी लड़का उत्पन्न होगा उसके दांत सोने के होंगे।

मैं और प्रेम कृष्ण की बात बनाने की कला से विशेष प्रसन्न हुए। चौधरी की लड़की बड़े चाव से कृष्ण की बातें सुन रही थी और उसे प्यार-भरी नजरों से देख रही थी। कृष्ण ने अभी चाय के केवल दो घूंट ही पिये थे कि लड़की हड़बड़ाकर उठी और कृष्ण के हाथ से प्याला छीनकर गटागट पी गयी। बूढ़े ठाकुर ने देखा और एक ठण्डी आह भरकर कहा, "ओ नादान लड़की···।"

चौधरी के चेहरे पर विषाद की काली रेखा देखकर मैंने इसका कारण पूछा। उसने उत्तर दिया कि इस प्रदेश के रिवाज के अनुसार यदि कोई क्वांरी जवान लड़की किसी नवयुवक का जूठा पानी, चाय या दूध पी ले, तो उस आदमी को अनिवार्य रूप से उससे शादी करनी पड़ती है। इनकार करने पर मृत्युदंड मिलता है। कृष्ण ने मुझे इशारा किया और अंग्रेजी में कहा कि ये सब दांत लेने की चालें हैं। तुम चिंता न करो, मैं स्वयं निपट लूंगा।

चौधरी की आज्ञा से गांव का पंडित बुलाया गया। विवाह की विधि बिलकुल संक्षिप्त थी। भोजन के बाद गांव की नवयुवतियों ने गीत-नृत्यादि से हमारा विशेष मनोरंजन किया। अर्धरात्रि तक आमोद-प्रमोद का सिलसिला चलता रहा। इसके बाद मेहमान चले गये और सभी लोग यथास्थान सो गये। चौधरी ने कृष्ण को कहा कि आपको दुल्हन की कोठरी में सोना होगा, परंतु क्या यह सच है कि उसके जो लड़का पैदा होगा उसके दांत सोने के होंगे? कृष्ण ने कहा कि अवश्य! परंतु एक शर्त है कि आपकी लड़की को मुझसे सच्ची मुहब्बत होनी चाहिए। यदि प्रेम में स्वार्थ छिपा होगा तो ऐसी सूरत में मेरे सोने के दांत भी गायब हो सकते हैं। चौधरी ने कहा कि अब तुम शीघ्र जाओ, क्योंकि दुल्हन कब से तुम्हारा इन्तजार कर रही है। कृष्ण ने कहा कि आप चलें, मैं जरा अपने टट्टू से दो-चार बातें कर लूं। यह मेरी बातें समझता है। मैं इसे बताना चाहता हूं कि चिंता न करो, मैं प्रातःकाल तुम्हारे पास आ जाऊंगा।

कृष्ण और चौधरी के जाने के बाद मैं और प्रेम वहीं चारपाई पर पड़ रहे। तड़के कृष्ण हमारे पास आया, परन्तु उसके मुख में दांत नहीं थे। इतने में चौधरी भी वहां आ पहुंचा। कृष्ण ने कहा कि तुम्हारी लड़की को मुझसे सच्चा प्रेम नहीं है। इसलिए मेरे दांत गायब हो गये हैं। चौधरी ने कड़ककर कहा, "यह सब धोखा है, तुम पूरे ठग हो।" चौधरी की आवाज पर उसके तीन आदमियों ने बड़ी बेदर्दी से हमारी तलाशी ली परन्तु दांत कहां मिलने थे! हमें दालान से बाहर

निकाला गया। हमने देखा कि किरायाकशों को प्रायः पचास आदमियों ने घेर रखा है। सबके हाथों में बरछे या भाले थे। चौधरी ने हमारी ओर संकेत करते हुए गरजती हुई आवाज में कहा कि इन तीनों को काली माता के मंदिर में ले जाओ और इनकी बलि दे दो। फिर कुछ सोचकर कृष्ण से कहा कि तुम मेरे एक बार दामाद बन चुके हो, इसलिए मैं तुम्हारी जान नहीं लेना चाहता परंतु तुम्हारी कुशल इसी में है कि तुम अभी इस गांव से भाग जाओ।

हमने भगवान को धन्यवाद दिया और तत्काल अपने टट्टुओं पर सवार हो गये। हम इतने भयभीत थे कि चार-पांच मील तक परस्पर बात न कर सके। अंत में मैंने कृष्ण से पूछा कि तुम्हारे दांतों का क्या हुआ? कृष्ण ने जोर का कहकहा लगाया। मैंने और प्रेम ने देखा कि चढ़ते हुए सूर्य की सुनहरी किरणों में सुनहरी दांत पूरी आभा से चमक रहे थे। हमें हैरान देखकर कृष्ण को फिर हंसी का दौरा पड़ा। थोड़ी देर बाद वह बोला, "तुम्हें याद होगा कि कोठरी में जाने से पहले मैं एक-दो मिनट के लिए अपने टट्टू से मिलने गया था, यह उसीकी करामात है। वस्तुतः मैंने अपने दांतों की प्लेटों को टट्टुओं की दुम के नीचे इस तरह चिपका दिया था कि सारे दांत पूरी तरह छिप गये थे। क्यों उस्ताद! मानते हो मेरी कारीगरी!"

सूर्यबाला

प्रसिद्धि-चूर्ण

□□

मेरी अन्वेषक दृष्टि ताड़ गयी—जरूर दाल में कुछ काला है वर्ना मुझे देखते ही जिन्स-मसालों की लिस्ट को झटपट छुपा देने का क्या मतलब हो सकता था? रहस्योद्‌घाटन की लगन लग गयी। दूसरा कोई उपाय न देखकर एक गिलास पानी मांग लिया और जैसे ही वे उठीं, जिन्स-मसालों का साहित्य उठा लिया, दो सौ ग्राम धनिया, सौ ग्राम मिर्च की बुकनी से प्रारंभ करके ढाई सौ ग्राम पापड़ बेले ही थे कि आंखों को एकदम ब्रेक लग गया। इसके बाद लिखा था, पचास ग्राम 'कस्तूरी मार्का मशहूरी-चूरन', आखें मल-मलकर कई बार पढ़ा, तसल्ली न हुई तो चुटकी काटी, चुटकी असरदार रही, तब तक वे पानी का गिलास लेकर आ चुकी थीं और लिस्ट का कागज मेरे हाथों में देखकर उनके हाथों से गिरते गिलास को मैंने थाम लिया था। अब हालत यह थी कि कभी वे मुझसे गोभी का अचार डालने की विधि पूछतीं, कभी औरेंज-स्क्वैश पीने का आग्रह करतीं, और मैंने उनकी पैंतरेबाजियों से बचते हुए सीधे-सीधे रट लगा दी थी, "यह मशहूरी-चूरन अर्थात् प्रसिद्धि-चूर्ण कहां मिलता है—खाने की क्या विधि है तथा खाने से क्या प्राप्त होता है—सो सब विस्तार से बताइये।"

वे हारकर समझ गयीं कि सूत जी पहुंच गये हैं और 'उवाच' के सिवाय और कोई चारा नहीं है। अत्यधिक गंभीर और दयनीय होकर बोलीं, "बहन! तुमने जो समझा है, ठीक ही समझा है। कस्तूरी, जैसा इसका नाम है वैसे ही गुण भी हैं। इसके सेवन से मनुष्य समाज में जिस 'मार्के' की चाहे उस 'मार्के' की प्रसिद्धि, कीर्ति और यश प्राप्त करता हुआ उच्चपद को प्राप्त करता है। प्रतिद्वन्द्वियों को पछाड़कर कोफ्त और कुढ़न दूर करता है। यह चूर्ण साहित्य, समाज-सेवा, राजनीति और कलादि संभ्रान्त क्षेत्रों के लिए समान रूप से गुणकारी है।"

"मतलब?" इस बार मेरा मन उन्हें चिकोटी काटने का हो रहा था कि वह जो कुछ बोल रही हैं पूरी चेतना में ही न!

"मतलब इस चूर्ण को खाकर तुम तुक को गोली मारकर बेतुकी कविता रच सकती हो, कहानी के नाम पर अकहानी तथा साहित्य के नाम पर असाहित्य लिखकर यश-लाभ पा सकती हो, व्यंग्य-विनोद के नाम पर गाली-गलौज और

गोष्ठियों के नाम पर सरेआम धींगामुश्ती कर चर्चित हो सकती हो।"

"लेकिन..."

"और अगर इन सब क्षेत्रों में रुचि न हो तो भी रोटरी या लायन्स क्लब की सेक्रेटरी बनकर रीजनल सेक्रेटरी मिसेज भल्ला की बगल में बैठ सकती हो। 'भसौली प्राइमरी स्कूल' में पुरस्कार-वितरण के लिए बुलाई जा सकती हो। शहर में छोले-भटूरे के नये स्टॉल के उद्घाटन के लिए बुलाये जाने या बड़े साहब की बीवी द्वारा साथ-साथ सिनेमा जाने के लिए बुलाये जाने की पूरी-पूरी संभावना रहती है।"

उन्हें इस तरह धाराप्रवाह बोलते कभी न सुना था। मुझे शक हुआ कि उन्होंने इस समय भी थोड़ी-बहुत मात्रा में सेवन किया हो तो ताज्जुब नहीं। सम्मोहित स्वर में पूछा, "आपने अभी तक कितना सेवन किया है?"

"अभी तो तुम्हारे सामने लिस्ट बना रही थी, परसों इनके मैनेजर साहब के यहां गयी थी तो थोड़ा-थोड़ा दोनों ने सेवन किया था, हो सकता है वही असर हो।"

"प्लीज...मुझे भी मंगवा दीजिए ना...एक किलो कितने का पड़ेगा..."

वे ऐसे हंसीं जैसे कृष्ण के 'चांद-खिलौना' मांगने पर यशोदा, "बड़ी भोली हो बहन। एकाध किलो? अरे इतना सस्ता होता तो मैं कब की दो फंकी मार प्रधानमंत्री या राष्ट्रपति होकर देश-विदेश की सद्भावना-यात्रा कर रहा होता।

पलक झपकते ही मेरे सामने दुनिया-भर के सभी क्षेत्रों के दिग्गजों की प्रसिद्धि का रहस्य खुल गया। दिलोदिमाग राणा प्रताप के चेतक की तरह हवा से बात करने लगे। दिव्यज्ञान और दिव्यदृष्टि प्राप्त कर दिमाग कम्प्यूटरी और आंखें प्रोजेक्टरी हो उठीं। चलचित्र मचलने लगे, जैसे मैं क्लब जाने के लिए जूड़े में गजरा लपेट रही हूं कि हाथ रुक जाता है। याद आता है, चूर्ण समाप्त हो गया है। और बिना चूर्ण खाये क्लब जाने का मजा ही क्या? फौरन तथाकथित पड़ोसिन से चिट भेजकर मंगवाती हूं, 'कृपा करके बस तीन ग्राम भिजवा दें, मेरा आ जायेगा तो पांच ग्राम लौटा दूंगी, इस समय बड़ी मुसीबत में हूं...' चूर्ण आ जाने पर जल्दी से पानी से फांककर क्लब पहुंचती हूं। वाह! क्लब की सेक्रेटरी मिसेज दारूवाला सबसे पहले मुझसे हाथ मिलाती हैं। साड़ी के इम्पोर्टेड मैटीरियल को परखकर प्रशंसा करती हैं और बुंदे जिस ज्वेलर से लिये उसका पता नोट करती हैं। मैं साफ-साफ देखती हूं कि मिसेज गिडवानी को दारूवाला बिलकुल लिफ्ट नहीं दे रहीं इसलिए उनकी साड़ी की रुपहली जरी का रंग स्याह पड़ता जा रहा है (हालांकि उनकी साड़ी भी इम्पोर्टेड ही है)। उनकी रुआंसी शक्ल देखकर दिल बाग-बाग हो जाता है। आह! यही तो मैं चाहती थी...क्लब आना सार्थक हो गया।

दृश्य बदलता है, 'अनामा' पत्रिका के प्रतिनिधि साक्षात्कार के लिए आये हैं। जल्दी से बड़ियां डालना छोड़ हाथ पोंछती, बुकशेल्फ से 'बायरन' निकाल पढ़ती-पढ़ती पहुंचती हूं कि याद आ जाता है, झट क्षमा मांग लौट पड़ती हूं। अलमारी का कोना छान एक के बदले दो चुटकी चूरन की फंकी मारकर लौटती हूं तो प्रतिनिधि हाथ जोड़कर याचक की-सी मुद्रा में खड़ा हो जाता है। पत्रिका में छापने के लिए मेरे विचार कम, मेरे और पति, बच्चों, नाते-रिश्तेदारों के ताजा चित्र अधिक ले जाता है।

फिर दृश्य बदलता है तो मैं 'मिस करोलबाग' या 'मिस फिलोरा फाउंटेन' बनी डाइस पर खड़ी हाथ में दण्ड, माथे पर मुकुट लगाये तमाम-तमाम फ्लैश लाइटों के बीच दांत निकाल-निकालकर मुस्कराती रहती हूं। बीच-बीच में प्रश्नों के उत्तर भी—'आप मिस करोलबाग कैसे चुनी गयीं?' 'जी हां, मशहूरी-चूरन की कृपा से।'

स्वप्न टूटा, वे कह रही थीं, "अब तुमसे क्या छुपाऊं, इस महीने बच्चों की डबल फीस लग रही है न, सो आटे-चावल में कमी करके दस ग्राम चुपके से मंगवा रही हूं, वह भी सस्ता वाला।"

"क्या मतलब? इससे सस्ती प्रसिद्धि मिलती है क्या?"

"नहीं, यह केवल कालोनी में ही प्रसिद्ध करता है। सो मैंने सोचा, यही सही, शहर में अगले महीने प्रसिद्ध हो लूंगी। नहीं, चार-छह महीने बाद सही; घर-परिवार भी तो देखना है..."

मुझे घर-परिवार का कुछ नहीं सूझ रहा था। बस, यही धुन लग रही थी कि कैसे इनसे पहले ही शहर-भर की प्रसिद्धि तो हथिया ही लूं, आगे की आगे देखी जायेगी। बेहाल होकर बोली, "तो आप मुझे मंगवा देंगी न!"

"देखो अब तुमपर रहस्य खुल गया तो मंगवाऊंगी ही पर इसे कोई न खुल्लमखुला बेचता है, न खरीदता है। और सबसे बड़ी बात यह कि दूसरे पर प्रकट हो जाने पर 'मशहूरी-चूरन' का एक तिहाई असर जाता रहता है, मतलब ज्यादा खाना पड़ता है। अतः यह भेद कोई किसी को बताता नहीं। बड़ी-बड़ी सावधानियां बरतनी पड़ती हैं, हां!"

यह हमारे जीवन का पहला प्रसिद्धि-प्रयोग था। पहले तो ये राजी न हुए पर मेरे जोर देने पर पांच ग्राम खाने को तैयार हो गये। रात हम दोनों फंकी मारकर सोये।...और यकीन मानिये, सुबह होते ही पहले डाक से शहर के दो मशहूर दुकानों के नये शो-रूम के उद्घाटन-समारोह में सम्मिलित होने का निमंत्रण मिला, दिन के दस बजे चरणदास शू मार्ट और साढ़े ग्यारह बजे करोड़ीमल सूटिंग्स के उद्घाटन समारोह में। मैं गद्गद होकर अपनी सबसे महंगी साड़ी और

जड़ाऊ झुमके निकालने लगी। ये अपने सबसे अच्छे सूट पर इस्त्री करने लगे। आखिर, सब चूरन पर ही तो नहीं छोड़ना था, कुछ अपनी तरफ से भी कोशिश होनी चाहिए।

समारोह में एकत्र समुदाय को देखकर मैं आश्वस्त हो गयी कि 'चूर्ण' बस हमीं दोनों ने फांका है क्योंकि हमारे सामने दूसरों को कोई पूछता ही न था। मुझे थोड़ा नागवार भी लग रहा था, अरे भई 'कर्टसी' के नाते ही सही, दूसरों को भी चाय-समोसे के लिए पूछ लो, यह क्या कि बार-बार हमें ही।

आते समय, जैसे ही हमने धन्यवाद देकर आने की इजाजत चाही, उन्होंने बड़ी हार्दिकता से मुस्कराते हुए शो-केश की ओर उंगली दिखा दी, "अरे वाह, खाली हाथ कैसे जायेंगे, कुछ पसंद करिये।" हम दोनों अवसरोचित ढंग से महानता-पूर्वक मुस्कराने लगे। अंत में इन्हें इनकी पसंद के सवा सौ रुपयों के बूट की जोड़ी और मेरे लिए 'अलकनंदा' सैण्डिल पैक करवा दीं उन्होंने। बण्डल लिये आदमी साथ चला। हमने गर्व से झूमते हुए उन्हें बताया कि अभी करोड़ीमल सूटिंग्स में भी जाना है। उन्होंने कहा, "गाड़ी से चले जाइये।" आह, कुल दो फर्लांग के लिए गाड़ी? कभी सपने में भी नहीं सोचा था—और अब, दिल बल्लियों उछल रहा था। अगले महीने ही तो फिल्मी सितारों का वैरायटी प्रोग्राम है। 'चूर्ण' का यही असर रहा तो जरूर बुलाये जायेंगे हम लोग। हाय, कहीं हेमामालिनी या जितेन्दर स्टेज से उतर मुझे 'हलो' कह बैठे तो क्या करूंगी—सोचते ही नर्वस हो पसीने-पसीने हो गयी।

करोड़ीमल सूटिंग्स में भी वही नजारा, वही नजरिया रहा लोगों का। और आते समय उसने भी प्रेमपूर्वक खाली हाथ जाने से रोका। तीन सौ पांच रुपये का एक सूट-पीस पैक करवाते हुए कहा, "हमारी पसंद का भी तो एक सूट पहनिये···"

मन ही मन मुड़चंग बजाते हुए घर लौटे तो दोनों दुकानों के साथ आये आदमियों ने बड़े तपाक से अपने-अपने 'बिल' पेश कर दिये। हमें काटो तो खून नहीं। अपने ही घर की धरती अपने ही पैरों के नीचे से खिसक रही थी···तो··· तो क्या यह तोहफा नहीं बाकायदा खरीदारी का सामान है!···घर-भर में कहीं से उतना पैसा उस समय नहीं जुट सकता था। ये अपने पाकेट टटोलते झेंपते हुए अंदर आये। मैं अपने झुमके ले पड़ोसी के पास दौड़ी और उधार में रुपये ले आयी। पिछले दरवाजे से जाकर इन्हें थमाया, जो सदर दरवाजे पर जाकर उन्हें जोड़-जाड़कर दिया गया। दोनों ने एक सलाम ठोका और चलते बने।

उन दोनों के जाते ही इन्होंने दरवाजा भड़ाक से बंद किया और पांच मिनट तक मुझे दांत पीस-पीसकर घूरते रहे। फिर जोर-जोर की वहशियाना आवाजों में चीखने-चिल्लाने लगे, "कहां है वह चरन का बच्चा साला—निकालकर अभी

फेंकता हूं सब—आधे महीने की तनख्वाह का खून हो गया—अभी दूध वाले, पेपर वाले सबका बिल देना है।"

तभी हमारी नजर इस बीच डाक से आये तमाम निमंत्रण-पत्रों पर पड़ी, जिनमें अनाथालय, अंध-बधिर विद्यालय, आसाम के बाढ़-पीड़ित तथा राजस्थान के सूखाग्रस्त इलाकों के सहायतार्थ आयोजित 'चैरिटी शो' में पधारने की करबद्ध प्रार्थनाएं की गयी थीं।

अब नजारा यह था कि ये चीखने-चिल्लाने के बाद सारे पत्रों को देखकर कभी सिर पीट रहे थे, कभी मुक्के तानकर मुझे धमका रहे थे, कभी खून हो गये पैसों के गम में धाड़ें मार-मारकर रो रहे थे। और मैं एक कोने में थरथर कांपती आंखें मूंद 'श्रीमन्नारायण, श्रीमन्नारायण' का शांति-पाठ कर रही थी।

सूर्यबाला

महाकाव्य बनाम महाभारत

□□

एकाएक श्रीमती जी ने मुझे कुरेदते हुए पूछा, "सो गये क्या ?" मैंने कहा, "सो तो नहीं गया पर सोना चाह रहा हूं, क्यों ?"

"सोचती हूं, क्यों न एक महाकाव्य लिख डालूं ?"

"महाकाव्य ?" मैं आसमान से गिरा, समझ गया कि श्रीमती जी का मन मुझे सो जाने देने का नहीं है, "आखिर गयी रात महाकाव्य लिखने की क्या सूझी तुम्हें ?"

"गयी रात ? क्या मतलब ? मन में विचार आने का भी कोई समय होता है क्या ?"

"ओह ! तुम तो जरा-सी बात पर तेवर चढ़ा लेती हो ! मैंने कब कहा कि महाकाव्य मत लिखो। मैं कह रहा था—यानी मेरा मतलब था कि कैसे लिख सकोगी ?"

"कैसे लिख सकोगी ? क्या वाहियात सवाल है—मनुष्य क्या नहीं कर सकता ?"

"हां, हां, यह भी जानता हूं—मनुष्य क्या नहीं कर सकता—विशेषकर नारी; लेकिन मैं पूछ रहा था महाकाव्य किस पर लिखोगी ?" मैंने बात संभालने की कोशिश की।

"वही तो सोचना चाह रही हूं···।" श्रीमती विचारमग्न हो गयीं।

"ठीक है, ठीक है—अभी सोचोगी ? मेरा मतलब है, अकेले सोच लोगी या मुझे भी साथ देना होगा ?

"तुमने कभी किसी रचनात्मक प्रक्रिया में मेरा साथ दिया है जो आज दोगे ? ये काव्य-कला की बातें तुम्हारे जैसों के बस की नहीं···मेरी समझ में नहीं आता···"

"अच्छा यह समझना बाद में, पहले यह बताओ, महाकाव्य लिखने के पहले महाभारत करना जरूरी होता है क्या ?

"अच्छा ! मैं महाभारत करती हूं—किसी महत्त्वपूर्ण विषय पर जरा राय लेनी चाही तो राय क्या देंगे खाक, ऊपर से खिल्ली उड़ा रहे हैं। आदमी को वहीं

तक गुदगुदाना चाहिए जहां तक हंसी आये…एक कमलिनी जी के पति हैं कि वे जब लिखती रहती हैं, उनपर बैठी मक्खी तक उड़ाया करते हैं, कोई डिस्टर्ब करने वाला नहीं—तभी तो इतनी शोहरत हो गयी है उनकी।"

"महाभारत का नायक तो मैं बन ही गया, अब महाकाव्य का नायक कमलिनी जी के पति को ही बनाना, कसम है।"

"तुम्हें भी कसम है—अगर काम की बातें नहीं कर सकते हो तो सो जाओ—कसम है, सो जाओ—मुझे पागल कुत्ते ने काटा था जो तुमसे सलाह लेने गयी…हर समय मखौल ही सूझता है—ऐसे घर में चूल्हा फूंकने को छोड़कर कुछ नहीं हो सकता !"

पांच-छह दिन का इकट्ठा हुआ उनकी आंख का पानी प्रलयकारी वर्षा करने लगा; डूबने से बचने का बस एक उपाय था—"देखो, अनु ! बहुत जल्दी बुरा मान जाती हो—मैं तो इसलिए कह रहा था कि ज्यादा रात तक जागने से तुम्हारी सेहत पर असर पड़ेगा—अरे जी है तो जहान है—है कि नहीं ?"

दूसरे दिन आफिस से आकर जूते निकाल रहा था कि श्रीमती जी की आवाज आयी :

"सोच लिया ?"

"क्या ?"

"हिन्दुस्तान प्रकाशन ही ठीक रहेगा…"

मैंने साश्चर्य पूछा, "महाकाव्य लिख गया क्या ? इतनी जल्दी ?"

"अजीब आदमी हो, महाकाव्य लिख जायेगा इतनी जल्दी ?"

"तब क्या हिन्दुस्तान-पाकिस्तान कर रही हो ?"

"बुद्धिमान बात समझकर तब बोलते हैं। पूछती हूं, महाकाव्य लिख जाने पर ही छपाया जायेगा या नहीं ! और तब किस संस्था में उसका प्रकाशित होना अधिक ठीक होगा यह सोचना जरूरी है या नहीं ?"

"और मैं पूछता हूं, पहले महाकाव्य में क्या लिखा जायेगा, यह सोचना ज्यादा जरूरी है या पहले कहां से प्रकाशित कराया जायेगा इसमें सिर खपाना ?"

"फिर कहूंगी, तुम इस लाइन के दांव-पेच नहीं जानते, लिखने से कहीं अधिक कठिन उसे छपाना है, मैं उन मूर्खों में नहीं हूं, जो तीन साल उपन्यास लिखने में लगाते हैं तो तीस साल प्रकाशक ढूंढ़ने में—अब तुम समझ गये होगे कि महाकाव्य के साथ-साथ प्रकाशक नाम के जीव के बारे में सोचना ज्यादा आवश्यक है।"

"और प्रिय ! इस पति नाम के थके-मांदे जीव का भेजा खाली करने के साथ-साथ उसके चारे का प्रबंध करना भी आवश्यक है…"

"ओह, माफ करना मैं बिलकुल ही भूल गयी थी। असल में सारे दिन महा-

काव्य के प्रकाशक के बारे में ही सोचती रही, इसलिए तुम्हें इस समय केवल चाय ही मिल सकेगी···"

करीब पन्द्रह मिनट तक प्याले-चम्मच खनखनाने के बाद एक प्याला खौलती चाय सामने रखी गयी। और पास की तिपाई पर बैठ बड़े प्यार से महाकाव्य का नाश्ता कराया जाने लगा :

"हां, तो मैं कह रही थी—हिन्दुस्तान प्रकाशन से जरा अभी से परिचय बढ़ाना जरूरी है। किसी भी रचना को लोकप्रिय करना भी बहुत कुछ इन्हीं के हाथ में रहता है—बस, ये जरा कवर पेज पर टिप्पणी लिख दें, संस्करणों की लम्बी-चौड़ी सूची बना दें···ओह···लोग तो पहले उसको पढ़ते हैं···फिर—फिर, बस, मैं अमर हो जाऊंगी···" वे स्वप्नों में खो गयीं।

"और मैं मर जाऊंगा (खैर, तुम्हारी खातिर कोई बात नहीं) जो दो जून रूखी-सूखी मिल जाया करती थी वह भी गयी···"

"जाओ तुम तो मजाक करते हो···" कटाक्ष मारकर बोली, "पर एक बात सुन लो, आज से सुबह के नाश्ते की जिम्मेदारी तुम पर। सुबह-सुबह लिखने का अच्छा मूड बनता है।"

सुबह की बात से कान खड़े हो गये, "सुबह ? पर मैंने तो सुना है अधिकतर कवि रात में ही लिखते हैं। अच्छा होगा तुम रात का खाना जल्दी बनाकर लिखने का कार्यक्रम बनाओ।"

"ओह, रात में कैसे कोई अनुभूति टिकती है, समझ में नहीं आता। साढ़े नौ तक नींद आने लगती है। ऐसे कवि काव्य के साथ अन्याय करते हैं ? तभी तो उनकी कविताओं में वह प्रवाह नहीं रहता···"

"जो तुम्हारे महाकाव्य में रहेगा न ?" मैंने वाक्य पूरा किया।

"मेरी हर बात का मजाक उड़ाना तुम्हारी आदत है लेकिन घमंड नहीं कर रही, अगर तुम जरा-सा सहयोग दो तो मेरा महाकाव्य साहित्य अकादमी पुरस्कार लेकर रहेगा।"

"मैं कहता हूं अगर तुम्हारा महाकाव्य नोबेल प्राइज न प्राप्त करे तो मैं नाक कटा दूंगा। पर हां, अभी से कहे देता हूं, सार्त्र की तरह अस्वीकार मत कर देना, क्योंकि मैं उसी दिन नौकरी से इस्तीफा दे दूंगा।

"मैं जो भी बात कहती हूं तुम उसकी खिल्ली उड़ाना शुरू कर देते हो, साहस बढ़ाना तो दूर, उलटे अनाप-शनाप बोलने लगते हो। ठीक है, घोंट दो मेरे आत्मविश्वास का गला—नहीं लिखूंगी, नहीं सोचूंगी। अपने ही हाथों अपनी प्रतिभा, अपनी भावना को हमेशा-हमेशा के लिए···"

मैंने देखा फिर बाढ़ आया चाहती है—वह भी अकेली नहीं, आधी-अंधड़ों के साथ—घबराकर महाकाव्य के गुण, लाभ और महत्त्व पर अपनी बुद्धि के

हिसाब से काफी प्रकाश डालना शुरू किया। फौरन यह सुझाया कि किसी आधुनिक महिला द्वारा रचित यह हिन्दी का प्रथम आधुनिक महाकाव्य होगा।

मुझे गम्भीर देखकर श्रीमती जी का मस्तिष्क फिर से उर्वर हो गया। वे आधुनिक पाठक की रुचि, आलोचक की वक्र दृष्टि एवं प्रकाशक की कूटनीति की व्याख्या करने लगीं। तात्पर्य यह था कि बिना कुछ साहित्याचार्यों, विद्या-वारिधियों एवं कविकुल गुरुओं से परिचय बढ़ाये महाकाव्य लिखना एक भूल होगी। मैं उनकी व्यापार-बुद्धि एवं दूरदर्शिता पर मुग्ध था। अंत में तय हुआ कि श्रीमती जी स्वयं कुछ विद्वानों एवं साहित्यिकों से मिलकर कुछ मूल्यवान सुझाव ले आयेंगी और उसीके अनुसार महाकाव्य रचा जायेगा।

दूसरे दिन रविवार था, अच्छा-खासा पिकनिक का मौसम, पर मैंने वह सहर्ष महाकाव्यरूपी महाकाल के चरणों पर अर्पित कर दिया। सारे दिन मनहूस फाइलों से निपटता रहा, ऊब गया तो फर्लांग-भर पर मुरारी बाबू के घर चला गया। काफी शाम गये श्रीमती जी प्रसन्न मुद्रा में लौटीं। लगा, साहित्यिकों में कोई उनका महाकाव्य भी लिखने को तैयार हो गया है। पूछने पर बोलीं, "बस बन ही गया समझो। ललित जी, मधुकर जी—सबसे भेंट हो गयी, तीन नये कवि हैं—तरुण, करुण और अरुण जो हमेशा एकसाथ छपाते हैं।"

"ये गरुड़-वरुड़ की बात छोड़ो, काम की बात करो···" मैं खीझा।

"तुम्हारे काम की बात यह है कि कल तुम्हें आफिस से छुट्टी लेनी होगी।"

"छुट्टी ! मुझे भी एकाध अध्याय लिखना होगा क्या ? भई, ये अपने बूते से बाहर की···"

"ओफ्फोह ! कल काव्य-गोष्ठी है मेरे यहां, इसलिए।"

"तो कान खोलकर सुन लो, चूंकि लाख कोशिश के बावजूद अपने साहब न मेरे साले हुए न ससुर, सो छुट्टी एक दिन की भी ड्यू नहीं।"

"मैं कहती हूं, एक तुम्हींने आफिस का ठेका ले रखा है क्या ? एक हंसिनी जी के पति हैं कि असिस्टैंण्ट क्लर्क होने पर भी हर काव्य-गोष्ठी में मौजूद रहते हैं।

"हस्तिनी जी का पति जानता है न कि जहां उसने एक काव्य-गोष्ठी छोड़ी वे महाकवियों को प्यारी हुईं···"

"देखो, गाली देना हो तो सीधे दो, मैं···"

"अब मेरी जबान ही ऐसी है कि मैं आम कहूं और तुम्हें इमली लगे तो मैं क्या करूं ? हां, उस हस्तिनी को तो मैं हमेशा शहर-भर में···"

बार-बार हस्तिनी-हस्तिनी कहकर किसीका नाम बिगाड़ने का अधिकार तुम्हें कदापि नहीं है।"

"अब लो, अपने से हटी तो उसके पीछे पड़ी—तुम्हीं सोचो हंसिनी-हस्तिनी में क्या रखा है ?"

"तुम्हें ही कोई हाथी कहे तो कैसा लगेगा ?"

"मेरी बात छोड़ो, पर तुम्हें अभी से कहे देता हूं, महाकवयित्री बनने के बाद भी सिंहिनी-बाघिनी कैटेगरी के नाम नहीं रखने हैं···"

"मैं कहती हूं तुम्हारी जबान है या गाली की दुकान ? यह सब उसी मुरारी के साथ का परिणाम है···"

"···कि शाम को थका-मांदा होने पर उसके साथ एक कप चाय और समोसे तो मिल गये।"

"तुम कुछ भी कहो, मैं अब महाकाव्य लिखना छोड़कर समोसे तो नहीं ही तल सकती, और खुद छुट्टी लेने के विषय में तुम्हारा अंतिम फैसला क्या है···"

"एक ही अपने बड़े भइया जी को पत्र लिख दो अगले दो महीने तक पांच-सौ रुपये महीने भेज दें, मैं नौकरी छोड़ दूंगा, तुम आराम से महाकाव्य···"

"शर्म नहीं आती ? मेरे भइया से रुपये मांगते ?"

"इसमें शर्म की क्या बात है ? मैं नौकरी से हाथ धोऊंगा, वे कुछ रुपयों से हाथ धो लेंगे और फिर उनकी बहन इतना महत्त्वपूर्ण कार्य करने जा रही है—आखिर उनका भी तो फर्ज है या मैं ही···"

"उनका फर्ज क्यों है ? नाम तुम्हारा होगा कि तुम्हारी पत्नी ने महाकाव्य लिखा।"

"ऐसा जो कहेगा मैं उस पर नालिश कर दूंगा—नाम होगा कि फलां की बहन ने···"

"तुम हद से गुजर रहे हो—तो सीधे-सीधे कह दो—न लिखूं ?" अपनी समझ से उन्होंने एक जोरदार धमकी दी थी पर मैंने उनकी आशा के विपरीत एक बेहद ठंडा 'नहीं' कह दिया।

"क्या ?" श्रीमती जी ने मेरी ओर ऐसे देखा जैसे मैंने उन्हें पहाड़ की चोटी से धक्का दे दिया हो।

"सच कह रहे हो ?" उनकी धमकी में भविष्य के लिए चेतावनी थी।

"सौ फीसदी।" मैंने साहस जुटा लिया था।

"और कल की काव्य-गोष्ठी ?" वे आहत और अपमानित दोनों थीं।

"जब महाकाव्य-लीला खत्म तो गोष्ठी का क्या तुक ?" मेरा हौसला बढ़ा।

"और जिन लोगों को निमंत्रण दे आयी हूं ?···"

"उनकी फिक्र मत करो, आराम से खाना-पीना बनाओ। वे सब आयेंगे तो मैं निपट लूंगा।"

"मैं···मैं कहती हूं शीशे में शक्ल देखी है अपनी !"

"कई बार।"

"तो कान खोलकर सुन लो, तुम्हारी शक्ल अब और बर्दाश्त नहीं कर सकती मैं, पापा की आंखों पर पर्दा पड़ गया था जो···'जो मुझे यहां···"

और श्रीमती जी आंखों में आंसू, दिमाग में गुबार और अटैंची में चार-छह साड़ियां लेकर उसी शाम मायके चली गयीं।

बहरहाल, महाकाव्य लाख कोशिशों के बावजूद नहीं रचा जा सका और महाभारत बात की बात में हो गया।

हरिशंकर परसाई

सदाचार का तावीज

□□

एक राज्य में हल्ला मचा कि भ्रष्टाचार बहुत फैल गया है।

राजा ने एक दिन दरबारियों से कहा, "प्रजा बहुत हल्ला मचा रही है कि सब जगह भ्रष्टाचार फैला हुआ है। हमें तो आज तक कहीं नहीं दिखा। तुम लोगों को कहीं दिखा है तो बताओ।"

दरबारियों ने कहा, "जब हुजूर को नहीं दिखा तो हमें कैसे दिख सकता है?"

राजा ने कहा, "नहीं, ऐसा नहीं है। कभी-कभी जो मुझे नहीं दिखता, वह तुम्हें दिखता होगा। जैसे मुझे बुरे सपने कभी नहीं दिखते पर तुम्हें तो दिखते होंगे!"

दरबारियों ने कहा, "जी, दिखते हैं। पर वह सपनों की बात है।"

राजा ने कहा, "फिर भी तुम लोग सारे राज्य में ढूंढ़कर देखो कि कहीं भ्रष्टाचार तो नहीं है। अगर कहीं मिल जाये तो हमारे देखने के लिए नमूना लेते आना। हम भी देखें कि कैसा होता है।"

एक दरबारी ने कहा, "हुजूर, वह हमें नहीं दिखेगा। सुना है, वह बहुत बारीक होता है। हमारी आंखें आपकी विराटता देखने की इतनी आदी हो गयी हैं कि हमें बारीक चीज नहीं दिखती। हमें भ्रष्टाचार दिखा भी तो उसमें हमें आपकी ही छवि दिखेगी क्योंकि हमारी आंखों में तो आपकी ही सूरत बसी है। पर अपने राज्य में एक जाति रहती है, जिसे 'विशेषज्ञ' कहते हैं। इस जाति के पास कुछ ऐसा अंजन होता है कि उसे आंखों में आंजकर वे बारीक चीज भी देख लेते हैं। मेरा निवेदन है कि इन विशेषज्ञों को ही हुजूर भ्रष्टाचार ढूंढ़ने का काम सौंपें।"

राजा ने 'विशेषज्ञ' जाति के पांच आदमी बुलाये और कहा, "सुना है, हमारे राज्य में भ्रष्टाचार है। पर वह कहां है, यह पता नहीं चलता। तुम लोग उसका पता लगाओ। अगर मिल जाये तो पकड़कर हमारे पास ले आना। अगर बहुत हो तो नमूने के लिए थोड़ा-सा ले आना।"

विशेषज्ञों ने उसी दिन से छान बीन शुरू कर दी।

दो महीने के बाद वे फिर से दरबार में हाजिर हुए।

राजा ने पूछा, "विशेषज्ञो, तुम्हारी जांच पूरी हो गयी?"

"जी, मरकार।"

"क्या भ्रष्टाचार मिला?"

"जी, बहुत-सा मिला।"

राजा ने हाथ बढ़ाया, "लाओ, मुझे बताओ, देखूं, कैसा होता है?"

विशेषज्ञों ने कहा, "हुजूर, वह हाथ की पकड़ में नहीं आता। वह स्थूल नहीं, सूक्ष्म है, अगोचर है। पर वह सर्वत्र व्याप्त है। उसे देखा नहीं जा सकता, अनुभव किया जा सकता है।"

राजा सोच में पड़ गये। बोले, "विशेषज्ञो, तुम कहते हो कि वह सूक्ष्म है, अगोचर है और सर्वव्यापी है। ये गुण तो ईश्वर के हैं। तो क्या भ्रष्टाचार ईश्वर है?"

विशेषज्ञों ने कहा, "हां, महाराज, अब भ्रष्टाचार ईश्वर हो गया है।"

एक दरबारी ने पूछा, "पर वह है कहां? कैसे अनुभव होता है?"

विशेषज्ञों ने जवाब दिया, "वह सर्वत्र है। वह इस भवन में है। वह महाराज के सिंहासन में है।"

"सिंहासन में है?" कहकर राजा साहब उछलकर दूर खड़े हो गये।

विशेषज्ञों ने कहा, "हां, सरकार, सिंहासन में है। पिछले माह इस सिंहासन पर रंग करने के जिस बिल का भुगतान किया गया है, वह बिल झूठा है। वह वास्तव से दुगुने दाम का है, आधा पैसा बीच वाले खा गये। आपके पूरे शासन में भ्रष्टाचार है और वह मुख्यतः घूस के रूप में है।"

विशेषज्ञों की बात सुनकर राजा चिन्तित हुए और दरबारियों के कान खड़े हुए।

राजा ने कहा, "यह तो बड़ी चिन्ता की बात है। हम भ्रष्टाचार बिलकुल मिटाना चाहते हैं। विशेषज्ञो, तुम बता सकते हो कि वह कैसे मिट सकता है?"

विशेषज्ञों ने कहा, "हां, महाराज, हमने उसकी भी योजना तैयार की है। भ्रष्टाचार मिटाने के लिए महाराज को व्यवस्था में बहुत परिवर्तन करने होंगे। एक तो भ्रष्टाचार के मौके मिटाने होंगे। जैसा ठेका है तो ठेकेदार है। और ठेकेदार है तो अधिकारियों को घूस है। ठेका मिट जाये तो उसकी घूस जाये। इसी तरह और बहुत-सी चीजें हैं। किन कारणों से आदमी घूस लेता है, यह भी विचारणीय है।"

राजा ने कहा, "अच्छा, तुम अपनी पूरी योजना रख जाओ। हम और हमारा दरबार उस पर विचार करेंगे।

विशेषज्ञ चले गये।

राजा ने और दरबारियों ने भ्रष्टाचार मिटाने की योजना को पढ़ा। उस-पर विचार किया।

विचार करते दिन बीतने लगे और राजा का स्वास्थ्य बिगड़ने लगा। एक दिन एक दरबारी ने कहा, "महाराज, चिन्ता के कारण आपका स्वास्थ्य बिगड़ता जा रहा है। उन विशेषज्ञों ने आपको झंझट में डाल दिया।"

राजा ने कहा, "हां, मुझे रात को नींद नहीं आती।"

दूसरा दरबारी बोला, "ऐसी रिपोर्ट को आग के हवाले कर देना चाहिए, जिससे महाराज की नींद में खलल पड़े।"

राजा ने कहा, "पर करें क्या? तुम लोगों ने भी भ्रष्टाचार मिटाने की योजना का अध्ययन किया है। तुम्हारा क्या मत है? क्या उसे काम में लाना चाहिए?"

दरबारियों ने कहा, "महाराज यह योजना क्या है, एक मुसीबत है। उसके अनुसार कितने उलट-फेर करने पड़ेंगे! कितनी परेशानी होगी! सारी व्यवस्था उलट-पलट हो जायेगी। जो चला आ रहा है, उसे बदलने से नयी-नयी कठिनाइयां पैदा हो सकती हैं। हमें तो कोई ऐसी तरकीब चाहिए, जिससे बिना कुछ उलट-फेर किये भ्रष्टाचार मिट जाये।"

राजा साहब बोले, "मैं भी यही चाहता हूं। पर यह हो कैसे? हमारे प्रपितामह को तो जादू आता था। हमें वह भी नहीं आता। तुम लोग ही कोई उपाय खोजो।"

एक दिन दरबारियों ने राजा के सामने एक साधु को पेश किया और कहा, "महाराज, एक कन्दरा में तपस्या करते हुए इन महान साधक को हम ले आये हैं। इन्होंने सदाचार का तावीज बनाया है। वह मन्त्रों से सिद्ध है और उसके बांधने से आदमी एकदम सदाचारी हो जाता है।"

साधु ने अपने झोले में से एक तावीज निकालकर राजा को दिया। राजा ने उसे देखा। बोले, "हे साधु, इस तावीज के विषय में मुझे विस्तार से बताओ। इससे आदमी सदाचारी कैसे हो जाता है?"

साधु ने समझाया, "महाराज, भ्रष्टाचार और सदाचार मनुष्य की आत्मा में होता है। बाहर से नहीं होता। विधाता जब मनुष्य को बनाता है तब किसी-की आत्मा में ईमान की कल फिट कर देता है और किसीकी आत्मा में बेईमानी की। इस काल में से ईमान या बेईमानी के स्वर निकलते हैं, जिन्हें 'आत्मा की पुकार' कहते हैं। आत्मा की पुकार के अनुसार ही आदमी काम करता है। प्रश्न यह है कि जिनकी आत्मा से बेईमामी के स्वर निकलते हैं, उन्हें दबाकर ईमान के स्वर कैसे निकाले जायें? मैं कई वर्षों से इसीके चिन्तन में लगा हूं। अभी मैंने यह सदाचार का तावीज बनाया है। जिस आदमी की भुजा पर यह बंधा होगा,

वह सदाचारी हो जायेगा। मैंने कुत्ते पर भी प्रयोग किया है। यह तावीज गले में बांध देने से कुत्ता भी रोटी नहीं चुराता। बात यह है कि इस तावीज में से भी सदाचार के स्वर निकलते हैं। जब किसीकी आत्मा बेईमानी के स्वर निकालने लगती है तब इस तावीज की शक्ति आत्मा का गला घोंट देती है और आदमी को तावीज के ईमान के स्वर सुनाई पड़ते हैं। वह इन स्वरों को आत्मा की पुकार समझकर सदाचार की ओर प्रेरित होता है। यही इस तावीज का गुण है, महाराज !"

दरबार में हलचल मच गयी। दरबारी उठ-उठकर तावीज को देखने लगे।

राजा ने खुश होकर कहा, "मुझे नहीं मालूम था कि मेरे राज्य में ऐसे चमत्कारी साधु भी हैं, महात्मन्, हम आपके बहुत आभारी हैं। आपने हमारा संकट हर लिया। हम सर्वव्यापी भ्रष्टाचार से बहुत परेशान थे। मगर हमें लाखों नहीं, करोड़ों तावीज चाहिए। हम राज्य की ओर से तावीजों का एक कारखाना खोल देते हैं। आप उसके जनरल मैनेजर बन जायें और अपनी देख-रेख में बढ़िया तावीज बनवायें।"

एक मंत्री ने कहा, "महाराज, राज्य क्यों इस झंझट में पड़े। मेरा तो निवेदन है कि साधु बाबा को ठेका दे दिया जाये। वे अपनी मण्डली से तावीज बनवाकर राज्य को सप्लाई कर देंगे।"

राजा को यह सुझाव पसन्द आया। साधु को तावीज बनाने का ठेका दे दिया गया। उसी समय उन्हें पांच करोड़ रुपये कारखाने के लिए पेशगी मिल गये।

राज्य के अखबारों में खबरें छपीं, "सदाचार के तावीज की खोज ! तावीज बनाने का कारखाना खुला !"

लाखों तावीज बन गये। सरकार के हुक्म से हर सरकारी कर्मचारी की भुजा पर एक-एक तावीज बांध दिया गया।

भ्रष्टाचाचार की समस्या का ऐसा सरल हल निकल आने से राजा और दरबारी सब खुश थे।

एक दिन राजा की उत्सुकता जागी। सोचा, "देखें तो कि यह तावीज कैसे काम करता है।"

वह वेश बदलकर एक कार्यालय गये। उस दिन दो तारीख थी। एक दिन पहले ही तनख्वाह मिली थी।

वह एक कर्मचारी के पास गये और कई काम बताकर उसे पांच रुपये का नोट देने लगे।

कर्मचारी ने उन्हें डांटा, "भाग जाओ यहां से, घूस लेना पाप है।"

राजा बहुत खुश हुए। तावीज ने कर्मचारी को ईमानदार बना दिया था।

कुछ दिन बाद वह फिर वेश बदलकर उसी कर्मचारी के पास गये। उस दिन

इकतीस तारीख थी—महीने का आखिरी दिन।

राजा ने फिर उसे पांच का नोट दिखाया और उसने लेकर जेब में रख लिया।

राजा ने उसका हाथ पकड़ लिया। बोले, "मैं तुम्हारा राजा हूं। क्या तुम आज सदाचार का तावीज नहीं बांधकर आये?"

"बांधा है, सरकार, यह देखिए।"

उसने आस्तीन चढ़ाकर तावीज दिखा दिया।

राजा असमंजस में पड़ गये। फिर ऐसा कैसे हो गया?

उन्होंने तावीज पर कान लगाकर सुना। तावीज में से स्वर निकल रहे थे, "अरे आज इकतीस है। आज तो ले ले।"

उषाबाला

कफन-चोर का बेटा

□□

शाम को क्लब में लॉन पर पण्डित श्यामाचरण चतुर्वेदी ठंडी बीयर की चुस्की लेकर यूनिवर्सिटी के प्रोफेसर हरिनाथ माथुर की प्रतीक्षा कर रहे थे। रोज क्लब आने वालों में मुंशी जगतनारायन भी थे। तीनी मित्र बैठते, गपशप करते और फिर रात चढ़े अपने-अपने घर चल देते।

थोड़ी ही देर बाद माथुर साहब और मंशी जी शास्त्रार्थ करते हुए आ पहुंचे।

"अरे, शाम से ही क्या 'टॉपिक' छेड़ बैठे यार माथुर।" चौबे जी बोले।

कुर्सी घसीटते हुए माथुर ने जवाब दिया, "भई चौबे जी, आज मुंशी जी तो मेरे ही 'सब्जेक्ट' में मुझे मात देने पर तुले बैठे हैं। इतिहास के पुराने वर्क पलट रहे हैं।"

"अरे भाई, इतिहास का तो मुझे इतना ज्ञान भी नहीं है," मुंशी जी ने कहा, "मैं तो यह कह रहा था कि पहले जमाने में बाप राजा बन बैठता और फिर यह सिलसिला जारी रहता। अब यार लोग बाप-बेटे के 'एडमिनिस्ट्रेशन' की तुलना करने लगते हैं। अब बाबर से लेकर औरंगजेब तक मीन-मेख ये 'हिस्टोरियन' करते रहते हैं।"

"भई, हम तो इतना जानते हैं," चौबे जी बोले, "हर बाप यह जरूर चाहता है कि अगर कोई उससे बेहतर बने तो उसका बेटा। जीवन-भर वह हाथ-पांव मारता है कि पड़ोसी या कुलीग को अपने से बेहतर न बनने दे, पर जब बेटे का सवाल उठता है तो उसकी दिली ख्वाहिश यही रहती है कि मेरा बेटा मुझसे ज्यादा तरक्की करे!"

"बिल्कुल ठीक," माथुर बोले, "मैं इस तर्क का कायल हूं। पुराने मुगलों को छोड़ो। आजकल के ही मुगलों को ले लो। बाप मिनिस्टर रहा तो बेटा चीफ मिनिस्टर बन रहा है। अगर बाप की जिंदगी में ही बेटा शह दे रहा है तो बाप अंदर ही अंदर बड़ा प्रसन्न होता है। वह अपने लड़के से मात खाने को तैयार है पर अपने प्रतिद्वंद्वी से नहीं।"

चौबे जी मुंशी जी की तरफ इशारा करके बोले, "अब मंशीजी को ही ले लो। ये डिप्टी कलक्टर बने पहले-पहल तो इनका बेटा 'फर्स्ट शॉट' में आई० ए० एस०

में आ गया। लड़का बाप का नाम उजागर नहीं करेगा तो क्या पड़ोसी का लड़का करेगा।"

इसी बीच बेयरा ठंडी बीयर और रख गया। तीनों ने लंबी चुस्कियां लीं और सिगरेट का पैकिट भी घूम गया।

"भई, यह तो बात सही है। बाप-बेटे का यह कॉम्पटीशन तो चलता ही रहा है। यहीं देख लो। आजकल के मुख्यमंत्री के बाप भी कभी मुख्यमंत्री रहे थे। अब यार लोग वक्त की बलिहारी देते हुए कहते फिर रहे हैं कि यार, इसके बाप के जमाने में हाल ज्यादा अच्छे थे। इसके जमाने में तो भाव आसमान छू रहे हैं। चलो इसी बहाने बाप को तो याद रखा जनता ने।" मुंशी जी ने सिगरेट को इक्के वाले स्टाइल से खींचते हुए कहा।

माथुर साहब बीयर का गिलास रखते हुए बोले, "भाई, एक किस्सा मुझे याद आ गया, बाप-बेटे के 'टॉपिक' पर। मुगलिया जमाना था। एक कस्बा था मुसल-मानों का। उस कस्बे के बाहर एक झोंपड़ी में हमीदा रहता था। परले सिरे का बदमाश राहजन और चोर। सारा कस्बा उससे परेशान था पर बिगाड़ भी उसका कुछ नहीं सकता था क्योंकि इलाके का दरोगा उसका मामूजान था। धीरे-धीरे हमीदा और भी गुन सीखने लगा। उसने एक नया धंधा भी शुरू कर दिया। जब कस्बे का कोई आदमी मर जाता तो हमीदा उसी रात उसकी कब्र खोदकर कफन चुरा लाता और शहर में बेचकर पैसे खड़े कर लेता। यह सिलसिला शुरू हो गया। सारा कस्बा त्राहि-त्राहि कर उठा। इधर हमीदा धड़ाधड़ कफन चुरा-चुराकर व्यापार करने लगा था। जब हौसले बढ़े तो आसपास के गांवों में भी उसने यह काम शुरू कर दिया। खुद जब काम नहीं संभल पाया तो अपने बेटे अल्लादिया को इस काम की ट्रेनिंग देनी शुरू कर दी। थोड़े ही दिनों में वह जाना-माना कफन-चोर मशहूर हो गया।"

मुंशी बीच में बोल पड़े, "माफ करना भाई माथुर। ये कफन तो बहुत-से लोग खुशी से भी लाश से उतारकर दे देते थे।"

"हां, यह बात ठीक है। पर बहुधा लोग ऊपर वाला कफन तो मेहतर को दे देते थे पर लाश पर बढ़िया कफन उढ़ाकर ही दफन करते थे। बस, एक 'सेण्टीमेंट' ही कह लो इसे। पर होता ऐसा ही है। यह हमीदा रात को कब्र खोदकर इस कफन को उतार लाता था। इसी वजह से पूरा कस्बा और आसपास के गांव वाले उससे बड़ी घृणा करने लगे। यहां तक कि अलस्सुबह उसकी शक्ल देखना बद-शकुनी मानने लगे। बहुत साल तक यह सिलसिला चलता रहा। हमीदा यह जानता था कि लोग उसे बुरा कहते हैं और उसकी शक्ल तक देखना हराम समझते हैं। एक दिन हमीदा का अंत समय आ गया। मरते वक्त उसने अल्लादिया से कहा, "बेटा, अब तो अलविदा का वक्त आ गया है। कफन चुराने में तुम भी

माहिर बन चुके हो। मेरी ख्वाहिश है कि तुम मेरे बाद कुछ ऐसा काम करो जिससे लोग मुझे अच्छा कहकर याद किया करें। जिंदगी-भर ये लोग मुझे बुरा कहते रहे और मुझसे नफरत करते रहे। मेरी आखिरी ख्वाहिश है कि कम से कम तुम सपूतों वाला यह काम जरूर करना। कोई ऐसा जुगाड़ बैठाना कि यही लोग मुझे याद किया करें और अच्छा कहा करें।"

अल्लादिया क्योंकि अब्बाजान के नक्शेकदम पर खुद चले थे इसलिए जनता इन्हें भी बुरा कहती थी। बड़ी समस्या अटकी। अब्बा मियां जिंदगी-भर कफन-चोर रहे और आखिरी तमन्ना यह पेश कर रहे हैं कि लोग उन्हें याद ही नहीं करें, बल्कि उन्हें अच्छा भी कहा करें। इसी दम हमीदा हिचकियां लेने लगे और बेटे ने रोते हुए कहा, "अब्बा, आप चैन से अल्लाह के प्यारे बनियेगा। मैं वायदा करता हूं कि तुम्हारे बाद लोग तुम्हें याद करेंगे और हरेक की जुबान पर तुम्हारे लिए 'अच्छा' लफ्ज भी होगा।"

हमीदा यह सुनकर मुस्कराया और चैन से मर गया। चौबे जी ने बीयर उनके गिलास में डालकर कहा, "हमीदा के ऊपर जो कफन डाला उसके बेटे ने, उसका क्या हुआ?" माथुर ने घूंट भरते हुए कहा, चौबे जी, सुनते जाओ। हमीदा की मिट्टी पर अल्लादिया ने एक बेहतरीन चोरी किया हुआ कफन डाला। लाश दफन करते वक्त हस्ब मामूल अल्लादिया ने बाप के कफन को भी उतार लिया। समझे, मैंने कहा है, 'उतार लिया', 'चुरा लिया नहीं'। आखिर आदत पड़ गयी थी सो कफन-चोर के बेटे ने बाप का कफन भी काबू में कर लिया। थोड़े दिन अल्लादिया बड़ा बेचैन रहा कि ऐसा कौन-सा काम वह अंजाम लाये जिससे अब्बा हुजूर मरहूम की याद सारे कस्बे और गांव वालों को सताये और वे जन्नतनशीन वालिद मियां को 'अच्छा' भी कहें। थोड़े दिन तक अल्लादिया जोड़-तोड़ बैठाता रहा। फिर उसे एकाएक एक तरकीब सूझी।"

मुंशी जी ने बात काटी, "भई माथुर, यह किस्सा दो मिनट तक बंद रहे। मैं जरा 'टॉयलट रूम' होकर अभी आया।" मुंशीजी बाथरूम की तरफ लपके। चौबे जी ने इसी बीच कहा, "भाई, यह तो अच्छी-खासी पहेली बन गयी। अब देखना यह है कि कफन-चोर का बेटा बाप का नाम कैसे रोशन करता है।"

माथुर बोले, "भई, मुंशी जी को आ जाने दो, वर्ना वह नाराज हो जायेंगे। तब तक एक प्लेट काजू गंगाराम से मंगवा लो।" इसी बीच मुंशी जी रूमाल से हाथ पोंछते हुए आ गये।

"हां भई माथुर, फिर क्या हुआ? कफन-चोर के बेटे को एक तरकीब सूझ आयी थी।" मुंशी जी बोले।

माथुर ने कहा, "हां एक तरकीब अल्लादिया की समझ में आयी और उसने उसे दूसरे दिन से ही अमल में लाना शुरू कर दिया। करा यह कि जब कोई उस

इलाके में मरता तो अल्लादिया उसका कफन तो खैर रात को चुरा ही लेता था, उसने दूसरा काम यह किया कि नंगी लाश को उठाकर उसके घरवालों के दरवाजे पर रख आता। सुबह उठकर लोग हाहाकार करने लगते। दोबारा लाश को कफन उढ़ाकर फिर दफनाने ले जाते। मगर फिर अल्लादिया ने यही काम 'रिपीट' किया। बाप तो केवल एक बार दो कफन चुराकर सब्र कर लेता था पर लड़का एक ही लाश से दो-दो तीन-तीन कफन चुराता और लाश की छीछालेदर होती सो अलग। इस काम को देखकर इलाके-भर में हाहाकार मच गया। कोई कब्रिस्तान पर चौकीदारी करने को तैयार नहीं होता था। जब अल्लादिया को पकड़ने का प्रयत्न किया गया तो अल्लादिया 'अंडरग्राउंड' हो गये। थोड़े ही दिन बीते होंगे कि जनता एक-दूसरे से कहने लगी, "अमां, इस हरामजादे अल्लादिया से तो हमीदा लाख दर्जे अच्छा था। फकत एक बार ही तो कफन चुराता था। पर यह शैतान तो कफन भी कई बार चुराता है एक लाश के ऊपर से और लाश की बेइज्जती करता है सो अलग। हाय, हमीदा कितना अच्छा था।"

और चादर से मुंह छुपाये जब अल्लादिया ने यह सुना तो गद्गद हो गया। उसे गर्व हुआ कि वह भी एक सपूत है। उसने मरते हुए बाप की ख्वाहिश को पूरा करके दिखलाया।

चौबे जी और मुंशी जी सुनकर खिल उठे।

मुंशी जी बोले, "बात तो पते की बतलायी तुमने माथुर। नई रोशनी के कफन-चोर के ये बेटे वाकई अपने बुजुर्गवार के भी गुरु निकले।"

परिचय

□□

अजातशत्रु

वास्तविक नाम : राधेश्याम यादव

जन्म : ५, १९४२, पिपलानी (म० प्र०)

शिक्षा : एम० ए० (अंग्रेजी साहित्य)

व्यंग्य-लेखन में सतत सक्रिय अजातशत्रु ने अपने व्यंग्य-लेखन के उद्देश्य की ओर इंगित करते हुए लिखा है : "सड़क पर मुझे कोई बदसूरत मोटा आदमी जाता दिखायी देता है तो उसके मोटापे पर हास्य-व्यंग्य गढ़ने में मुझे कोई दिलचस्पी नहीं होती, क्योंकि उसके मोटे होने से किसीकी रोटी नहीं छिन रही है, परंतु इसके विपरीत यदि मैं देखता हूं कि एक समाज-सेवक, जो लायंस क्लब का मेंबर है और मुहल्ले की दुर्गामाता मंदिर निर्माण समिति का भी, लड़के की शादी पर दहेज की मांग करता है, तब मैं इस विसंगति को अपनी कलम का विषय बनाता हूं, क्योंकि इस विसंगति से आदमी को सीधा नुकसान पहुंच रहा है।"

पता : अंग्रेजी विभाग, सी० एच० एम० कालेज, उल्हासनगर, बंबई।

अमृतराय

आधुनिक कथा-लेखकों में अमृतराय का अन्यतम स्थान है। उन्होंने सामाजिक दायित्व का पालन करते हुए उसमें व्याप्त विडम्बनाओं और विसंगतियों पर पारदर्शी दृष्टि डाली है। अभिधा के माध्यम से उभरता व्यंग्य उनकी व्यंग्य-प्रतिभा का परिचायक है।

प्रमुख कृतियां : चिन्दियों की एक झालर, जंगल, भटियाली, सुख-दुःख, चतुरंग, कठघरे, कस्बे का एक दिन, गीली मिट्टी, भोर से पहले, लाल धरती, जीवन के पहलू, नागफली का देश आदि।

पता : १८, न्यायमार्ग, इलाहाबाद।

अशोक शुक्ल

जन्म : ९ दिसंबर, १९४०, फतेहपुर (उ० प्र०) के एक छोटे-से गांव में।

शिक्षा : डी० ए० वी० कालेज, कानपुर में। सन् १९६१ में आगरा विश्वविद्यालय से एम० ए० (हिन्दी) की परीक्षा प्रथम श्रेणी में उत्तीर्ण की।

छात्र जीवन से ही व्यंग्य-लेखन की अभिरुचि रही है। विसंगतियों और खोखलेपन को उनकी ऐब्सर्डिटी के साथ उद्घाटित करने का निरंतर प्रयास करते रहे हैं। विभिन्न पत्र-पत्रिकाओं में व्यंग्य-रचनाएं प्रकाशित हुई हैं।

कृतियां : प्रोफेसर पुराण, हड़ताल हरिकथा।

पता : हिंदी विभाग, शासकीय महाविद्यालय, बारां, राजस्थान।

कमलेश्वर

जन्म : ६ जनवरी, १९३२, मैनपुरी (उ० प्र०)

शिक्षा : एम० ए० (हिन्दी), इलाहाबाद विश्वविद्यालय

दूरदर्शन पर सेवा के पश्चात् दो वर्ष तक 'नई कहानियां' का संपादन किया। आजकल कहानी-प्रधान पत्रिका 'सारिका' का संपादन कर रहे हैं।

प्रमुख कृतियां : राजा निरबंसिया, कस्बे का आदमी, मांस का दरिया, नीली झील, कमलेश्वर की श्रेष्ठ कहानियां, खोयी हुई दिशाएं, डाकबंगला, एक सड़क सत्तावन गलियां, काली आंधी, समुद्र में खोया हुआ आदमी, आगामी अतीत।

कुलदीप तलवार

जन्म : सन् १९३५; खुशाब (सरगोधा), पाकिस्तान

शिक्षा : एम० ए० (अर्थशास्त्र)

व्यवसाय से भारतीय खाद्य निगम में उच्च अधिकारी श्री कुलदीप तलवार ने प्रारम्भ में उर्दू में लिखना शुरू किया। अब तो उनकी हास्य-व्यंग्य से परिपूर्ण रचनाएं देश की लगभग सभी हिन्दी पत्र-पत्रिकाओं में प्रकाशित हो चुकी हैं।

पता : ए ३९, अशोक नगर, गाजियाबाद (उ० प्र०)

डा० गिरिराजशरण अग्रवाल

जन्म : सन् १९४४, संभल, जिला मुरादाबाद (उ० प्र०)

शिक्षा : एम० ए०, पी-एच० डी० (हिन्दी)

सन् १९६० से लिखना प्रारम्भ किया और अपने शोधप्रबंध 'हिन्दी नाट्य-साहित्य में हास्य और व्यंग्य' के साथ हिन्दी में हास्य-व्यंग्य के शोध और विवेचन का कार्य प्रारम्भ किया।

लगभग बीस पुस्तकों के संपादन और लेखन का भार उठा चुके हैं और निरंतर लेखन में लगे हैं। संप्रति वर्धमान कालेज, बिजनौर के स्नातकोत्तर हिंदी विभाग में प्रवक्ता।

प्रमुख कृतियां : सूर साहित्य संदर्भ, तुलसी मानस संदर्भ, काका हाथरसी अभिनंदन ग्रंथ, आचार्य पद्मसिंह शर्मा स्मृति ग्रंथ, युगध्वनि, कविताएं और कविताएं, तीर और तरंग, हास्य-व्यंग्य कहानियां, हास्य-व्यंग्य निबंध, हास्य-व्यंग्य कविताएं, हास्य-व्यंग्य एकांकी, क्रांतिकारी सुभाष और पाठ्यक्रम से संबंधित सात पुस्तकें।

पता : हिंदी साहित्य निकेतन, बिजनौर (उ० प्र०)

निरंकुश

नाम : हरिश्चन्द्र

जन्म : २ अक्टूबर, १९२६, बरेली (उ० प्र०)

शिक्षा : एम० एस-सी०, एम० ए० (हिन्दी)

कुछ समय तक विश्वविद्यालय में अध्यापन किया। संप्रति राजकीय सेवा में संलग्न। सन् १९४० से हास्य-व्यंग्य लिख रह हैं। पं० श्रीनारायण चतुर्वेदी के अनुसार, "निरंकुश जी हिन्दी के सिद्धहस्त कहानीकार हैं। इनकी कहानियां मनोरंजक तो होती ही हैं, सोद्देश्य भी होती हैं और उनमें समाज की किसी न किसी विकृति पर व्यंग्य भी होता है। वह व्यंग्य इतना कलात्मक ढंग से किया जाता है कि साहित्य का स्तर ऊंचा रखते हुए रसज्ञ पाठक उस व्यंग्य के आलोक में समाज की उस विकृति के असली रूप को देख लेते हैं और उस पर विचार करने को विवश हो जाते हैं।"

कृतियां : खरी-खोटी : हास्य-कविताओं का संग्रह, अनेक कहानियां, निबध, कविताएं प्रकाशित, रेडियो-वार्ताएं प्रसारित।

पता : बी २७, बटलर पैलेल कालोनी, लखनऊ-१

प्रेम जनमेजय

जन्म : १८ मार्च, १९४९; इलाहाबाद (उ० प्र०)

शिक्षा : एम० ए०; एम० लिट्० (हिन्दी)

नवयुवक व्यंग्यकारों में तीखी व्यंग्य दृष्टि के रचनाकार। विशेष रूप से व्यंग्य निबंध व कहानी के क्षेत्र में कार्य।

सम्प्रति कालेज आफ वोकेशनल स्टडीज (गोल मार्केट), नई दिल्ली में हिंदी विभाग में प्राध्यापक। विशिष्ट पत्रिकाओं में प्रकाशित।

कृतियां : राजधानी में गंवार; फिफ्टी-फिफ्टी मुट्ठियों में बंद आकार, समीकरण, 'दूसरा दिविक' में रचनाएं।

पता : एफ ६४, नौरोजी नगर, नई दिल्ली-११००१६

डा० बालेंदुशेखर तिवारी

जन्म : २९ अक्टूबर, १९४८

शिक्षा : एम० ए०, पी-एच० डी०

छात्र-जीवन से ही हास्य-व्यंग्य लेखन की अभिरुचि रही। हास्य और व्यंग्य के सर्जनात्मक और आलोचनात्मक लेखन में सतत संलग्न। डी० लिट्० के लिए हिन्दी के हास्य और व्यंग्य-लेखन के शैली वैज्ञानिक विश्लेषण में शोधरत। भारत-भर की विभिन्न पत्रिकाओं एवं संकलनों में दो सौ से अधिक रचनाएं प्रकाशित।

कृतियां : (प्रकाशित) हिन्दी का स्वातंत्र्योत्तर हास्य और व्यंग्य (शोध-प्रबन्ध), भाषा और हिन्दी भाषा : विविध संदर्भ (अप्रकाशित), रिसर्च-गाथा, भारतेंदु-साहित्य में हास्य और व्यंग्य, नव्य हिन्दी व्यंग्य, हिन्दी हास्य-व्यंग्य-कोश, (संपादन) अभीक : व्यंग्य त्रैमासिक।

पता : हिन्दी विभाग, रांची विश्वविद्यालय, रांची (बिहार)

मनीषराय यादव

जन्म : १९४५, जामगांव (मंडला, म० प्र०)

शिक्षा : एम० ए० (मनोविज्ञान)

व्यवसाय से सरकारी अधिकारी और मन से लेखक। नवीन व्यंग्यधारा में कहानी, निबंध व कविताओं के सर्जक। 'सारिका' में प्रकाशित लघुकथाओं से साहित्यिक जगत् में प्रवेश। अनेक उच्चस्तरीय पत्रिकाओं में रचनाएं प्रकाशित।

कृति : एक संकल्प और (काव्य)

पता : उपजिलाधीश, दमोह (म० प्र०)

रवीन्द्रनाथ त्यागी

जन्म : १ सितंबर १९३१, उत्तर प्रदेश के जिला बिजनौर के नहटौर कस्बे में।

शिक्षा : प्रयाग विश्वविद्यालय से अर्थशास्त्र में एम० ए०।

१९५५ में इंडियन डिफेंस एकाउण्ट्स सर्विस में चुने गये। संप्रति सेण्ट्रल कमांड में एकाउण्ट्स के ज्वाइंट कंट्रोलर। श्री त्यागी की रचनाओं में हास्य-व्यंग्य का कैनवास बहुत बड़ा है। व्यंग्य की उनकी अपनी शैली है, अपना ढंग है। अभिधा के गर्भ से फूटता हुआ व्यंग्य यहीं पर देखा जा सकता है। ईमानदारी के साथ लिखी गयी उनकी रचनाएं गुदगुदाती हैं, काटती हैं और उस सबको उखाड़ फेंकने की सामर्थ्य भी रखती हैं जो असह्य है, असम्बद्ध है।

कृतियां : तीन कविता-संग्रह—सूखे और हरे पत्ते, कल्पवृक्ष, आदिम राग। सात हास्य-व्यंग्य के संग्रह—खुली धूप में नाव पर, भित्तिचित्र, मल्लिनाथ की परंपरा, कृष्णवाहन की कथा, देवदार के पेड़, शोकसभा, अतिथि-कक्ष। अब तक की रचनाओं में से विशिष्ट रचनाओं की दो पुस्तकें—फुटकर, मेरी व्यंग्य-कथाएं। मेरी श्रेष्ठ व्यंग्य रचनाएं तथा काव्य-संग्रह 'सलीब से नाच तक' अत्यधिक लोकप्रिय। हिंदी-उर्दू के श्रेष्ठ हास्य-व्यंग्य संकलन के संपादन में संलग्न।

पता : ज्वाइंट कन्ट्रोलर एकाउंट्स, सेंट्रल कमांड्स, मेरठ कैंट।

रोशनलाल सुरीरवाला

जन्म : १० जनवरी, १९३१, मथुरा जिले के सुरीर गांव में।

शिक्षा : एम० ए० (हिन्दी)

शक्ल देखकर कोई आदमी सुरीरवाला के व्यक्तित्व की गहनता का पता नहीं लगा सकता। व्यक्त रूप में विनोदप्रिय परन्तु अव्यक्त रूप से भावुक और संवेदनशील।

रोशनलाल सुरीरवाला जो कुछ कहते हैं, खुलकर कहते हैं। उनके व्यक्तित्व का यही खुलापन व्यवहार का तीखापन बन गया है परंतु इस तीखेपन में भी एक आत्मीयता रहती है जो कहीं भी औपचारिक और स्वार्थगत नहीं है। हास्य-व्यंग्य शैली में रेखाचित्रों के लेखन में कुशल।

कृतियां : खाट पर हजामत, पत्नी शरणं गच्छामि, मूर्ख शिरोमणि, ये मांगने वाले आदि।

पता : मिश्रीलाल क्वार्टर्स, रॉयल सिनेमा के पीछे, अलीगढ़ (उ० प्र०)

विवेकीराय

जन्म : २० नवम्बर, १९२३, गाजीपुर जिले के एक गांव सोनवानी के किसान परिवार में।

सन् १९४५ से साहित्यिक जीवन आरम्भ। अब तक कविता, कहानी, उपन्यास, निबंध, समीक्षा और शोध-सबंधी चौदह पुस्तकें प्रकाशित। हास्य-व्यंग्य-संबंधी दो दर्जन से अधिक रचनाएं प्रतिष्ठित पत्रिकाओं में प्रकाशित।

कृतियां : रजनीगंधा, अर्गला (काव्य), किसानों का देश, गांवों की दुनिया, त्रिधारा, अध्ययन अमराई (निबंध), जीवन-परिधि, नयी कोंपल (कहानी), बबूल, पुरुष पुराण, लोकऋण (उपन्यास), के कहल, चुनरी रंगा लउ (भोजपुरी ललित निबंध), स्वातंत्र्योत्तर हिन्दी कथा-साहित्य और ग्राम्य-जीवन (शोध), जुलूस है (रिपोर्ताज)

कार्य : संप्रति स्नातकोत्तर महाविद्यालय, गाजीपुर (उ० प्र०) के हिंदी विभाग में सेवारत।

पता : सकलेनाबाद, गाजीपुर (उ० प्र०)

डा० शंकर पुणतांबेकर

हिन्दी साहित्य में पी-एच०डी० डा० पुणतांबेकर, मू० जे० कालेज, जलगांव में हिन्दी विभागाध्यक्ष हैं। हास्य-व्यंग्य की दृष्टि से आपने कहानी, निबन्ध, एकांकी और लघुकथा के क्षेत्र में विशेष काम किया है। मराठी-भाषी होते हुए भी हिन्दी में विपुल साहित्य की रचना की है।

पता : १६३ जिल्हा पेठ, जलगांव (महाराष्ट्र)-४२५००१

शरद जोशी

जन्म : २३ मई, १९३१, उज्जैन (म० प्र०)

शिक्षा : बी० ए०

हिन्दी व्यंग्य-लेखन को नये आयाम प्रदान करने वाले व्यंग्यकारों में अग्रणी शरद जोशी के व्यंग्य हिन्दी की लगभग सभी प्रतिष्ठित पत्र-पत्रिकाओं में प्रकाशित हुए हैं। कई भारतीय भाषाओं में अनेक व्यंग्य अनूदित होकर भी छपे हैं।

दैनिक 'नयी दुनिया', इन्दौर, 'नवलेखक' मासिक एवं 'मध्यप्रदेश' दैनिक का संपादन। आकाशवाणी, इंदौर तथा सूचना एवं प्रसारण मंत्रालय, म० प्र० में विविध पदों पर कार्य। १९६६ में सरकारी सेवा से त्यागपत्र और स्वतंत्र लेखन।

कृतियां : जीप पर सवार इल्लियां, तिलिस्म, किसी बहाने, रहा किनारे दूसरी सेहत, परिक्रमा (निबंध और कहानी-संग्रह)

अंधों का हाथी (नाटक, छोटी-सी बात, क्षितिज, अहसास तीन बंदर, गोधूलि (फिल्म डायलाग)

पता : ३०/१ टी०टी नगर, भोपाल (म० प्र०)

श्रीकांत मित्तल

जन्म : ४ मार्च, १९३५, इटावा (उ० प्र०)

शिक्षा : एम० ए०, प्रयाग विश्वविद्यालय से

कविता, कहानी, उपन्यास के क्षेत्र में विशेष कार्य किया है, किन्तु जो कुछ भी लिखा है, जीवन की वास्तविकताओं से उभरकर आया है। अभिधा की भूमि से निकलने वाला आपका व्यंग्य तिलमिलाकर रख देता है।

रचनाएं : नाकवाले (उपन्यास), नुमाइश (उपन्यास)

पता : द्वारा श्रीवल्लभ अग्रवाल, सहायक बिक्रीकर आयुक्त, बिजनौर, उ० प्र०

श्रीकांत चौधरी

जन्म : ५ मई, १९४७, दमोह (म० प्र०)

शिक्षा : एम० ए० (राजनीतिशास्त्र), एल-एल० बी०

बचपन से ही रंगमंच और साहित्य से रुचि रही। लेखन के लिए व्यंग्य विधा को आवश्यक और अनुकूल समझा। व्यंग्य कविताएं भी लिखी हैं। विगत सात-आठ वर्षों से विशेष सक्रिय हैं। रचनाएं प्रायः सभी छोटी-बड़ी पत्रिकाओं में प्रकाशित होती रहती हैं। संप्रति एक प्राइवेट स्कूल में अध्यापन-कार्य कर रहे हैं।

कृति : सन् १९७४ में एक प्रयोगात्मक लघु व्यंग्य उपन्यास 'सब कुछ गलत हाथों में' प्रकाशित।

पता : नया बाजार नं० १, दमोह (म० प्र०)-४७०६६१

संतोषनारायण नौटियाल

जन्म : १० अप्रैल, १९२४

शिक्षा : एम० एस-सी०, सन् १९४७ में

व्यवसाय से आयकर विभाग में उच्च अधिकारी। सन् १९४२ से निरंतर

लिख रहे हैं और अब अनेक कहानियां, उपन्यास, व्यंग्य-निबंध ओर नाटक लिख चुके हैं।

कृतियां : चवन्नीवाले, हरिजन, तीस दिन, चाय पार्टियां, बेटी गांव की, सांझ भई पंछी घर आ, तराजू और बट्टे।

पता : ७११, माडल टाउन, जालंधर।

डा० संसारचंद्र

कई वर्ष तक पंजाब विश्वविद्यालय के हिन्दी विभाग में रीडर पद पर कार्य करने के बाद आजकल जम्मू विश्वविद्यालय के स्नातकोत्तर हिन्दी विभाग में आचार्य तथा अध्यक्ष पद पर आसीन डा० संसारचंद्र जी को हास्य-व्यंग्य लेखन में विशेष रुचि रही है। यद्यपि अपने साहित्यशास्त्र और अलंकारशास्त्र पर भी मौलिक कार्य किया है। लेखन की हास्य-व्यंग्य रचना-प्रक्रिया पर 'डा० संसारचंद्र के हास्य-व्यंग्य निबंध : शिल्प संचेतना' नाम से डा० चंद्रशेखर की पुस्तक प्रकाशित। भारत सरकार तथा राज्य सरकारों द्वारा हास्य-व्यंग्य तथा अन्य रचनाओं पर सात बार पुरस्कृत।

कृतियां : (हास्य-व्यंग्य) सटक सीताराम, सोने के दांत, अपनी डाली के कांटे, बातें ये झूठी हैं। हिन्दी-हास्य-व्यंग्य : रूपयात्रा (संपादित)

अन्य : साहित्यिक निबंध, साहित्य : अनुभूति और विवेचन, आकलन और समीक्षा, बहादुरशाह जफर इत्यादि।

पता : आचार्य व अध्यक्ष हिन्दी विभाग, जम्मू विश्वविद्यालय, जम्मू-१

सूर्यबाला

जन्म से अब तक का अधिकांश समय वाराणसी में व्यतीत हुआ। वहीं काशी हिन्दू विश्वविद्यालय से रीतिसाहित्य में पी-एच० डी० की उपाधि प्राप्त की। बचपन में संगी-सहेलियों की अनुपस्थिति में, अकेले में, अनचाहे, अनजाने कुछ कविताएं लिखीं। बाल एवं किशोर वय की रचनाओं में प्रकाशन का क्रम साप्ताहिक 'आज' से प्रारंभ हुआ। 'सारिका' में अक्तूबर १९७२ में पहली कहानी 'जीजी' के प्रकाशन के साथ साहित्य के बृहत् मंच पर प्रवेश किया। 'धर्मयुग' में उसी वर्ष 'बैठे ठाले' में रचना प्रकाशित हुई। जब तक दर्जन कहानियां, व्यंग्य, लेख प्रकाशित। 'धर्मयुग' में ही पहला उपन्यास 'मेरे संधिपत्र' धारावाहिक रूप से प्रकाशित।

कृतियां : मेरे संधिपत्र तथा एक इंद्रधनुष : जुवेदा के नाम।

पता : द्वारा श्री आर० के लाल, इंजीनियर, ग्लैक्सो लेबोरेस्ट्रीज, २, पोखरन रोड, थाना (महाराष्ट्र)

हरिशंकर परसाई

जन्म : २२ अगस्त, १९२४

शिक्षा : नागपुर विश्वविद्यालय से हिन्दी में हिन्दी में एम० ए०

हिन्दी के मूर्धन्य और प्रखर व्यंग्यकार परसाई ने जिन्दगी में बड़े पापड़ बेले हैं। कुछ वर्ष अध्यापन करने के बाद अब वे अनवरत स्वतंत्र लेखन में लगे हैं।

कृतियां : हंसते हैं रोते हैं, तब की बात, सदाचार का तावीज, जैसे उनके दिन फिरे (कहानी-संग्रह)। रानी नागफनी की कहानी, तट की खोज, ज्वाला और जल (उपन्यास)। भूत के पांव पीछे, बेईमानी की परत, पगडंडियों का जमाना, शिकायत मुझे भी है, और अन्त में, अपनी-अपनी बीमारी, ठिठुरता हुआ गणतंत्र (हास्य-व्यंग्य निबंध)। तिरछी रेखाएं (विविध)

पता : नेपियर टाउन, जबलपुर (म० प्र०)

श्रीमती उषाबाला

हास्य-व्यंग्य के क्षेत्र में आज श्रीमती उषा बाला का नाम हर जबान पर है। विभिन्न पत्रिकाओं—धर्मयुग, साप्ताहिक हिन्दुस्तान, कहानी, सरिता, नोकझोंक, विनोद आदि में उनकी सौ से अधिक कहानियां अब तक छप चुकी हैं। कफनचोर का बेटा, युधिष्ठिर के कुत्ते, बनजारा (व्यंग्य-संकलन) तथा कुर्सी का नशा, लोहे के धनी, शराफत, अदावत, कुंती के बेटे (उपन्यास) सराहे जा चुके हैं।

प्रसिद्ध उपन्यासकार श्री भगवतीचरण वर्मा के शब्दों में "श्रीमती उषाबाला प्रकृति-प्रवृत्ति से साहित्यकार हैं, साहित्यकार भी साधारण नहीं विशिष्ट कोटि की। उनके व्यंग्य रोचक होने के साथ ही सुरुचिपूर्ण भी हैं और निश्चित रूप से कहा जा सकता है कि अपने को व्यंग्यकार कहने वाले अनगिनत लोगों के साहित्यिक स्तर से ऊंचे हैं जो हिन्दी में अपना स्थान बना चुके हैं।"